北京汉阅传播
Beijing Han-read Culture

池波正太郎

IKENAMI SHOTARO

七曜文库

吉林出版集团有限责任公司

真田太平记 八 · 纪州九度山

蔡鸣雁 译

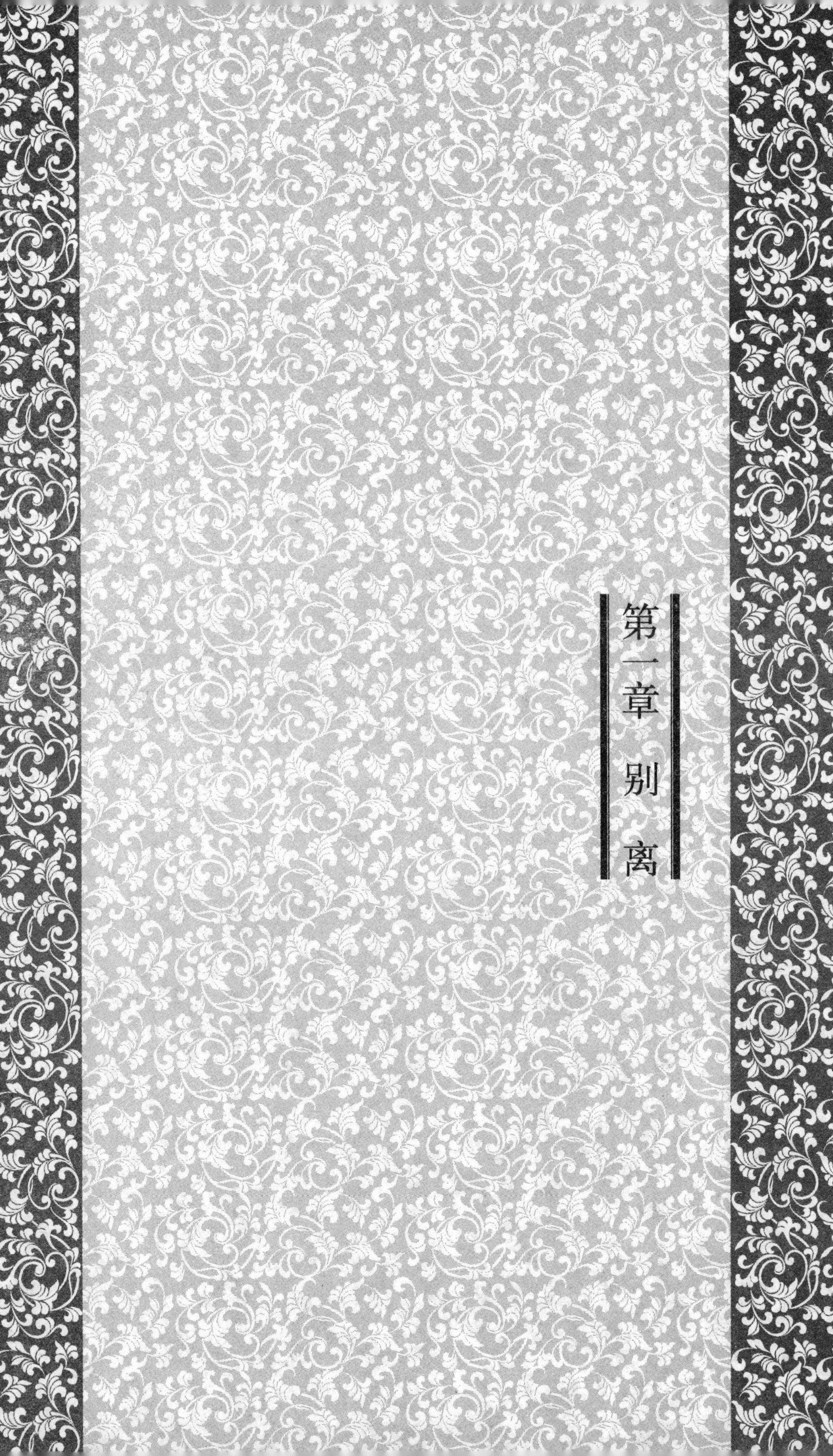

第一章　别离

第壹话

伊豆守信幸从大坂城返回伏见真田府邸，讲述了晋谒德川家康
的情形。

"竟然真会有这样的事！"

铃木右近似乎非常震撼。

他所讶异的不是家康饶了本家真田父子性命一事，而是信幸岳
父本多忠胜的那股豪迈气概。此人竟不顾自身安危，坚持对女婿伊
豆守信幸尽武士道义！

这当然不是简单的道义。

本多忠胜大概是非常欣赏真田信幸的吧？

"从沼田赶来的路上，我当真觉得父亲和弟弟这次肯定难逃一
死……"信幸大有如释重负之感，"总之，肩上的重担算是卸下来了。"

"您费心了！"

"太好了……总之，太好了！"

信幸的双眼罕见地湿润了。

"是啊……"

铃木右近亦然。毕竟真田昌幸就像他的再生父母一样，而左卫门佐幸村打小便用"小白兔"来称呼右近，爱他有若幼弟。

眼前的铃木右近威猛健壮，全不见半点"小白兔"的样子了。

"那，以后会怎样呢？"

"恐怕会把他们流放到高野山吧。"

"高野山……"

右近的神色似乎更舒朗了。一想到宇喜多秀家后来被流放到大海彼岸的八丈岛，右近便觉得真田父子的境遇挺不错了。

真田昌幸曾几次向高野山的莲华定院布施，幸村住大坂时亦两度去高野山拜访莲华定院。所以，他们父子暂时可去该院安身。

高野山在纪州（纪伊国）境内。关原之战前，纪州由太阁秀吉之弟秀长治理，秀长亡故后则由其养子秀保接管。怎奈秀保没几年就死了，自那以后，便只由秀长的重臣桑山重晴把守纪州的国府——和歌山城。关原一役之后，以主力之姿浴血奋战的浅野幸长获赐和歌山城，封地三十七万四千石。

如此说来，被押送高野山的真田父子会受到浅野幸长的监视。

对信幸和右近来说，这真是机缘巧合。

幸长之父浅野长政是深受丰臣家大恩的大名之一，颇得秀吉信任。去年秋天，秀吉殁后天下大乱之际，他因有蓄谋暗杀德川家康之嫌，被幽禁于武州（武藏国）的八王子地区。惟其如此，其长子幸长才会去关原"殊死奋战"的吧？

大概就是这个缘故，浅野父子对真田家抱有好感。因之，他们不太会对来到高野山的真田父子行不利之事。

若能逃得一命，父亲姑且不论，左卫门佐没准会再度立身出世——真田信幸揣着微渺的希望。

本多忠胜似乎也是这个意思。他对信幸说道："就先忍三年吧！"

待家康和秀忠的怒火平息，信幸再将父亲、弟弟领回，给幸村五千石甚至一万石的俸禄，让他安身立命，这未必没有可能。

"那，他们几时动身去高野山呢？"

"尚未明确定下，但年内肯定会离开上田吧……"

"是啊！"

"恐怕咱们会担任押送一职。"

"确实。"

负责押送真田父子从上田去高野山的是德川家的部队，但真田信幸肯定要派一支队伍随同。万一有何不测，他们将被问责。

针对指挥这支队伍的人选，信幸问道："右近，你来担任，如何？"

"我很高兴效劳。"

"那就交给你了！"

信幸命铃木右近先行返回沼田。他办事谨慎，唯恐有何纰漏，故让右近先去联络一下，着手准备押送事宜。

虽然只是联络，却不容有半分疏忽。上田城目前正由德川军监管，所以办事有失周全之人根本不足为靠。

真田父子带去高野山的家人和侍从的人数、人选，都要征得德川家康许可。

现下，昌幸和幸村都是戴罪之身。

"虽然不能公开说……"铃木右近边给信幸斟酒边道，"但老爷肯定是一肚子火吧……"

他的意思是说，真田昌幸只怕兀自愤懑着西军那惊人的败北。

铃木右近似乎觉得关原之战西军本有获胜之望，哪知竟输掉了。

"嗯……"信幸微微一笑，"我从一开始便不认为能胜哟！"

"话虽如此，总归是……"

"都过去了。"

"是……"

"明后天回趟沼田吧？"

"明白。"

"争取做到万无一失。"

"是。"

第三日早晨，铃木右近忠重带着三名随从，从伏见府邸动身前去沼田。

第贰话

难道这才是恩师的真意？换言之，他其实是说德川家康不会夺得天下……难道这才是他要告诉右近的事？

铃木右近和三名随从策马离开伏见，路经京都。

京都的二条大街上同样有真田府邸。顺路去那里传达伊豆守信幸的指令之后，四人稍事休息，便离开了京都府邸。

是日一早如寒冬般冷彻骨髓，天空乌云密布。右近一行来到三条大桥时，乌云间依稀有日光洒下。

片刻之前，堪称京都门户的三条大桥的桥头尚有一队东军警戒，这会儿却放松了。

天正十八年，丰臣秀吉决定攻打小田原时命令重建三条大桥，理由是那里要通行大军，所以桥体要用石头建造。

铃木右近要从西岸去东岸，上桥之后，突然惊呼道："咦……"立刻命随从们驻足等候，跟着便翻身下马，摘下漆笠。

自东岸登桥的人中有一名武士。那是一名行旅武士，身着轻便的旅行装束，背负窄长布包，斗笠带子垂挂至长刀刀柄一带。

"哎呀！"那武士对靠近了跪下的铃木右近笑道，"久违了！"

此人正是柳生五郎右卫门宗章。

"恩师……"右近唤道，双手摁住桥板，"这真是意想不到……"

"哈哈哈……"

"我很思念您。"

"好了，快起来吧，搞得路人都以为出事了呢。"

"是……"

"来，起来吧。起来，起来吧。"

"是。"

九年前——天正十九年，铃木右近因侍女阿顺一事，未能随真田信幸出征朝鲜，故而逃离沼田。他当时尚是十八岁的少年。翌年冬日将尽之时，他在江户被三名浪人包围，眼看着就要被对方斩杀，危急中幸得路经当地的柳生五郎右卫门出手相救。二人后结缘为剑术上的师徒。

柳生五郎右卫门那年二十六岁，如今三十有五。铃木右近则是二十七岁。五郎右卫门将右近留在柳生乡，再度出门旅行，此后几乎每次回来便又会匆匆离去。后来，右近回到了旧主真田信幸的身边，再未见到五郎右卫门。

五郎右卫门正当壮年，却是双鬓染霜，尤其是他的浓眉几近变白，让右近甚是瞠目，然而其脸色倒是跟年龄相称，健硕的身躯亦同昔日无异。

"右近，有出息了呢！"柳生五郎右卫门微微退后，将铃木右近从头顶打量到脚尖，"不错，长成一名好汉了嘛！"

这似乎是对右近的夸奖。

"恩师要回柳生乡了？"

"是啊。"

"右近想陪您去，但是……"

"哪里话！你现下可不该做这种事吧？"

"恩师……"

"挺辛苦的吧？我看得出来。"右近曾将回到真田家一事告知柳生家，所以五郎右卫门肯定是知道了，"听说你负责留守伏见真田府邸，那个尤其不容易吧？"

"真不敢当。"

"你这是要去沼田？"

"是的。"

"嗯……"柳生五郎右卫门似乎有所察觉，但一时又不敢断定，"本家这次有麻烦了？"

"是……"

"但是，安房守大人和左卫门佐大人到底捡回一命，这比什么都强啊！"

"您连这事儿都……"

右近大吃一惊，暗赞老师的消息灵通。

只听五郎右卫门低笑道："久违了，想和你好好叙叙，但现下怕是不行。反正迟早总会再见面的，我要赶路喽。"

"是……"

"来，走吧，我送你。"

"您这是哪里话！"

"没事，就让我送送你吧。"

五郎右卫门洒然走近右近的坐骑，牵住马辔回到右近眼前。

右近大是惶恐：“恩师……”

“来，上来！上来吧，不听老师的话了？”

五郎右卫门硬要让右近上马。右近无计可施。

五郎右卫门冲右近的随从点了点头，说道：“右近，往后的一段日子里，战火该会平息了吧？我们不日定当相见。”

“是，是的！”

“你家伊豆守大人是天下翘楚，效命那样的人，你该觉得幸福才是。你懂不懂？”

“是……”

“别太当回事嘛，走吧。走吧。”

“恩师，我们不日定当……”

“嗯，嗯！”

走到三条大桥东端，铃木右近从马上回首顾盼，只见桥对面的老师正挥着斗笠。此时，右近完全不怀疑会有跟柳生五郎右卫门再会的一天。不料这一日竟成了他们的诀别之日。

三年后，柳生五郎右卫门魂归黄泉。而且，铃木右近是从一个意想不到的人那里听说五郎右卫门那惊人的临终时刻的。

“咦……”

右近策马狂奔，忽想到刚刚道别的老师之语。

五郎右卫门说“往后的一段日子里”战火将会平息——莫不是说，一段日子之后，便会战火重燃？

难道这才是恩师的真意？换言之，他其实是说德川家康不会夺得天下……难道这才是他要告诉右近的事？

自打战争结束，右近脑子里同样的想法便挥之不去。

（到了那天，高野山的老爷和左卫门佐大人会如何呢……）

他被这件事深深困扰，继而心慌意乱。

（不会再打仗了……不会再打仗了！）

父亲和弟弟的身家性命让真田信幸忧心忡忡。从沼田赶往伏见之时，他的憔悴不堪让所有人都一目了然。而当父亲和弟弟被饶命之后，回到伏见府邸的信幸脸上则闪耀着喜悦的光辉。

（我不希望大人再那般劳心费神了……）

目送铃木右近走上东海道之后，柳生五郎右卫门缓缓走至三条大桥西头。离他不远，有个穿戴齐整的老翁正若无其事地盯着他宽阔的后背。他同样向西走过大桥。

这老翁便是真田草者五濑之太郎次。

之前，笠神小屋的阿江曾命他去京都筹备一个供两人共住的房舍，他便来四条地区租了个小屋，住了进去。

来到此地之后，太郎次打出了"印章师"的招牌。而且，这位"印章师"的本事一点都不含糊。

太郎次当时刚从美浓笠神的小屋回到京都。他去那里联系奥村弥五兵卫。哪知一踏上三条大桥，便看见铃木右近从对面而来。

右近不认得太郎次，但太郎次去年随故去的壶谷又五郎到伏见真田庄时，暗暗记住了铃木右近的长相。

然而，他不认识柳生五郎右卫门。

（右近大人竟那般恭敬问候一个浪人……对方是何许人呢？）

太郎次遥遥观望。他不是没有跟踪五郎右卫门的念头，只是现下时机不对。总之，他想先回到四条的"家"里再说。

第叁话

京都的室町一带堪称当时一流的商业街。

五濑之太郎次的家就在四条大街上，再往北去的二条大街上则有真田家的京都府邸。

从经营药品、衣料、佛具等店面鳞次栉比的大街向东走进小巷，便是太郎次的家了。这是个小小的二层楼房，楼下、楼上各有两个房间。

京都临街房屋自二楼开始，一概不允许拥有两个以上的房间。

小巷里有个名曰"户棚风吕"的蒸气浴浴舍，远近之人皆来此洗浴。这里有时会有"汤女"（女侍）陪客共寝。巷子里另有经营酒食的酒肆，里面住着锻冶匠和木工，每隔两日开张一次。大街小巷早晚都有川流不息的小贩，叫卖声嘈杂喧嚣。

五濑之太郎次以"印章师宗左卫门"的身份来此度日。

十天前，这位印章师的家里来了位三十许间的女子，跟他一同生活。

“她好像是宗左的侄女。”

“说是当家的和儿子都死了，她又得了病，宗左才把她领到身边。”

左邻右舍议论纷纷。

这生病的女子便是从笠神小屋搬来的阿江。左邻右舍眼中的阿江恰如三十许间的女子，所以他们都议论说“这两人难保没有隐情”……

从太郎次那里听到这话，阿江唯有苦笑。

她的伤尚未痊愈，但当她听到太郎次带来的消息之后，立刻说道：“我想早点搬到京都去。”只身一人来到京都。

负责笠神小屋和京都印章师家之间联络的人，是向井佐助。

笠神的奥村弥五兵卫尚难自如行动，暂由佐助和伤愈后的伏屋太平共同照看。

五天前，一名草者动身去联络真田庄的草堂。只因阿江和太郎次尚不知道上田的真田父子被饶命之事，都急着知晓德川家康会如何惩罚真田氏本家。

需要联系的事情当然不仅仅是这一件，所以阿江才会将太郎次派向笠神小屋，让他打听真田庄方面有无消息。

只要有了消息，向井佐助自会跑来京都通知，但阿江显然是等不下去了。

结果，真田庄竟是半点消息都没有。

弥五兵卫告诉太郎次，目前只有等待从笠神去真田庄的幸存草者的报告。

“我非常想去京都，但阿江来信要我留在笠神休养一阵子。”

奥村弥五兵卫不无遗憾。

"这样最好。听说对逃兵的搜索缉拿紧得很呢。"

"哦？"

"真的。"

弥五兵卫的伤恢复得不太好。

（能活下来便是奇迹了……）

弥五兵卫常常这样想。

话说回来，壶谷又五郎和鞍挂八郎大概是负了伤，正躲在哪里吧——弥五兵卫无法割舍这样的念头。

相反，阿江似乎不再抱有又五郎会活着回来的希望。

五濑之太郎次带着奥村弥五兵卫的回信离开笠神，前往京都，来到三条大桥时恰好瞧见铃木右近跟那个身份不明的武士攀谈。

太郎次回到四条大街，走进小巷里的家，招呼道："我回来了！"

"噢……"

里面传出阿江的声音，板门打开了。

"挺早啊？"

"哪里，都这会儿了……"

"辛苦了！"

阿江赶紧去准备热粥。

"阿江，我在三条大桥上看见铃木右近大人了。"

"啊？"

"他一身旅行打扮匆匆离去。铃木大人负责留守伏见府邸，这是要去哪里呢……"

"是沼田吧？"

"哎？"

"莫非上田的老爷和左卫门佐大人有结果了……"

"是啊！"

太郎次将右近恭恭敬敬问候一名行旅武士之事告诉了阿江。

"咦？"阿江亦甚茫然，"从他们的口型，看不出对话内容？"

"隔得远，不清楚。我怕冒冒失失靠近会惹得他们生疑……"

"罢了，算了吧。"

阿江将自己关在二楼的一间房里直到天黑，她似乎一直在沉思。

直到晚饭时，她才说道："喂，太郎次……"

"嗯？"

"你留下来。"

"啊？"

"我想去趟上田。"

"你？"

"是的。"

"那我……"

"不，我一个人就行了。太郎次不能离开这个家。"

阿江一言既出，无论谁劝都不会再听。

"有重要的事情？"

"没有，没事儿了。我想先去趟别所的温泉，打听一下上田的情况。"

"明白。"

"那我去准备了。"

阿江的脸上泛起红晕。

她的伤势尚未痊愈，只身一人搬来京都一事让她重拾自信。

翌日早晨，阿江离开京都。

阿江被太郎次送出家门的前一刻，有个乞食和尚慢吞吞踏上四条大街，向五条方向走去。他枯瘦的身体上裹着满是尘垢的褴褛衣衫，破斗笠压得很低，看不清楚容貌。

这老迈的乞食和尚，便是甲贺忍者猫田与助。

说是早晨，其实太阳早就升起来了。大街上颇有些往来穿梭的行人。

与助步履蹒跚，斗笠下的双眼却闪着凌厉的光。

他刚刚走过铸锅匠与佛具店，阿江便从小巷里来到了岔路上。

"那，后面的事就交给你了。"

"你当心些……"

明明是要去遥远的信浓国，阿江却行装轻便。若她再早一点现身大街的话，恐怕便会被猫田与助瞧个正着。那样一来，后果不堪设想。

阿江固然身手不凡，但她伤未痊愈，肯定打不赢与助。而与助若稍晚些走来的话，自然同样会看见阿江。

这真是瞬息之失。

阿江道别太郎次，走向三条方向。这时，与助的背影隔着行人出现了。

五濑之太郎次目送着阿江的背影渐渐缩小，一时落寞非常。

第肆话

阿江抵达别所之时，信浓国都是冬天了。

山上层林尽染，山路则堆积着厚厚的落叶。

阿江来到记忆深处的浴舍，只见木板和圆木拼制的近四坪大的浴槽里空无一人。温泉自凿穿岩壁的孔里滚滚涌出，硫黄味儿充斥浴舍。

风从没有窗扇的小窗中吹进，吹散了水雾。

正是这水雾缭绕中，阿江曾拥抱向井佐平次，亦曾和真田幸村相互爱抚。

"啊……"

将身体沉进温泉的同时，阿江深深一叹。她从未像这般感觉旅途漫长。

以前，她总觉得从上方、近江去上田易如反掌，就如同去一趟邻村。跟昔日轻轻松松赁夜穿行山野相比，她只觉得这次足足走了三四倍路程。

她的伤口正渐渐愈合，但一路上她都没有护理。幸好伤口没有化脓。

阿江精疲力竭。

温热的泉水滋润着她的身体。浓重的疲劳感被温泉融化，甚至骨头和肉都要化成粉末。

阿江背上的小行囊中装的都是些疗伤药，另有些许衣物。大街上和山路上的阿江，一眼看去，根本就是个走惯了路的平民女子。

"啊……"

阿江忽然从水中站起。不知不觉，她泡在水里睡着了。

有个女子进了浴舍，像是附近村落里的女子。

只见那女子对阿江点头示意，便开始脱下衣服。

附近的人和路人都可以随意泡别所的温泉。

平民女子和阿江进了同一个浴槽，她的肩膀、手臂、乳房都充满青春的活力，肌肤更是有若凝脂。

温泉中弹起水花。

看着对方的阿江用双臂按住胸部，再度沉进热水。她瘦弱的肉体了无生机。

（我的却是这样……）

阿江暗想。她的双乳干瘪、皮肤干巴巴的。

"喂……"平民女子怯生生招呼道，"您是旅行的人？"

"是的。"

"生病了？"

"不，没有……"

"要去哪里呢？"

“越后……”

“噢，就您一个人呀？”

“是的。”

女子问得很是琐碎。阿江只得走出浴槽，从行李中翻出新内衣跟和服，穿好后准备离去。

一片淡淡的暮色。

浴舍中的女子招呼道：“您走好！”

“谢谢。”

“今晚住我们家吧？”

“不用了，我有事……”

阿江说到一半便嫌麻烦了，索性抱着衣物走出。

她的目标是别所的安乐寺。别所安乐寺是镰仓时期创立的禅寺之一，创立者樵谷惟仙是一位曾渡海到大宋求学的高僧。

安乐寺地界本是安房守真田昌幸的管辖范围，而且昌幸一直坚持向该寺布施。因之，安乐寺跟真田家渊源颇深。十八年前，向井佐平次被壶谷又五郎和阿江从陷落的高远城中救出，去上田的途中就曾被草者小助背进安乐寺休养。

小助见阿江踏进安乐寺山门，忙从树荫出来，唤道：“阿江……”

阿江吃了一惊。不，若说吃惊，倒不如说是觉得这安乐寺一如往昔，跟她想象中的一样，所以觉得高兴。

“这不是小助嘛！”

“您竟然活着……”

“死里逃生喽。”

“来，到这里来吧。”

安乐寺的稻草屋顶完全没变。阿江被带进一间僧房。

"就小助一个人？"

"目前就我一个。"

话说回来，"小助"这名字委实无法切合他那瘦高的身体。

小助说道："昨天有两名草者来了。"

但是，笠神方面派来的草者犹未抵达。

"噢？那横泽与七大人呢？"

"他平安无事。现在去地藏峠的小屋了。"

十八年前，当向井佐平次被送到这小屋时，看守小屋的正是奥村弥五兵卫和小助等三名草者。他们留守真田庄的草堂，指挥手下的草者参加之前的战争，向困守上田城的真田昌幸和幸村父子效命。

与七的触角一直伸到了尾张和美浓地区。关原的西军败北之事，最初便是由横泽与七通报上田城内。与七匆匆和真田昌幸父子商定日后的联络事宜，便逃离了上田。

当时，包围上田城的东军占领了真田庄，却没有察觉草堂。与七逐一帮助草堂中的草者和他们的家人逃出，其侄女——向井佐平次之妻茂枝——则和丈夫佐平次一同待在上田城里。

与七选定别所的安乐寺和地藏峠的小屋充当草者联络站。四散的草者知悉此事，纷纷从安乐寺汇聚到地藏峠。目前达到了二十人。

地藏峠的小屋绝对安全，而且设备精良、房屋宽敞，所以一些草者的家人便跟着住了进来，住不下的则去了另两个小屋——均未出甲斐、信浓地界。

横泽与七不想给安乐寺添麻烦，便让小助一人以杂役身份住进去负责联络。

目前的上田城正被东军层层包围、监视，而且阿江不再具有潜进那里的体力和精力。因而，她的脑海里首先浮现的便是安乐寺。

东军的眼睛盯上真田家地盘内的寺院，估计尚需一段时日。

"无论如何，见到小助真是太好了。"

"壶谷又五郎大人和奥村弥五兵卫大人呢？"

"又五郎大人怕是离世了吧。"

"哎？"

"弥五兵卫大人捡回了一条命。"

小助面色苍白，说不出话来。

"姊山甚八死了，而且……"

小助颓然起身，想要走出僧房。

"你去哪里？"

"准备晚饭……"

"对不住了，小助。"

"啊？"

"以后，就要靠你们了，拜托了！"

小助端着热粥返回僧房之时，只见阿江正如死了般沉沉睡着。

第伍话

阿江醒来都是翌日午后了。浓重的疲惫感依然缠裹着她，使她甚至爬不起来。

这僧房里不见安乐寺僧人的身影。身边只有小助一人，而小助又不知去了哪里，没个影子。阿江叫了小助两次，始终无人应声。

（难道我死了……）

在这样的虚脱感中，阿江再度睡去。

再睁开眼时都深夜了。烛台上，一盏孤灯微微摇曳。阿江看到灯前坐着一个小个子老人，正全神贯注打量着被窝里的自己。

“啊……这不是与七大人嘛……”

“没错儿。”

正是横泽与七。

“小助到地藏峠的小屋通知我，我就立刻赶来了。”

阿江一个劲儿点头。

“阿江，你总算活下来了。”

"真是惭愧。"

"什么话！这往后就指望你了呀。"

"听小助说了吗？壶谷又五郎大人……"

"听说了。"

从地藏峠来这里的路上，横泽与七似乎从听闻又五郎牺牲的打击中振作起来了。他的声音镇定，神色也很平静。

这时，小助来了。

横泽与七将从地藏峠带来的药煎好。

"来，吃药吧……"

与七扶起阿江，喂她吃下热乎乎的汤药。

小助去僧房外面了，忙着给阿江煮粥。

"来，好好休息吧。"

"不，别担心我。"

"但你毕竟是受了重伤……"

"我能暂时住在这安乐寺里吗？"

"可以。我让小助跟着你，一旦有事，好逃出去。"

要想泡温泉，最好半夜偷偷溜出寺门。村人不会大半夜泡温泉。

许是汤药见效，阿江恢复了生气，把她知道的事情和跟关原有关的事情全部告诉了横泽与七。

当听到阿江只身去长良川奇袭德川家康，就连与七都难抑兴奋，一拳砸到僧房的地板上。

他甚是懊恼，叹道："可惜……太可惜了！"

小助煮好粥回来，听到奥村弥五兵卫奇袭失败一事，再也克制不住，跑到了走廊上。

“喂，与七大人。”

“什么事？”

“我来这里，是想打听一下上田的老爷和左卫门佐大人的情况……”

“他们二位还在上田城里。”

上田城正被东军重重包围。

与七和阿江都不知道真田父子竟然被赦免了。

所以与七正忙着准备，以便万一有何不测，就立刻将真田父子救出。

与七似乎觉得真田父子很难被赦免。

万一德川家要借真田父子之事杀鸡儆猴，很难说他们不会立刻被砍下脑袋——没准会送到京都、大坂之后再行刑呢。

但是，横泽与七有自信将真田父子夺回。

“这个节骨眼上，阿江回来了，这比什么都让人振奋。”与七说道，“我不认为往后就是德川家的天下，我倒觉得往后才是真正的战争。”

他嗓音低沉，却是激情澎湃。他的话似乎激起了阿江的斗志。

“总之，与七大人，我们该跟城内取得联系了。”

“是啊。”

一定要避开东军耳目，秘密联系上真田昌幸和幸村父子。这件事，横泽与七尚未着手去做。

“早知如此，我事先就往城里派草者了。”

与七遗憾道。但对潜进城里一事，他似乎有着足够的自信。

“来，起来吧。”

与七劝阿江喝粥。阿江将粥一扫而光。

先前，阿江食欲不振，身体一味消瘦，忐忑不安，而刚才的粥却让她觉得好吃得无以形容。

这正说明阿江的身体开始康复了。

"嗯、嗯……"横泽与七喜滋滋点了点头，"去泡个澡吧？暖暖身子……"

正说话间，小助从僧房外悄然跑来，报告道："向井佐助来了！"

"啊……"

阿江和横泽与七对望了一眼。

佐助和弥五兵卫都知道阿江先来了别所的安乐寺。

阿江立刻询问跟着小助来到僧房的佐助："弥五兵卫大人没事吧？"

"不，你误会了，误会了。"

"嗯？"

"本家的老爷和左卫门佐大人要被送到高野山……"

"啊？当真？"

"京都的太郎次大人听到了大坂方面这样的传言。"

"嗯……"阿江的脸上登时泛出喜色，"与七大人，若那传言当真，我们也得重做打算了。"

"是、是啊……"横泽与七讶然看着佐助，"佐助……"

"久违了！"

"你长大了哟！"他忍不住道，"来，站起来，站起来，让我看看你长大了的模样。"

"这样？"

"噢、噢……"与七张开双臂，挥舞着，"佐助，你活下来了呢！"

"佐助这次干得真是不错！"阿江道。

"我父母他们都好？"

"佐助，别担心！他们都好，很快就会给你生个小弟弟小妹妹了。"

"真的？"

"当然是真的……"

"嗯！"佐助喜形于色，笑道，"这样我就放心了。"

日后，哪怕在草者生涯中死去，总有弟弟妹妹在父母身边……

他似乎放下了心。

不仅是身体，十六岁的佐助的心理也在成长。

是夜，阿江、与七、佐助、小助四人并排睡在这间僧房里。

翌日早晨，阿江睁开眼，眼前是佐助的笑脸。

"啊，佐助……"

"阿江，你的气色和在笠神小屋时大不一样了。"

"是吗？"

"似乎没事了呢。"

"我也这样认为。"

"现在吃汤药？"

"噢，等等。"

"咦？"

"到这边来！"

"好。"

与七和小助好像出去了。

"喂，佐助，有件事拜托你。"

"是。"

"你正合适。我昨晚上考虑……"

“请说。”

“老爷跟左卫门佐大人被遣送高野山时，你能不能跟着去？”

“我去高野山？”

“是的。总要有人负责老爷和我们之间的联络才行。”

“我懂了。”

“你能去吧？”

“我去。”

“拜托了！”

“好！”

阿江伸出双臂，抱住佐助：“你竟然成了一名坚强的草者了。”

说着，她忍不住落下泪来。

第陆话

家康对此无疑心知肚明，所以才命真田信幸去
接收上田城。

是日黄昏，从笠神小屋前来的草者十藏抵达了安乐寺。

憔悴不堪的十藏见到阿江，大吃一惊。阿江虽有五濑之太郎次的照看，却毕竟身负重伤，十藏真想不到她会独身远来信浓。

十藏同样负了伤，只比阿江轻些。从美浓笠神来安乐寺的途中，十藏一度高烧，好几天动弹不得。结果，从美浓踏进甲斐之后，他就倒下了，只好暂住山村，休养一番才再度动身来到信浓。

十藏面红耳赤，赧然伏地，向阿江说道："对不住了！"

阿江笑道："这很正常，不用道歉。"

"那……那你为何来这里呢？"

"哎呀，我是着急才来的呀。来，先休息一下吧，往后有好些事要忙呢。"

"是。"

"累了吧？让小助带你去泡个温泉吧。"

翌日，小助陪十藏去了地藏峠的小屋。傍晚时，横泽与七来了。

与七派草者潜至上田城下，着手搜集各种情报。

"听说伏见府邸中负责本家留守的池田纲重大人回上田了。"

"好，具体的时间呢？"

"听说是前几天吧……"

看守伏见府邸的池田纲重和数名手下向前来包围的东军大大方方报上姓名，说道："我们是负责看守伏见府邸的人。"

东军欣然放他们进城。

"这可太好了。"阿江顿觉一块石头落地，"喂，与七大人……"

"哎？"

"我们干脆顺便跟城内联系一下吧？"

"对，你跟我看法一样。"

总算联系上了流落四方的草者。目前，地藏峠的小屋变成了真田草者的大本营。阿江来了，关原的情况就明白了，而京都、大坂一带的战后情况亦搞清了。最重要的是，大家听到了真田父子将被赦免的消息。横泽与七想早日将这些情报告知上田的老爷。

"我打算亲自潜进城内……"

"不，与七大人一定要留下来。"

"那让谁去啊……"

"佐助如何？"

"嗯……"与七回头看看佐助，问道，"你行不行？"

佐助立刻答道："那当然了。"

他全无"精神一振"之态。阿江看得出他根本没把这当成难事。

"那就交给佐助好了。"与七朝阿江点点头，又追问佐助，"明天晚上就去，没问题吧？"

“没问题。”

包围上田城的东军里面，似乎没有甲贺和伊贺的忍者，所以横泽与七才觉得派一两名草者潜进城内不算困难。这毕竟不是敌城，而是自家的城——佐助对城郭了如指掌。

“好，那你天亮就走吧，顺便去见见你城内的父母。”

“是。”

佐助虽然点了点头，却没有特别欢喜。

接着，阿江和横泽与七开始给真田父子写信。信用密密麻麻的小字写在细长的薄纸上，卷得结结实实，再封上蜡，弄成筷子粗细，长三寸有余。佐助将它藏进了头发里面。万一有何不测，就将信塞进嘴里吞掉。与七的信是给真田昌幸的，阿江的则是给幸村。

然后，与七当着阿江和佐助的面，摊开张纸，画出上田城内外的示意图，周密指示道：“佐助，你先从这里溜进去，倘若情况危险，千万别硬来，就从这个地方绕进去好了。”

翌日早晨……

伊豆守真田信幸离开伏见府邸，踏上回沼田的路。

信幸回到沼田之后，立刻又做好了去上田城的准备。

父亲和弟弟尚未将上田城交给东军。纵然确信了赦免之事，昌幸都不会像毛利辉元那样没得到确切保证就让德川家部队进城。

家康对此无疑心知肚明，所以才命真田信幸去接收上田城。不消说，信幸离开伏见之前，家康的使者早就去上田通知了此事。

是日午夜，向井佐助随横泽与七离开安乐寺，去往上田城。

这个夜晚没有月亮，只有寒冷刺骨。

第柒话

向井佐助潜进上田城时，真田昌幸、幸村父子犹未睡下。

父子俩来到地炉间对饮。困守城内的真田家士兵里面，有人得知关原一役落败，便不知逃向了何方；而武装好的当地百姓得到安房守昌幸"都解散吧"的指令之后，则纷纷逃出城外。

眼下留守上田城的真田家士兵恐怕只有一千二百人了。

昌幸似乎做好了准备，只要德川家态度不对，就放手一搏。

倘若投降后会被斩首，索性守城阵亡算了。然而，大势毕竟已去。再怎样笼城奋战，都全无胜算。真田父子所加盟的西军，到底是战败了啊。换言之，就算让家臣们出阵，亦无法回报他们。

这便是昌幸举棋不定的缘故。

真被逼到绝境，昌幸没准会向德川家康提议开城投降，他和左卫门佐幸村切腹自杀，以此要求家康赦免真田家的全部家臣。

家康不太会拒绝那样的条件。否则，一旦昌幸父子决意笼城，家康就要再次派兵前往上田，就算最后取胜，流血牺牲总是难免。

家康曾特意吩咐包围上田城的东军，下达新的指令之前，不准主动挑战。他甚至摇着头告诉儿子秀忠，本多忠胜带着真田信幸来给上田的真田父子求情之前，他一度打算把安房守和左卫门佐这两人在上田城内游街示众，而后砍下脑袋，无奈竟做不出来。

家康似乎有意以真田父子开城自杀的条件，释放城内将士。

目前的上田城一如东西两军开战前夜的样子。篝火熊熊燃烧，粮食和酒储备丰足。而且，真田昌幸让大家尽兴。

得知西军败北，城内将士似乎有了觉悟，坚信死战的时刻就要到了。朝来夕往十分肃穆安静，城郭的守备更是全不含糊。

当听人报称向井佐助来了，昌幸和幸村面面相觑，却没有如何吃惊，只是笑道："那个毛孩子啊？"

他们早就料到会有草者潜进城内。

佐助由侍臣带路，来到了地炉间。

"哎呀……"昌幸和幸村一见到他，都惊讶这孩子成长得如此之快，"佐助，来时一路顺利？"

"是的。"佐助真没想到此行竟如此简单，答道，"从千曲川爬城墙进来的。"

来这里之前，佐助换上了向一名长枪足轻借来的衣服。

幸村问道："见到你父母了？"

"您先看看这个。"佐助不答，而是从头发中取出两封密信，说道，"这是横泽舅公给老爷的信。"

"哦？"

"这是阿江给左卫门佐大人的。"

"哎？"幸村吃了一惊，"阿江都来了啊……"

"是的。"

"嗯……"

幸村拔出小刀，剥掉密信上的蜡。佐助将点着蜡烛的烛台拿到二人旁边。真田父子全神贯注读信。

"父亲……"

"嗯……"

读了两三遍后，他们交换密函，再次出神读着。

佐助屏着呼吸，眼看着一向城府甚深的昌幸渐渐脸色苍白。壶谷又五郎的战死尤其让昌幸难受——那可是他从武田胜赖手里千方百计"讨来"的壶谷又五郎啊！

又五郎由武田忍者摇身变成真田家的草者之后，一直像昌幸的左膀右臂一样效命。昌幸虽未落泪，嘴角却是簌簌抖动。

幸村瞥见父亲的表情，不觉轻轻唤道："父亲……"

昌幸没有说话。

"没办法的事……"

昌幸默然。

"阿江去取内府的脑袋了呢！"

昌幸不语。

"似乎就差一点点了。"

幸村的话音里似乎饱含遗憾。只怕他正想着，就算只有五百士兵，都足以去关原大杀一番！

真田父子都觉得关原西军的败北让人扼腕，无法从草者白白送死的懊悔中自拔。到父子俩恢复常态，无疑需要相当长的时间。

只听真田昌幸朗然说道："我决不能让又五郎白白战死！"

这意味着……

"说的是！"幸村狠狠点头，"我们被赦免，是沼田的哥哥向内府求情了吧？"

"闭嘴！那没准只是谣言。"

"但是……"

"内府肯定不会接受伊豆守求情的。"

"那倒是。"

真田父子当然没想到本多忠胜会那样坚决迫使家康低头。随后，父子俩吩咐向井佐助把知道的事情都讲来听听。待得佐助讲完，天空都泛白了。

"佐助，你虽然年幼，事情却做得不错！"昌幸抚摸着佐助的头，蔼然说道，忽然取下腰间佩着的短刀，"收下这个吧。"

"不，这……"

"这是我的一片心意，收下吧！"

幸村帮腔道："收下吧！"

"真不敢当……"佐助伏地行了一礼，从昌幸手里恭恭敬敬接过短刀，"谢谢！"

昌幸赠给向井佐助的短刀，是名匠来国次锻造的一尺名刀。

幸村说道："好好住上三天再走吧。"

"横泽舅公说，老爷和左卫门佐大人下令之前，让我暂住城内。"

"哦？好，那你这就去看看你父母吧。"

"是！"

佐助走后，真田父子一直没离开地炉间。他们命人将饭送来，似乎一直进行着密谈。

第捌话

真田幸村住的地方，是上田城内二丸的居馆。此地曾供其兄长信幸度过新婚时光。

向井佐平次和茂枝夫妇被赐予了居馆内的一间房舍。

"哎呀，这不是做梦吧？"

茂枝一愕说道，欣然抱住佐助。

茂枝几天后就要临盆，脸瘦得变了模样，腹部却高高隆起。

"佐助，你竟然活下来了，太好了！活下来了呢……"

茂枝泪流满面，紧紧抱住佐助。她异常激动，佐助和佐平次都不曾见她如此。

被母亲紧紧拥住的佐助，隔着母亲的肩膀凝望父亲。向井佐平次微张着嘴，茫然望着儿子。

这对父子总是失之交臂，共同生活的日子用手指都数得出来。

"这是爸爸？"

"这就是我儿子……"

父子二人对望着，那眼神宛若看着客人。

只听佐助说道："父亲，壶谷又五郎大人去关原当了战争忍者，阵亡了。"

"哎？"

纷至沓来的惊讶简直让佐平次说不出话来。

茂枝一惊，登时放开佐助，问道："你刚刚说……又五郎大人战死了？"

向井佐平次面白如纸。跟和时隔数年的儿子重逢相比，又五郎之死带给他的冲击似乎更大。

若没有壶谷又五郎和阿江，向井佐平次只怕早就跟高远城共命运了吧？那样一来，他不会出仕真田家，不会和茂枝成亲，更不会将佐助带到这个世上。

实际上，对向井佐平次来说，壶谷又五郎不是简简单单一个"救命恩人"就足以概括的，而是另有意味。死去的壶谷又五郎当然明白此事，佐平次却不知道。茂枝和佐助自然更不知道。

昔日，壶谷又五郎尚是武田信玄的手下之际，曾屡屡背着信玄和侍女於布以幽会，以致她怀上孩子。

信玄自又五郎少年时便"小子"、"小子"的唤他，对他疼爱有加，闻知此事，不禁笑道："那个小子，都要当父亲了呀……"

信玄对他宽大处理，让於布以回到韭崎的娘家生下孩子。如前所表，这孩子便是向井佐平次。於布以生下孩子后便因产褥热而死，信玄只好想办法选人照顾这个孩子，结果交给了武田家的长枪足轻——向井猪兵卫。

佐平次对故去的向井猪兵卫是亲生父亲一事深信不疑。

壶谷又五郎是武田家的忍者，常要执行任务，又是个大男人，肯定带不了孩子。何况，年轻的又五郎决意誓死报效宽恕他通奸罪行的武田信玄，永不娶妻。

然而，他一直偷偷关注着那个跟他血脉相连的男孩子，关注着那个成了向井猪兵卫儿子的佐平次的成长。

年轻时，他觉得儿子被送到向井家挺不错的，甚至觉得轻松，但等他到了统领武田忍者的年龄，便无法不对向井佐平次寄予特别的关怀。

佐平次长得不像父亲又五郎，用又五郎的话说，真是像极了死去的於布以……

武田信玄死后，又五郎接受了真田昌幸的恳求，着手管束真田家的草者。

武田胜赖继承了信玄的家业，却不太重视又五郎，见真田昌幸特别想得到壶谷又五郎——

"要是你真想要的话……"

他爽快满足了昌幸之欲。

后来，武田家就要灭亡之际，当上真田家草者的壶谷又五郎和阿江一同以昌幸耳目的身份出手战斗。

（我儿子……不，向井佐平次去了哪里啊……）

又五郎几经打探，得知佐平次拿着长枪进了高远城，暗想无论如何都要将他救出，遂由着这不称职父亲的感情，让阿江帮佐平次逃出就要陷落的高远城。

佐平次得救后便追随了真田幸村，和壶谷又五郎见面的机会比他效命武田家时大大增加。

"唉……"

不晓得又五郎便是生身父亲的向井佐平次从儿子口中听闻又五郎死了，不觉低呼着抱头痛哭。

茂枝和佐助从未见到这样的向井佐平次。

又五郎的死竟使得父亲如此悲伤，佐助深觉惊讶，只得呆望着他。

茂枝同样泪流满面。又五郎每次见到茂枝，都会用"这就是我儿媳妇呀"的眼神看她，这种脉脉温情无疑深印茂枝心间。

佐助潜进上田城的次日，本多忠胜派来的急使抵达上田，宣布了真田父子将被流放高野山，而后才有了真田昌幸允许樋口角兵卫跟着去高野山的事。

"若是沼田的哥哥来接收此城，我们被免死一事肯定是真的了。"左卫门佐幸村说道。

"大概是本多忠胜给伊豆守帮腔了吧？这样我就懂了。内府肯定是万般无奈才勉强同意……"

"父亲，我们该如何做呢？"

"是啊……"安房守昌幸凝思道，"那就给他们吧？"

他面带得意之色。

第玖话

真田父子对被押往高野山之后的日子充满希望，他们期待着重出江湖之日。

本多忠胜的使者到达上田的第三天深夜，向井佐助偷偷出城，回到了别所的安乐寺。

"呀，回来了？"

阿江身体一弹，迎进佐助。安乐寺的僧房里，阿江体力渐复，话音里充满力量，瘦弱的身体甚至长了些肉。

"您看——"

佐助将真田幸村的密信交给阿江。这封密信不似阿江和横泽与七让佐助送去的那封，而是跟平常的书信一样。何以如此？皆因佐助有脱身的自信。对草者而言，东军的警戒形同虚设。

阿江立刻开始读幸村的密信。小助悄悄告诉佐助，横泽与七去了地藏峠的小屋。

这三天内，听说关原之战前夜和壶谷又五郎、阿江他们一同负责联络上田方面的数名草者来到了安乐寺，去了地藏峠的小屋。

佐助忍不住问道："这里面有没有阿忆？"

这时，阿江的视线似乎离开了幸村的信，瞥了佐助一眼。

"这个……"

"没有？"

"没来。"

阿忆本由壶谷又五郎指挥，后因东军先锋部队奔回清洲，她便离开了笠神小屋，去查探对方动向。那之后，她大概是去了东海道，负责联系从上田前来的草者。

阿忆曾受横泽与七之托，让十五岁的向井佐助"成了男人"……眼下战火平息，对幸存者佐助而言，阿忆自是让他无法忘怀的女子。

"天就快亮了吧？"阿江卷好幸村的信，"小助，麻烦你去一趟地藏峠，通知横泽与七大人来这里一下。"

"我知道了。"

"到了我出手的关头喽，怎奈身体暂时无法随心所欲……"

"是。"小助立刻离开安乐寺，前去地藏峠。

他走后，阿江说道："佐助，这下子就需要你反复潜进上田城了——我有事要跟老爷和左卫门佐大人商量。"

"好。"

"喂，佐助……"

"哎？"

"是老爷和左卫门佐大人去高野山时的事……"

"是。"

"前几天跟你说了吧，负责我们和高野山之间联络的草者，一定要时刻陪着老爷和左卫门佐大人才行。左卫门佐大人说，如果是佐助的话，不会惹人生疑。"

佐助之父向井佐平次曾对幸村表示无论如何都要跟去，却被断然拒绝。幸村不想再让长期跟随他的佐平次和妻儿天各一方，更何况佐平次之妻茂枝眼看着就要生孩子了。

幸村打算把佐平次夫妇送到沼田的兄长伊豆守信幸那里。信幸奉家康之命前来接收上田城，本家的家臣里肯定会有些人被他收留。

"我本想将佐助和佐平次夫妇都送去沼田，哪知刚才一看到潜进城里的佐助，竟觉得带他去高野山非常合适。然而，此事无法勉强，佐助父子一直缘分不深，倘若他想跟随父母生活的话，别干扰他。"

左卫门佐幸村给阿江的信中如此言道。

佐助自幼年便由舅公横泽与七训练忍术，跟陪着父母安稳度日相比，他觉得以草者身份向真田家效命更有意义。

真田父子对被押往高野山之后的日子充满希望，他们期待着重出江湖之日。十六岁的佐助对这一点看得非常清楚。

否则，他们为何要跟草者联络？真田庄的草堂都没了，若只是想借草者的力量东山再起，自然难比登天。

阿忆的哥哥宫冢才藏亦是一名草者，在真田庄附近的角间谷茅屋负责栽培草药、制造火药和忍者道具，目前好像同样搬去地藏峠的小屋了。他从事的补给工作，日后无疑会非常困难。

幸村和父亲昌幸商量，打算从上田城内的金银中拿出一部分给草者们。这需要抓紧办理，开城前一定要避开东军耳目送出城去。

"这段日子，你每回进城，最好都去和父母道个别。"

阿江温言说道。佐助却面无表情。

（哎呀……佐助真的成了个合格草者了！）

阿江欣然望着佐助的侧脸。天空渐渐泛白，正殿上响起念佛声。

第拾话

是夜，横泽与七和小助从地藏峠的小屋返回。

安乐寺的僧人们对悄然进出寺院的草者皆视而不见。

"与七大人，辛苦了……"

"没事。佐助回来了吧？"

"这会儿正泡温泉呢。"

"哈哈。"

阿江将幸村的密信交给与七，说道："来，您看看这个。"

"我这就读。"横泽与七将信看了两三遍，说道，"我明白了。"

"目前看来，真田家的草者只好先撤出上田地区了。"

"是啊。"

"这不是很快就能办妥的吧……"

"但是，若不抓紧时间……沼田的伊豆守大人是知道的吧？这安乐寺和地藏峠的小屋……"

"说得对……"

伊豆守信幸肩负接收上田城的重任，当然不会允许草者暗中活动。况且，真田父子搬到高野山之后，草者就不用留守上田了。

草者们未来的舞台，总归不出京都、大坂一带。所以，一定要建立京都、大坂和高野山之间的纽带，形成新根据地。眼下，近江和京都、大坂之间尚有几个隐秘的小屋和忍宿，除了下久我、长曾根和笠神三地，另有一个由五濑之太郎次以印章师身份住着的房舍。

横泽与七欣然说道："幸好阿江和故去的壶谷又五郎大人常年操劳，我们虽然战败，这些据点总没失去，这真是让人信心百倍。"

"与七大人，我想我们要早日前往高野山了。老爷和左卫门佐大人被送到之前，我们就要动手……"

"这个自然。"

"所以，选两名技艺高超的草者去高野山吧。"

"我明白。"

"路上顺便去一趟笠神小屋，听听奥村弥五兵卫的指示。我来给弥五兵卫写封信吧。"

"你说得是。"

"恐怕要让与七大人等一会儿了。"

"我一切都听你安排，阿江只管吩咐就是。"

"与七大人竟然这样说，让我如何回答才好……"

阿忆的哥哥宫冢才藏送来报告，称真田庄和角间谷两个茅屋里的忍者道具和火药、草药，绝大部分都藏到了人迹罕至的深山之中。

要赶紧将这些备用物资送到安全场所！

宫冢才藏指挥草者将其中一部分送到了地藏峠的小屋。

阿江说道："我觉得先送到下久我的忍宿较好。"

下久我忍宿毕竟是草者的旧基地，而且这次动乱和战后中完全没被敌人发现。

"这以后，与七大人就有的忙喽。"

"是啊。阿江……"

"哎？"

"左卫门佐大人信中说要让佐助随行……他同意了没有？"

"没问题。"

"哈哈哈……"

"向井佐助成了一名优秀草者，全靠与七大人的栽培呢！"

"哪里话……"与七轻轻摇了摇头，"那是他的天资。等闲之人再怎样培养，都达不到佐助的程度。佐助是我侄女的儿子，以后一定会立功的！"说完，又对小助说道，"麻烦你去一趟地藏峠，把我的信交给宫冢才藏吧。我回去之前，才藏不会离开小屋。"

"好，我这就去。"

"麻烦你了！"

小助填饱肚子，带着与七的信，再次奔向地藏峠的小屋。

那时，向井佐助正被别所温泉浴舍的水雾围着。

（妈妈就快要生了，这次不知是弟弟还是妹妹……真想看一眼生下来的孩子再离开上田啊！）

佐助对母亲茂枝当然不会没有感情。他肯定是想看一眼替他陪伴母亲的弟弟妹妹，再专注迎接新的使命吧？当时的男人十六岁便可独当一面。佐助总觉得自身成熟甚快。许是幼年时便离开父亲的缘故吧，佐助固然觉得父亲亲切，却不觉得他身上有父亲的感觉。

后事姑且不论，佐助目前觉得母亲的叔父横泽与七更像父亲。

向井佐平次似乎亦是如此觉得。见到潜进上田城的佐助，他没有涌出实际的感情，譬如"这便是我儿子"之类……

父子俩都觉得交谈时很不自然。佐平次当然想以父亲的姿态对佐助说话，却又觉得不好意思。佐助亦然。

"听说你父亲佐平次大人遵照左卫门佐大人的意思，和你母亲一同被沼田的伊豆守大人收留了呢。"

适才，佐助听阿江如此说道。

（这真是太好了！）

佐助踏踏实实放下了心。有新降生的孩子跟父母共享天伦，他这个草者就可以随时随地牺牲了。

（很好，很好……）

温泉水滚滚涌出的浴槽里，佐助悠然闭上双目。冷风从窗口吹进，吹乱了小屋里满溢的水雾。这时，有人走进了浴舍。

是个女人。大概是附近村庄的女子吧？若是这样，她为何要半夜三更跑来这里沐浴？这附近的女子一般都不会大半夜来浴舍。

见女人苗条的身体沉进浴槽，佐助便匆匆出了浴槽，大概是怕对方怀疑他的身份。

"喂……"

浴槽里的女人招呼道，嗓音颇熟。佐助一惊，凝神打量女子。

"哎呀……阿忆？"

"果然是佐助呀？"

"阿忆，你活着啊？太好了！"

佐助跳进浴槽。二人赤身裸体，紧紧相拥。

"这之前，你都去了哪里啊？"

“关原战败那时，我到了小田原城下，负责跟上田方面的联络。”

“小田原……”

“当时，我拼上了全身的气力，哪知竟听说关原战败，一下子就绝望了……”

“这是情理中事。”

“但那样委靡不振总归是不行的呀！”

阿忆高烧不退，到小田原海边的渔夫家中卧床一段时间，好容易能走动了，第一件事就是去笠神小屋。她失去了健康时的好脚力，拄着拐杖，蹒跚数日才到达那里。

那好像是阿江离开京都三四天后的事。阿忆从身负重伤的奥村弥五兵卫那里听说了一切。而且，弥五兵卫命她立刻去上田帮助阿江。

“我好不容易来到这里，看到黑暗中飘着的白色水雾，无论如何是忍不住啦，想洗洗一路上的尘垢……”阿忆说着抓住佐助的手，按到她的乳房上，“瞧，我都瘦成这样了呢。”

确实，她的胴体不再是佐助在真田庄抱过的那样子了。阿忆的乳房干瘪，一如来别所时的阿江。

“但是，我的身体似乎没事了。”阿忆将纤细的双臂绕上佐助的脖颈，“估计很快就会恢复到以前的模样了呢。”

话音未落，她便吸住了佐助的双唇。

阿忆的双唇和舌头疯狂蠕动，佐助如痴如醉迎合着她。

“佐助，你总算活下来了。”

“阿忆……”

“以后，咱们就可以联手执行任务了吧？”

然而，佐助自知很快就要奔赴高野山，眼看着就要离开阿忆了。

第拾壹话

水雾缭绕中，他们度过了激情的一刻。

"佐助，活着真好……"阿忆欢然叹道。

从小窗吹进的风寒冷逼人，二人再次浸进浴槽。

"阿忆……"

"嗯？"

"你得快点恢复呀……"佐助忧心忡忡道。

怀中阿忆的身体瘦弱不堪，佐助对此非常担忧。

"哪里话！早就没事了。"阿忆生机勃勃，话音里活力四射。只
见她边出浴槽边道，"佐助，我们最好别直接去安乐寺。"

"为何这样说？"

"阿江是不是去了安乐寺？"

"对呀。"

"要是我跟你前后脚回去，她肯定会一眼看穿咱们适才拥抱一
事……"

确实，阿江的眼睛里容不下沙子。

佐助垂下了头。

见状，阿忆含笑问道："你不怕呀？"

以阿江嗅觉之敏，想来很快就会捕捉到两人身上的温泉香味吧？

"话说回来，她好像早就察觉我在真田庄的小屋里让佐助做了男人……"

"真的？这……"

"是的。但是呢，当时有横泽与七大人知情，所以这其实算是一项任务。假如我们眼下又像那样抱着的话，肯定会惹恼阿江……"

佐助不觉有些纳闷。

"罢了，除非是女忍者呀，否则不会懂的。"阿忆穿好衣服，动作甚是利落。她依然是民女装束，"那好，佐助，我这就去地藏峠的小屋喽。"

"这半夜三更的，你那身子……"

"没关系。反正是以前走惯的路。"

"真行啊？"

"当然啦。"浴槽边上，阿忆蹲下身子，抱住佐助的脸，"我们就暂时告别一下吧。"她狂吻佐助，接着说道，"我会从甲斐国翻山去地藏峠的，等我……"

"好。"

"估计没几天就会再见面了呢。"

阿忆一阵风般走出浴舍，消失在黑暗之中。她走后，浴槽里的佐助恍恍惚惚，又泡了很久。

佐助回到安乐寺时，只见阿江和横泽与七正密谈着。

二人面前摊着与七画的地图。

阿江察觉佐助进了僧房，便温言问道："暖和了吧？舒服不？"

佐助登时放松——虽然去浴舍里待得太久了些，幸好没被阿江怀疑。

"明天恐怕要让你去一趟上田了。"

"好的。"

"所以你最好快快休息一下。"横泽与七从旁说道。

佐助依言来到角落里的榻上躺下，很快便睡着了。

房间里有阿江和与七，佐助自是睡得无比踏实。此际，他不用像草者平日里那样睡觉，而是可以尽情贪享跟常人无异的深度睡眠。

突然，佐助睁开了眼睛。除了阿江和与七，又出现了一个男人的嗓音。他微微睁眼一看，却是地藏峠小屋里的宫冢才藏来了，正和阿江他们热切谈着事情。

小助跟着才藏回来了，就睡在房间对面一隅。

佐助当然认识阿忆的哥哥宫冢才藏。

"去把这信送给宫冢才藏。"

在真田庄跟着横泽与七生活时，他曾给与七跑腿，好几次去角间谷的小屋联系才藏。这个宫冢才藏素来沉默，就算有人来访亦难开口说话，只是拟好给与七的回信，交由佐助带回。

才藏的年龄不满四十，样子却要老出十岁。跟苗条挺拔的妹妹阿忆相比，此人不免显得矮小干瘦。佐助若跟他并肩而立的话，只怕要俯视对方才行。

看见那个沉默寡言的才藏对着阿江和与七口若悬河讲述事情，榻上的佐助自是大吃一惊。

——才藏来时，不会碰见阿忆了吧？

他侧耳听了一会儿三人的谈话。万幸，好像是没碰上。

阿忆登上地藏峠的路，大概刚好不是才藏下山的那条。

佐助再次享受睡眠。然后，他做了个梦。

浴舍的水雾中，两个赤身裸体的女人扭打成一团，相互挥着短刀。

那两个女人正是阿江和阿忆。

"住手！快住手……"

梦中，佐助大喊着，欲冲进二人中间，无奈手脚竟是动弹不得。

这时，阿江的短刀深深插进了阿忆的乳房！

阿忆短刀落地，张开双臂，大张着嘴，左乳一带涌出黑血，就那样仰面倒进水雾。佐助不觉哀呼，只见阿江猛一回头，用骇人的眼神瞪着佐助……

佐助登时醒了。他全身都被汗水浸透。

（我不会真喊出来了吧……）

他抬头环视屋内，却见阿江和小助睡得正熟，横泽与七跟宫冢才藏则没了影踪。

温度急剧下降，早晨时甚至会结冰，但这对佐助那坚持锻炼的身体几乎没有影响。

（为何会有那样的梦呢……）

佐助深觉此事匪夷所思。

（真是个讨厌的梦……）

他蹑手蹑脚走到僧房外面的走廊上。不知何时，落雪了。

第拾贰话

佐助无论如何都想不到，十八年前的别所浴舍里，年仅十九岁的父亲曾被阿江爱抚。

是日夜间，向井佐助带着阿江的密信，再度潜进上田城内。

真田昌幸、幸村父子又命人将他带到地炉间来。

两人皆笑盈盈看着佐助，这笑脸非比寻常。

"快去吧！"安房守昌幸忽然说道。

"啊？"

见状，幸村从旁说道："快去你父母那里吧。"

听他这样一说，佐助立刻问道："生了？"

"真是个聪明人呀。"

"果然……"

"是妹妹，很可爱呢。"

"哎呀？"

"快去吧！今晚就陪父母住吧。"

"是！"

佐助来到二丸居馆内向井佐平次夫妇生活的房间。

"噢，来了呀？"佐平次见他来了，登时张开双臂站起，抱住儿子，"快看，佐助，生了个妹妹呢。"

佐平次似乎总算消除了对佐助的隔阂。

"好。"

"快看，快看呀！"

母亲茂枝躺在角落里的被窝里，冲佐助温柔笑着。

母亲身边睡着白白嫩嫩的妹妹，活像一只小猴。

佐助挨着母亲坐下，默默凝视妹妹的脸，良久，良久。

佐平次夫妇对望着，目光中盛满笑意。

"可爱吧？佐助……"

"是的。"

"我给她取名阿春。"

"阿春？"

"这名字不错吧？是吧？"

"好名字。"佐助回头看着父亲，第一次露出微笑，"这样一来，我就放心了。"

"放心？"

"有这孩子替我向父母尽孝了。"

"嗯……"佐平次的表情犹如吞了铅条，"听说你要随行去高野山？"

"是的。"

"但是我只好留下来了。左卫门佐大人无论如何都不同意。"佐平次非常遗憾。

"我替父亲去效命吧。"

"嗯……将来，我们总会再共同生活的吧？"

"是的。"

佐平次抓住佐助的肩，问道："真的？"

"真的。"

"你跟我想法一样？"

"我想是的。"

"那之前……"

向井佐平次想说"你不许死"，却又缄口不语。

佐平次十分清楚草者的任务。昨天夜里，他刚听真田幸村讲到壶谷又五郎战死关原和阿江、奥村弥五兵卫身负重伤之事。

妹妹阿春昨日深夜降生之际，正是别所浴舍里的佐助和阿忆相拥之时。

"我们庆贺一下，没问题吧？"佐平次问茂枝。

茂枝喜滋滋点了点头。佐平次的意思是说，要和佐助喝一杯。

佐平次兴冲冲拿来酒壶："来，你先来……"说着便给佐助倒上了酒。

佐助早就会饮酒了。横泽与七当然把酒的害处和功效教授给了佐助。这是草者的基本常识，佐平次夫妇却没意识到。

"佐助没喝过酒吧？"父亲问道。

佐助乖乖点了点头，答道："是的。"

茂枝看着父子俩对酌，心满意足，甜甜睡去。

"雪好像停了……"

"是啊，我进城那会儿就停了。"

"哦？来，再喝点儿。"

"好。"

"佐助……"

"嗯？"

"听说阿江来安乐寺了……"

"是的。"

"她伤得重不重？"

"刚到那会儿瘦得不成样子，现下好像恢复了些。"

"嗯、嗯……"

"她再三嘱咐我，让我替她问父亲好。"

"哦？哦……"

佐平次连连点头，却偷偷瞟了一眼熟睡的妻子。他的样子让佐助有所察觉，却又无法用语言具体描述。

父亲佐平次年轻时，阿江好像曾拼命救他逃离高远城。所以，阿江是父亲的救命恩人。怪不得父亲会担忧她是否平安。

然而，佐助总觉得父亲此际的神情里饱含着某种东西，绝非仅仅如此。

向井佐平次察觉儿子正凝视着他，慌忙将头一低。

佐助无论如何都想不到，十八年前的别所浴舍里，年仅十九岁的父亲曾被阿江爱抚。

父亲目前三十七岁，双鬓早已染霜。

佐助盯着父亲看，仿佛看着稀罕物事。

"佐助，你说这天下大势以后会变成怎样呢？"佐平次倾诉般说道。

他的倾诉对象，竟然是十六岁的儿子。

搞得佐助猛吃一惊。

他瞪大眼睛，道："这些事我哪懂啊，我都想问父亲呢。"

"不，不知道，我不知道啊……"佐平次使劲摇了摇头，"战争没完没了，最好别再打了。"

他几近呻吟。

同天夜间，大坂的本多忠胜所派急使追上了正走东海道返回上州沼田的伊豆守真田信幸一行，通知信幸去九度山准备要被流放到高野山的真田父子的住所。

九度山是高野山山脚下的一个村落。让真田父子住到那里，只是要方便纪州和歌山城主浅野幸长的监视罢了。

不消说，这是德川家康之命。

真田父子拟定十二月三日动身，途中顺便去一下京都，领回暂住菊亭（今出川）晴季那里的幸村妻儿，大家结伴去九度山。

时间甚是紧迫，九度山的住所肯定建设不完，所以他们将去高野山的莲华定院暂住数日。

先前大战时几乎没有出阵的真田信幸突然之间就变忙了。

本多忠胜的来信中甚至把九度山那里的住所规模上限都讲清楚了。

随真田父子去纪州的人数不得超出二十，而且包括仆从。

伊豆守信幸决定明日一早便派急使先回沼田，通知这一意旨。

他当然要收留本家的家臣们，而且日后注定会有一系列的麻烦事。

然而，信幸笑道："这便是我此番的战斗。"

父亲、弟弟被赦免死罪，让信幸无比欣慰。

第拾叁话

山手殿的身体状况不佳，他不想让她去人地两生的流放地区生活。

庆长五年十二月三日，伊豆守真田信幸从沼田来到上田。

这是真田昌幸、幸村父子离开上田城，前往纪州高野山的日子。然而,信幸向大坂城内的德川家康求情，使他们被允许延期十日动身。

此行毕竟需要各种准备，只给三天时间真是太勉强了。

铃木右近忠重指挥三百人的部队率先来到上田城时，只见真田昌幸瞪大了眼睛，感慨万分，叹道:"这不会真是那个小家伙吧……哎呀! 哎呀……"

眼前的铃木右近全然没了少年时被幸村唤做"小白兔"时的样子。他的身材算不上如何魁梧。按当时武士的标准来说，他是比较矮小的那种。然而，他师从柳生五郎右卫门学习新阴流剑术，举手投足间自是凛然端正，落落大方，矮小的身材看上去犹如增大一倍。

"这次的事，真是出人意料。"

本丸居馆的一个房间里，右近对真田父子寒暄道。

"是啊!"昌幸微笑点头，"听说九度山那里会给我建住所？"

"是，伊豆守大人派人去九度山了，但是老爷和左卫门佐大人到达时恐怕不会完成，所以希望您先去高野山的莲华定院落脚，估计明年春天之前会再麻烦您搬到九度山。"

"有劳了！"

"真希望您早日来到九度山落脚。"

"我懂。"

二人的交谈平淡无奇，但昌幸和右近看着对方的眼神里饱含无以言表的情感。真田昌幸曾将上州的名胡桃城交给右近的亡父铃木主水，后因北条方面突袭，城被侵夺，主水引咎切腹，向昌幸谢罪。昌幸当时没有派兵支援主水，几乎就是对名胡桃见死不救。

然而，昌幸那是无奈之举，所以他重夺名胡桃之后，一度力劝主水的遗孤右近担任城代，不料右近却推辞了，选择当一介家臣，效命真田信幸。

"右近选择跟着伊豆守，一定是很幸福吧？"

真田昌幸这句话里不带半点讥诮。

右近坦然答道："真是不胜感谢。"

幸村笑嘻嘻看着父亲和右近交谈，忽然问道："右近，听说你尚未娶妻，这是真的？"

"是。"

幸村好像不知道故去的阿顺之事。

"战争结束了，你娶个媳妇吧。"

"不太好。"

"这以后就是德川家的天下了吧？你就算娶个媳妇，又不会有何烦忧。"

铃木右近凝目望着幸村，再次说道："不太好。"

这"不太好"自然就是"尚早"之意。

如此说来，他莫不是觉得距离德川家的天下"尚早"？

"嗯……"

幸村叨叨着，右近却没听进去。然而，就是这一瞬间，真田幸村和铃木右近对望的眼神中似乎蓄满了一种复杂的情感。

安房守昌幸插了进来，仿佛要切断二人思绪。

"右近，有件事要对你说。"

"啊？"

昌幸想将山手殿交给长子信幸。山手殿的身体状况不佳，他不想让她去人地两生的流放地区生活。信幸是山手殿十月怀胎生下的长子，而且她一直疼爱信幸，疏远幸村，所以跟随信幸肯定不会让她不安。然而，眼下的山手殿和幸村之间情况有变。幸村对山手殿关怀备至，有事之时，山手殿甚至不问丈夫，而是跟幸村商量。

见二人此番光景，上田城内的向井佐平次不禁回想十六年前。

"这件事，你要深藏心底……"

幸村如此叮嘱一番之后，告诉了他一件事情。本该比哥哥小一岁的幸村竟说他和哥哥是同年生的。这让佐平次大吃一惊。

"听说我的生母是一位身份低微的女人……真田家族中知道这件事的人很少……母亲在生下我后不久就去世了，听说是位美丽但体弱多病的女子……"

跟着，他又说道："现在，你应该明白的只有一件事——继承真田氏的人是岩柜城的哥哥。我从心底尊敬哥哥，像哥哥这样出色的人，世间少有。说得过分一点，连父亲都望尘莫及呢。"

幸村对十八岁的兄长竟有如此评价，向井佐平次无论如何忘不了这件事。

旧话就此打住，却说山手殿不肯听从丈夫昌幸之劝，坚持跟着他去纪州，不许昌幸再言。

"她是怕我到了流放地再染指年轻女人吧？唉，都这把年纪了，吃醋的毛病总归改不掉喽。"

昌幸苦笑着道。然而，山手殿想的当然不是这个。

说到底，他们是夫妇。

山手殿早有觉悟，纵是刀山火海，都要跟五十四岁的丈夫同去。

是日，铃木右近和真田父子商谈完毕，率十名随从欲走出城门。

"等等！"

这时，有人喊住了他，跑近前来——是樋口角兵卫。

角兵卫手拿长枪。

紧跟右近忠重的侍从赤沼濑兵卫见状，忙打马来到右近左侧，喝道："退下！"

"你才该退下！"角兵卫狂吼着挥舞长枪，"铃木右近，你不会忘了当日之事吧！"

只听右近淡然说道："忘了如何，没忘又如何？"

去年十二月，子持山山麓，角兵卫出手偷袭从沼田返回伏见府邸的铃木右近。当时，右近用斗笠内藏着的暗器刺瞎了他的右眼。

角兵卫的独目里满是杀意，蓦然吼道："下马来，跟我一决胜负！"

右近只得说道："你别做蠢事啊！"

"闭嘴！"

这时，德川将士尚未开进上田城，大家商定等真田信幸到达上田之后再开城，所以右近一行全副武装，城内的真田军亦未卸甲。

"角兵卫大人，算了吧？他毕竟是分家的使者呀！"

人们纷纷跑来挡住角兵卫。

"哼，退下！我说了，退下！你们胆敢抗命，不肯退下？"

角兵卫骤然狂躁，长枪一扫，枪柄击中三名城兵。

"角兵卫大人，你不想随行去纪州了？老爷好不容易才同意你去。"铃木右近喝道，"这种关头却来此胡闹，你没有随行资格！"

"唔……"

樋口角兵卫登时一醒，停下手来。的确，若眼下对分家的使者胡来，一定会激怒安房守昌幸。

"你就不顾后果？"

"唉……"角兵卫死死咬住嘴唇，本家的侍从们默默看着他那雪白的牙齿深深陷进厚嘴唇里，冒出血来，"呜……呜呜……"

这动静活像野兽低吼。

樋口角兵卫圆睁的独目里溢出懊恼之泪。

"角兵卫……"

铃木右近欲言又止，冲他点了点头，拨马走开。

"浑蛋！"角兵卫冲着离城而去的铃木右近的背影喊道，"右近，你给我记着！那时的事和今天的事，绝不算完！"

后来得知此事的幸村忍不住对父亲昌幸说道："果然不能留下角兵卫啊。留下了他，指不定干出什么事来。"

昌幸只是笑眯眯点头，没有答话，寂然将酒倒掉。

第拾肆话

信幸只听得瞠目结舌。他确信父亲的口吻中带有一种信念，肯定不是开玩笑。

十二月三日傍晚，真田信幸抵达上田城附近的国分寺。

不久前的秋日，信幸曾和内弟忠政以德川家第二军使者的身份，将真田昌幸召至国分寺，希望他和平让出上田城。

当时的结果如何，大家自然有数——直接导致负责指挥第二军的德川秀忠延误了关原之战！但这一次，那种事不会有哪怕万分之一的几率出现。

翌日早晨，真田昌幸来到国分寺，只带了五名随从。

信幸大吃一惊。数月之间，父亲的头发竟是急剧变白。

信幸将昌幸迎到国分寺的客殿，有意让父亲坐上位。

"开玩笑啊！"昌幸主动坐了下位，垂头说道，"这次真是给伊豆守大人添麻烦了。无论如何，先容我向您致谢。"

信幸无言以对。

"我和左卫门佐得以延命，都是沾了伊豆守大人的光，我们真是不胜感谢。"

果然是昌幸的寒暄风格。他不带半点戏谑，眼睛里却浮现笑意，盛满生机勃勃的光彩。

"母亲大人尚安好吧？"

"正是要说这事儿。"

"您说……"

"哪里话！我本打算把她送到伊豆守大人这里来的，无奈她根本不听，死活要跟着我去纪州……"

"让我来照顾母亲吧！"

"伊豆守大人有把握说服她？"

"是。我想母亲最好……"

"当然是留下的好。毕竟是要去人地两疏的地方生活，而且没有自由。"

"对啊！"

"那就靠你了。"

"我明白。"

"哎呀……"昌幸似乎大大放松，笑道，"这样一来，我就没负担了。她肯定会听伊豆守的话吧？太好了，太好了呀！"

哪知信幸翌日去上田城劝说山手殿时，她竟是异常顽固，明知信幸来意，却根本不听不顾。信幸唯有放弃。

然而，信幸毕竟是有好几年没见到山手殿了。较之往昔，生母山手殿的容颜变和蔼了，嗓音亦颇见温柔，头发更几乎全白，看上去比父亲都显苍老。

"我真想将母亲从本家接到沼田来……"

信幸之妻小松殿曾如此对信幸说道。信幸将这话转告母亲，无奈山手殿只是轻轻摇头。

安房守昌幸听信幸说了山手殿的态度，不觉叹道："罢了，那就这样吧。以后的日子里，我会好好疼老婆的。"

"那我只好靠您了……"

"哎呀，我明白的。"

上田城的地炉间里，昌幸讲话的言语和态度全然没有变化。

昌幸、幸村父子动身之前有各种手续和事情要办，昌幸让信幸帮忙查看的随行人选更是变动了两三回。

这期间，幸村一直闭门不出，似乎是有意避免出来指手画脚。

本家的家臣里，有人被送到了沼田的信幸那里，有人誓死不从。结果，有些人早早去了沼田，有些人则自甘流浪，离开了上田城。

"父亲，我总觉得由我把角兵卫带回来会比较好。"信幸反复劝道。

昌幸不同意："不，那家伙啊，准会再给你惹乱子的。"

"但是，带他去纪州的话，难保他……"

"没事。"这时，真田昌幸说了句可怕的话，"要是真没辙了，我会亲手取他性命。"

信幸只听得瞠目结舌。他确信父亲的口吻中带有一种信念，肯定不是开玩笑。

"要不然，就把姨妈带到纪州去吧。"

万般无奈之下，信幸只好如此说道。

"这样做没问题？"

"是的。"

角兵卫的生母久野本来没被选进队伍，但若她跟去纪州，对角兵卫自然是件好事，山手殿更会无比高兴。

谁让久野是山手殿的胞妹呢？

第拾伍话

信幸当然知道父亲昌幸对阿德所生於菊的溺爱。然而，他忍不住觉得这真是太独断了。

十二月九日，午后。冒着纷纷扬扬的雪花，真田幸村第一次来到国分寺。他只带了向井佐平次一人。

包围上田城的德川军派了三十人送幸村去国分寺。

"这真是太夸张了。"幸村一度对佐平次苦笑道。

闻言，佐平次只得暗叹这才是合情合理之事。

若说他们这是要监视幸村以防他逃跑，其实更像是担忧上田城的真田父子会耍花招。他们的这种阴影一直挥之不去。

明天就是十二月十日了，是真田信幸接收上田城的日子。信幸带来的士兵将会和德川军共同进城，控制全部城郭。真田父子将被德川军监视，待到十三日离开上田去高野山。

——这之前，切莫有半点疏忽！

德川军全体将士均保持高度紧张。他们曾被真田父子百般耍弄，尤其这次负责接收上田城的是分家当主信幸，这就更让他们无法忘却那不快经历。

“我去外面等候吧。”佐平次道。

“没事，就跟着我进来吧。哥哥很久没见你了呢。”

“我……”

“往后，你就要向我哥哥效命了！”

“是……”

佐平次只得走进客殿，坐到幸村背后。两个眼熟的家臣送上火盆。

“我是伊坂伴右卫门。久违了。”

“我是长山与藏。”

他们亲切说道，伏地行礼。

“嗯，你们身体不错，真是喜事。老婆孩子都好？”

“是的……”

“小人惶恐……”

“这回……”

“这当真是……”

两人都是年逾四十。信幸、幸村兄弟昔日暂住岩柜城时，伊坂和长山曾侍奉这对兄弟，此际自是有些说不下去，忍不住流下泪来。

幸村微笑着冲他们点了两三下头。这时，伊豆守信幸来了。两名家臣慌忙去了走廊。

信幸目送二人离开，对幸村说道：“伊坂他们哭了……”

“是啊。”

“你总算来了。”

“是。”

“我正想和你单独说说话呢。”

“是。”

"唉……"信幸定定望着弟弟的脸，"看你精神不错，我就放心了。"

"哥哥不是一样嘛……"

"哪有，我真是天天没完没了啊。"

"这次给哥哥添麻烦了！"

"这话确实不假。"

"不好意思。"

"你当真这样想的？"

"哥哥何出此言？"

"哎呀，罢了。"信幸微微一笑，"你身后是向井佐平次吧？"

"是的。"佐平次低头行礼，"我是佐平次。"

"好久不见了。"

"很久不见了。"

"确实。"幸村笑着插口说道，"跟以前一样不随和呢……"

"这正是佐平次的品德。"

"希望您收留佐平次他们去沼田。"

"我留下他们的话，你那里不要紧？"

"是的。"

"不如你带去九度山吧。"

"不，我不带佐平次去九度山。我带佐助。"

"佐助……噢，我听说他生了个儿子，就是那孩子？"

"是啊。"

"年龄？"

"十六。"

"呀，都这般大了……真快。"

信幸好像不知道佐助当了草者，所以幸村决定挑明此事。

（这样就万事大吉……）

幸村放松下来，回头看着佐平次，继而又道："哥哥，天正十年，十九岁的向井佐平次逃出高远城，成了真田家的人。自那以后，他一直侍奉着我，都没机会跟妻儿共同生活。"

"嗯、嗯……"

"再带他去纪州流放地，我真是不忍。"

"这个自然。"

"所以，我想让他回到妻儿那里了。"

"他有别的孩子？"

"不久前刚刚生了一个。"

"男孩？"

"女儿。"

"名字呢？"

"阿春。"佐平次答道。

"好名字。"信幸敲着膝盖，似乎非常喜欢这个名字，反复说道，"真是个好名字呀！好，以后就由我替左卫门佐栽培你吧，算是对你常年侍奉他的奖赏！"

"太谢谢了，哥哥！"

"不，那个……"佐平次的脸红了，"就让我服侍您穿鞋吧。"

"啊？"

"若非如此，我恐怕无法尽职服侍您。"

"为何？"

"我别无才能。"

幸村再次笑了，说道："哥哥，他就是这样一个人。"

"哈哈。"信幸点点头，"那就听他的吧，这样反而更好。"

"我说话很随便……"

"没事，你以后就来沼田生活吧。"

"不胜惶恐。"

"佐平次……"这时，幸村喊了他一句，示意他可以出去了。

佐平次离开后，伊坂和长山进来摆酒。

"哥哥，您太客气了……"

"没关系，客殿里冷。这个时节，城内的地炉间最好不过了。"

"是啊。"

"来，喝吧。"

"是。"

幸村先给信幸斟酒，再自行满上。兄弟俩相互致意，同时一饮而尽。

"我说，哥哥，我想谈谈咱们的小妹妹……"

"小妹妹？你说阿德生的那个……"

"是，就是於菊。"

"当然好，我收留她。"

"实际上……我们早就将她交给泷川三九郎了。"

"啊？把於菊交给泷川三九郎了？"

"是啊！"

信幸瞠目结舌。他对此根本一无所知。带着於菊去了江户的泷川三九郎后来杳无音信。信幸对泷川三九郎抱有好感和信赖，但父亲和弟弟竟将於菊交给三九郎，让他们逃离上田……

如此果敢的对策，委实让信幸震惊。

（就算不那样做……）

信幸当然知道父亲昌幸对阿德所生於菊的溺爱。然而，他忍不住觉得这真是太独断了。

当时，昌幸对突然来到上田城的泷川三九郎表示希望对方收留於菊，跟着就把於菊交给了他。这大概是想到於菊和石田三成的关系，防患未然。於菊是石田三成内弟宇多赖重的未婚妻。这是故太阁秀吉撮合的结果，来头甚大，故而无法废弃。

当石田三成提出"早日完婚"时，昌幸一直百般推脱，直到天下形势动荡。

"正好，等天下太平了，再谈於菊的婚事吧。"

昌幸不想离开於菊，而且确实看不上於菊的未婚夫宇多赖重。但若问具体哪里不行，他又无法明确回答。只有一次，他对山手殿说道："若把於菊嫁给宇多这小子，倒不如从我们的家臣里选一个啊。"

万一西军败北，昌幸和幸村自然会被德川家康狠狠收拾，於菊虽系女子，但若因和石田家的关系出事……真田父子当然会有这样的顾虑。

信幸没再向幸村追问此事。

反正都这样了，问不问都一样无计可施……

第拾陆话

"求哥哥照顾她些。"

幸村诚恳说道，希望信幸对於菊伸出援手。

"这不用你说，我肯定会让她幸福。话说回来，前些天父亲进城时，竟然没对我说到於菊的事……"

"他不好开口吧。"幸村又一次笑了。

真田昌幸恐怕不太好意思对长子信幸说出於菊之事。她毕竟是阿德所生。阿德身怀於菊之际，山手殿恨得要命，甚至挑动樋口角兵卫去袭击她，险些让她丢了性命。因此，幸村亲自将阿德送到了名胡桃，把她藏好。

适才，当幸村说要去见见哥哥时，昌幸背转了脸，嘟囔道："那就顺带替我说说於菊的事吧。"

"对了，哥哥，我另有一事相求。"

"但说无妨。"

"希望你照顾照顾泷川三九郎。"

“这事儿啊……”

“是，我们真是给三九郎添了些麻烦……”

“这个嘛，我早就劝了三九郎好几次了。”

“他……”

“他不听。”

“唉……”

幸村是首次听说此事。

“他好像觉得出仕之后就太不自由了。”

“这样啊……”

幸村说完，沉默不语。

信幸从弟弟沉默的表情里读到了一种奇妙的东西，不觉问道：“你如此担心三九郎呀？”

“不，哪里……”

幸村突然换了话题。

后来，信幸隐约明白幸村的沉默了。幸村此人直觉敏锐，大概他是靠直觉看到泷川三九郎和於菊的未来了吧。

信幸又唤人拿上酒来，说道：“这回，轮到我有事麻烦你喽。”

“父亲的事？”

“当然是父亲的事。我只好让父亲去流放地过不自由的生活了，幸好有你跟着，我放心了。”

“我猜哥哥另有别的事情要说吧？”

“的确。”

信幸饮尽了杯中酒，又给幸村斟满。幸村施了一礼，将酒杯举到嘴边。这时，只见信幸拿出张纸，放到幸村面前。

纸上是"信之"二字。

"我想更名'信之'……"

"哎？"

"是的……"信幸望向拿着纸仔细斟酌的弟弟，说道，"我的用意，你肯定察觉了吧。"

"啊……"

"如何？"

"不敢当。"

"左卫门佐，这场战争结束后，我觉得我的人生就像是重来了一样呢。"

"啊？"

"你恐怕会觉得这是件无聊事，但我因此换掉了名字里面的一个字。"

"是的。"

"不用重申了吧，我肯定要当德川家康的家臣。"

幸村闭上眼睛，聆听哥哥的话。

"喂，左卫门佐！就这样吧？忍五年吧！这就是我要说的。"

幸村默默不语。

"往后的五年里，希望你再三忍耐。"

"为何要说忍耐呢？除了忍耐，哪里有别的办法嘛。"

"这就好。眼下，暂时无法断言天下是否回归了太平。"

"哥哥，难道你觉得我们会去纪州的流放地举兵？"

信幸用手势阻止幸村再说，说道："不，我说的不是这个。我是说，别给人留下把柄……"

"把柄？"

"别让德川家抓住机会。"

幸村登时一怔，觉得哥哥突如其来的话语很是费解，但很快就懂了。信幸会拼命努力，希望用五年时间换来德川家对父亲和弟弟的宽恕。

他打算再次搬出岳父忠胜，以彻底说服德川家康和秀忠父子。而且，等到父亲和弟弟被赦免之后，他会把沼田的封地分给他们。就算微不足道，但信幸一定会设法让本家重振。

那一天到来之前，他希望昌幸和幸村不要再有任何触怒德川家的举动。

那句"别给人留下把柄"云云，说的正是这个。

左卫门佐幸村向兄长郑重道谢之后不久，便离开了国分寺。

信幸来到客殿的走廊上送走弟弟，脸上忽然蒙了些隐隐约约的不安。

本故事中，信幸的名字往后就要变成"信之"了。

雪犹自下个不停。

风卷着雪花，漫天狂舞。

伊豆守信之紧闭双唇，久久独立飘雪的走廊里面，不肯离去。

第拾柒话

十二月九日，信之、幸村兄弟在国分寺相见的那天夜里，上田城和别所安乐寺的草者之联络亦告中断。

先前，不光是向井佐助，横泽与七、宫冢才藏等人都几番潜进城内。

上田开城之事尘埃落定，真田父子就要被流放纪州，城内的将士纷纷离去。负责接收上田城的伊豆守信之率兵抵达国分寺，包围上田城的德川军似乎有些松懈，熟知此地的草者要潜进城内更加易如反掌。

横泽与七因此得以见到真田父子，面谈日后诸事。

"阿江没离开安乐寺吧？"幸村问道。

"是的。"

"她为何不进城呢？"

"她说这次绝对不可以出差错。"

"差错？"

"她最近又卧床了。"

"身体如此之糟？"

"天冷了，伤口好像开始疼了呢……"

"这样哪行啊！"

"靠那样的身体翻越这石墙……"

"是啊！"幸村紧蹙眉头，"她不要紧吧？"

"我觉得不会有大碍。"

许是旧伤尚未痊愈，许是日积月累的疲惫不易消除。

"没办法啊。"

幸村断了离开上田之前跟阿江相会的念头，让横泽与七捎回一封长信。

"等您去纪州安顿好了，我就让阿江去。"

"好，与七，就这样定了！"

以后不会再有人照顾真田家的草者。草者活动所需的钱财物资都断了来路。真田父子决定将城内储备的金银分赠草者——当然不是全部。毕竟要去纪州，真田父子当然要想想自身的生活。

草者分数次将物品从城内送到安乐寺，再运到地藏峠的小屋。其中肯定有真田父子给他们的金银，武器和弹药则全部上缴给了德川军。

信之到达上田之后，指挥德川军接收了绝大部分东西。然而，他没说金银需要上缴，德川家康亦无这方面的特别指示。

父亲安房守昌幸积蓄的金银数目，信之根本不知。信之只是估计父亲的积蓄不会达到让人瞠目结舌的程度。他甚至打算暗中资助父亲，让父亲和弟弟不会有生活上的困窘。

十二月九日深夜，横泽与七结束了跟真田父子的最后一次会谈，出城而去。

离开之时，与七对留下来的向井佐助说道：“往后的一段日子，就全靠你一个人了。靠你了啊，佐助！”

“是！”

“别忘了我平时教你的草者准则。”

“一定！”

佐助沉着冷静，实难让人相信是个十六岁的少年。横泽与七觉得此人真是可靠之材。

“好不容易见到父母，又添了个妹妹，却要天各一方……”与七感慨道。

佐助却面不改色，只是答道：“是。”

佐助难道没有年轻人的伤感？看着亲手培养的侄孙成了名彻彻底底的草者，与七反倒有种莫名担忧。他不得不承认，跟他本人年轻时比，佐助更像大人。

（这样的话，让他随行去纪州肯定没事……）

与七有这样的自信。

“那好，你就放心跟父母、妹妹道别吧。”

“是。”

此番一别，就算佐助有机会重回上田，父母和妹妹却被沼田的伊豆守信之收留，无法再相见了。

十二月十日早晨，向井佐平次、茂枝夫妇离开上田，去往沼田。

昨天夜里，幸村摆好了酒，将向井佐平次召至二丸居馆的客厅。

“佐平次，来，坐呀。”幸村让佐平次坐到火盆旁，“雪没停？”

"是的。"

"看来会积雪喽。"

"是。"

幸村拿了个酒杯给佐平次，帮他斟上酒。这二人经常如此，所以佐平次完全不觉得惶恐。

"明天就要离开上田了吧……"

"是啊。"

"一直以来，让佐平次受累了。大概是我太依赖你了吧，这回总算把你送回茂枝那里喽。"

佐平次默默喝光酒，将酒杯交给幸村斟酒。

"但是，这下子又把佐助给要来了，尚望见谅……为何不说话呢？"

"是。"

"说点话嘛。"

"不……"

"真是个怪人，不像平时的佐平次了。"

"这种时候……"

佐平次说了一半，又没话了。

向井佐平次今年三十七岁。当时的三十七岁，按照成熟度来说，估计足以跟现下的五十岁男人匹敌。

佐平次两鬓微斑，额头上刻着深深的皱纹，面色苍白。

近年来，佐平次几乎不会流露喜怒之意，怎奈现下却是心潮澎湃了。

"这种时候……你接着说啊！"

"是……"

“这种时候又如何？”

“这种时候，无论说什么都觉得不真实……”

“哎？”真田幸村红光满面的脸上泛起微笑，伸出双手握住佐平次的手，轻轻摇晃，喃喃说道，“谢谢，谢谢。”

佐平次登时忍不住了，眼中涌出热泪。

“没准以后就见不到佐平次了呢。”

许是心理作用吧，幸村的话音温润可亲。

“是……”

佐平次亦有同样感觉。

他这就要去侍奉沼田的真田信之了，所以这是理所当然之事。

信之估计几年内就会帮父亲和弟弟脱罪，但幸村告诉佐平次这事恐怕不会如哥哥所愿。左卫门佐幸村眼里的德川家康真不是那般善类。

此际，幸村和佐平次都隐隐觉得会就此诀别，后来才知道这竟是错觉。

日后，这两人将再次一同度日。

是夜，幸村送给向井佐平次金银、和服，另赠一柄波平宣安锻造的一尺六寸有余的短刀。

“如何？跟佐助谈得不错吧？”

“哪有……”佐平次摇了摇头，意态萧索，“简直难以相信他是我儿子……”

“为何？”

“大概是分别太久了吧。”

这回轮到幸村沉默了。

见状，佐平次的话音立刻变明快了。

"但是，他目不转睛看着刚出生的妹妹，无论如何都看不够呢。"

"啊，这样啊……"

"他是个鲁莽的人，希望您斟酌着使唤。"

"你这样说，我就不明白喽。"幸村苦笑道，唤来侍女添酒，"佐平次，咱们就痛饮到天亮吧，好不好？"

"好！"佐平次似乎释怀了，"我先喝了！"

"咱们就像从前那样开怀畅饮吧！"

"好，真是高兴啊！"

"别让茂枝挂念，跟她说一句吧。"

"对，就这样，就这样。"

第拾捌话

翌日早晨，雪停了。幸村和向井佐平次一直喝到天亮。年轻时
酒量甚糟的佐平次长年累月跟着幸村，竟然变得颇具酒量。

天明来临前的漫长时间里，这主仆二人都谈了哪些话题呢？

幸村望着正欲离开客厅的佐平次，缓缓说道："不送了！"

"是。"

"送的话，就确认了你会离开我。我想永远觉得有你陪着。"

"确实是，我……"

"好啦，好啦……"幸村冲着佐平次频频点头，"走吧！"

"那我这就告辞……"

佐平次恍惚回到房间。一切都收拾妥了。妻子茂枝抱着婴儿阿
春，正和佐助等着他呢。佐平次浑身飘散着浓烈的酒味。茂枝愕然，
跟佐助面面相觑。三人草草吃了早饭，佐平次夫妇开始准备行装。

当天早晨跟佐平次他们同去沼田的真田士兵共有三十来人，他
们是城内留到最后的士兵。随着跟上田城和真田父子分别的日子临

近，佐平次日渐沉默寡言，面色阴郁。早晨从幸村客厅回来时，他的脸上竟洋溢着久违的灿烂微笑。这到底是为何……

当然不是尚未醒酒的缘故。

"佐助，麻烦你替父亲我好好侍奉老爷和左卫门佐大人了，没问题吧？"佐平次酒劲上涌，甚是兴奋，抓住佐助的肩膀，摇晃着道，"没问题吧？麻烦你了，就交给你了！"

"您喝得……"

佐平次拦住佐助的话，说道："喝点酒不行啊？"但是，他似乎没有动怒，眼睛里含着笑意。

佐助同样笑着允诺，从正准备行装的母亲手里抱来妹妹。

佐平次虽要举家迁至沼田，但茂枝刚生育不久，阿春则是刚刚出生，故决定让茂枝和阿春先到国分寺附近的百姓家里休养半月，再随最后一支返回沼田的真田部队离开上田。

新主真田信之离开上田时，佐平次唯有随队离去。

城内三丸近郊布满包括部分沼田真田部队在内的德川军，二丸明日便被接收。如此一来，除了跟随真田父子的十六名家臣，只有山手殿、久野等家人和四名侍女、三名仆从留守本丸。这三名仆从中自然包括向井佐助。樋口角兵卫则以家庭成员的身份随行。

二丸和三丸之间的城门开了，沼田的真田部队来到二丸。

佐平次夫妇跟到了居馆外面。茂枝此前曾几次伸手，想抱回佐助抱着的阿春，而佐助每次都说："让我再抱一会儿吧……"

佐助小心翼翼抱着阿春，痴痴凝望她的小脸。

沼田的三十名真田军由木村甚右卫门率领，井然有序进了二丸。从本丸走出的长门守池田纲重向聚到二丸的三十余名本家士兵道别。

"大家保重了！"

池田纲重从伏见的真田府邸脱身回到上田，又以昌幸重臣的身份随行前往纪州。这十六名家臣里面，纲重地位最高。数年前，纲重的妻子亡故，他把儿子大三郎送至沼田的真田氏分家，恳求伊豆守信之允许他去陪伴老爷，得到了信之的恩准。

茂枝再次伸出手来，说道："好啦，快给我吧。"

佐助只得将阿春小小的身体交到母亲手中。突然，他脸上一红，仿佛克制不住，将妈妈和妹妹一同紧抱怀中，双唇印上了妹妹的脸颊。

"啊，佐助……"

茂枝和佐平次仿佛都被此情此景惊呆。那个冷静的佐助，此时竟会如此袒露对这个如同"小猴子"一般的妹妹的眷眷爱意！

沐浴着清晨的阳光，城内的积雪闪闪发光，一队栖身附近山中的大雁悠然徘徊在上田城的上空。

"阿春，你要健康成长啊！"佐助对妹妹喊道，再次将嘴唇印了上去，低语道，"别忘了我这个哥哥！"

佐平次夫妇不禁再次对望。

昌幸和幸村父子没有露面。他们之前一直没给离开上田的家臣们送行。昌幸自称无颜见那些人，他和幸村都去了地炉间闭门冥思。

须臾，池田纲重来了，禀告道："如期办妥。"

"大家都走了？"

"是的。"

"唉……"

昌幸苍老得犹如七十老翁。他把双手放到熊熊燃烧的地炉上方烤火，突然间似乎想往脸上摸去，却又紧紧攥成拳头，放到膝头。

昌幸的双眼微微湿了。

第拾玖话

幸村的想法姑且不论，反正昌幸真不相信德川家康的天下会存续下去。

庆长五年十二月十三日，真田昌幸、幸村父子从上田动身去往高野山。随行的十六名家臣如下：

长门守池田纲重、原出羽守、高梨内记、小山田治左卫门、洼田作之丞、关口角左卫门、关口忠右卫门、河野清右卫门、青木半左卫门、三井仁左卫门、大濑仪八、青柳清庵、石井舍人、田口久左卫门、饭岛市之丞、前岛作左卫门。

如前所述，随行人员中另有樋口角兵卫等真田氏子女家人和侍女、杂役，包括向井佐助。

谁知动身前夜竟然突生变故。

昌幸的家臣洼田正助来到了上田城的城门附近。正助被沼田的分家收容，本该撤离上田，却坚持求昌幸准他随行，昌幸一直不肯。

洼田正助人甚勇武，又是性情中人，昌幸当然不会将他疏远，但想想日后到了流放地纪州的生活，昌幸自是觉得不带此人较好。

昌幸唯恐洼田惦念落败的主君，悲愤交加，一怒之下搞些名堂出来。无论如何，以后都要被德川家监视着"屏息度日"了……

带去纪州的随行人选，委实很难定夺。所有人都希望随行，却唯有从中挑出十六个人，昌幸和幸村因此伤透脑筋，甚至觉得没有比这更棘手的事了。

没被选上的家臣们都表示理解，纷纷离去。只有洼田正助从去沼田的途中暗度陈仓，跑回上田。他来到城门口，恭恭敬敬对负责警备的德川士兵请求道："我有件事忘了和老爷说，麻烦各位带我去城门那里。"

数名士兵夹着洼田，来到了城门附近，向负责城内警备的沼田真田部队通报了此事。

"老爷，正助死都要随您去纪州啊！"

只听他猛然一吼，跟着便拔出短刀，以雷霆之势插进腹中，用力转动刀柄。

他站着切腹了！洼田用切腹的短刀割断颈动脉，倒地身亡。

真田昌幸从铃木右近忠重那里得知了这场突变。

"这家伙，真是个急性子啊！"

昌幸黯然神伤，喃喃自语。洼田惹出这场是非之后，昌幸更犹豫带去纪州的人选了。他暗暗决定，到了纪州的流放地之后，一定要保持对德川家的恭顺态度，如此便会取得家康认可，让他觉得放了真田父子亦是无妨，伊豆守信之便得以领回父亲和弟弟。所以，昌幸打算……

这当然不是对德川家真正的恭顺。只要重获自由，未来出大事时便可任意施展拳脚。幸村的想法姑且不论，反正昌幸真不相信德川家康的天下会存续下去。

（内府公肯定会搞一场针对丰臣家的战争……）

昌幸凭直觉如此认定。他自信不会看错。只要丰臣家不向德川家康低头，家康就一定会设法促成战争，以图将丰臣家彻底消灭。

倘若丰臣家乖乖接受家康的条件，那自然另当别论，但昌幸觉得这种情况铁定不会出现。他对丰臣秀赖的成长寄有厚望。

关原大战之前，德川家康巧立名目，以丰臣家大老的身份征讨叛军，所以那些深受丰臣家大恩的大名和武将们才肯支持家康。

战败的主因不消赘言，肯定是统率西军的石田三成没有威望，又不具备武将素质。虽不知道德川家康以后会使出何种狡诈手段，但昌幸觉得丰臣家和大坂城不会被家康轻易拿下。家康不会放弃当上"天下人"的宏愿，战争势不可免，到了那时……

昌幸最后的梦想，就寄托在了这一点上。倘若他跟幸村以丰臣家部将的身份把守大坂城，无论如何都会将德川军打得落花流水！

这当真不是妄想。大坂城跟上田城一点都不一样，若固守大坂城背水一战……想到这里，五十四岁的安房守真田昌幸热血沸腾。

那一天到来之前——不，为了盼来那一天，他要早日恢复自由身。要想重获自由，首先就要消除德川家康的疑虑和戒备。要使家康放松，就绝不可逆他之意，蛛丝马迹都不可暴露。对往后负责监视工作的浅野幸长亦然。对亲儿子信之更需如此。

洼田正助只因没当上昌幸的随从就跑回上田切腹，后者不觉深深庆幸没将如此危险之人带到流放地。

第贰拾话

真田父子固然是被流放到了九度山，他们的眼睛和耳朵却不容有片刻迟滞。

十二月十三日，真田父子一行离开上田，当地百姓纷纷聚来路旁道别。包括那些没有投靠沼田真田家的家臣们，都不知从哪里冒了出来。安房守昌幸将金银物件分赠昔日家臣，出手慷慨大方。

这一天没有下雪，风和日丽，温暖得犹如春天来临。轿子里的真田昌幸轻轻挥动竹杖，向送行人群致意。

陪着他离去的人有三百以上，包括沼田真田家的铃木右近所率一百余人和德川家的依田肥前守信守所率的二百人。真田家只有不到三十人，这支队伍真是挺夸张的，大概是怕真田氏的旧臣搞个突袭夺回真田父子吧。铃木右近所率的一百余人里，包括了抵达纪州之后留下来营建九度山住所的几十个人；而依田肥前守将真田父子送至纪州之后则会返回上田，管理上田城。

沼田的真田信之加盟东军有功，获赐父亲昌幸所有的三万八千石，再加上沼田的二万七千石和小县郡的三万石，登时成了拥有九万五千石封地的大名。

　　未来一段时期，依田肥前守将留守上田，协助沼田城内的真田信之解决上田地区的政务。之所以会这样安排，只因德川家康有意拆除上田城。

　　这倒不是防备真田信之的缘故，而是上田城就象征着安房守真田昌幸——就像大坂城象征着故太阁丰臣秀吉一样。

　　当然，说是拆除，却非悉数破坏。家康似乎是打算清除战争时期的防卫措施，再择机让真田信之搬进上田。

　　翌日，真田父子一众队伍行经信州的盐尻峠，打算走中山道直奔京都，接了在那里等候着的真田幸村妻儿，就去高野山的莲华定院落脚。

　　幸村的妻儿现在暂住在真田信之的京都府邸。

　　队中乘轿的只有安房守昌幸夫妇和久野，幸村骑马。真田家的家臣和樋口角兵卫亦都被允许骑马。十六名家臣当先走着，跟中央的昌幸夫妇之间隔着德川方的人员。

　　德川方的队伍全副武装，手握兵器。昌幸夫妇的轿子和后面的幸村之间亦隔着士兵，只有向井佐助这样的杂役和侍女被允许靠近昌幸夫妇和幸村。

　　铃木右近当先率兵，昌幸和幸村之间则是依田肥前守。

　　昨日甚晴，是日午后却渐渐寒冷，天空布满灰云。

　　“快下雪了吧？”真田幸村对马后徒步行走的向井佐助说道。

　　“是的。”

　　“跟父母、妹妹道别了没？”

　　“道别了。”

佐助寡言如故。其父佐平次年轻时亦甚沉默，跟幸村去大坂生活的那段日子里，不管幸村吃饭时怎样跟他搭话，他都只是回答两句"是"、"是"，让幸村忍无可忍，有一次甚至对他说道："喂，你倒是偶尔笑一笑啊！"

盐尻峠是信浓川和天龙川的分界，同时又是诹访郡和筑摩郡的交界。

众人到达山顶之前，有一对行脚商模样的夫妇踏上蜿蜒曲折的山路，来到了靠近山顶的山坡上面。那正是阿江和横泽与七。

队伍离开上田城时，他们一举一动甚是谨慎，果然没有暴露行踪。

"我无论如何都想去送行……"

阿江拖着虚弱的身体，由与七陪着抢先来到了盐尻峠。她打算和与七目送队伍离开之后，走另一条路去美浓的笠神小屋。

山上积着厚厚的雪，路上的积雪却甚稀薄。

阿江和与七走进山坡上的树丛。

"这里就好。"

"不错。"

二人相顾点头，坐了下来。这里可以俯视来到盐尻峠的队伍。

斗笠下面，阿江的脸如白纸般了无光泽。

其余草者陆续开始从地藏峠的小屋去向近江、上方的忍宿和草者小屋。阿江估计以后恐怕要再增设两三个小屋才行。

真田幸村曾告诉潜进上田城的横泽与七，他们明年春天大概就会搬到九度山去。

九度山是高野山山麓的一个村落。

这样的话，就要去九度山附近预先设立一个用来联络的小屋。

　　就像京都的五濑之太郎次以印章师身份讨生活一样，草者们将
要各显神通，维持生活之余，从事忍者活动。以后不会再有上田的
真田父子向他们提供所需要的金银和物资，所以一定要重建组织。

　　想想未来的日子，唯有将草者分派到四面八方这一条路了。一
定要不断打听出德川家康和诸大名的动向，报知九度山的真田父子，
这是最最关键之事。

　　真田父子固然是被流放到了九度山，他们的眼睛和耳朵却不容
有片刻迟滞。否则，昌幸和幸村将无法把握风云突变的天下形势，
甚至会丧失关键时刻权衡事态的敏锐嗅觉。

　　"阿江……"

　　横泽与七拉了拉阿江的衣袖。

　　队伍正渐渐向地藏峠靠近。

　　不知不觉，落下了雪花。走向山顶的人和马的动静逐渐变大。

　　"与七大人，是铃木右近大人……"

　　"没错儿。"

　　"后面的是真田家家臣！"

　　"是的。"

　　昌幸夫妇的轿子带有棚盖，两侧挡着布帘，因而看不见人，只
看到幸村昂首挺胸，骑着马的样子闲适自如。

　　他的脸被漆笠遮着，看不真切，身姿却是清晰可见。

　　幸村和家臣们都被允许佩刀，因此看上去就像是幸村率领着这
支队伍。

　　"阿江，那是左卫门佐大人！"

　　"是啊。"

“很洒脱嘛！”

阿江点了点头，斗笠下的双眼中蓄满将要燃烧的光。阿江从不怀疑日后会跟幸村再会。

直到幸村命令她去执行她的最后一项任务之前，她是不可以死的。

阿江毕竟是活下来了。

“那一天到来之前，请等着我吧……”

阿江默默对逝去的壶谷又五郎如此说道。

雪更加大了。队伍下山之后，没准会去洗马地区住宿。

盐尻峠上的队伍消失了。

阿江和与七开始从相反的方向下山。二人取道下诹访，默默走着。

右方的黑暗中泛着白光，那是结了冰的诹访湖。湖面上覆盖着洁白的冰雪，隐约有斑斑黑点闪烁不定，大概是冰面上行走着的村民吧。

横泽与七忽对阿江说道：“阿江，晚上去泡个温泉放松放松吧，好不好？”

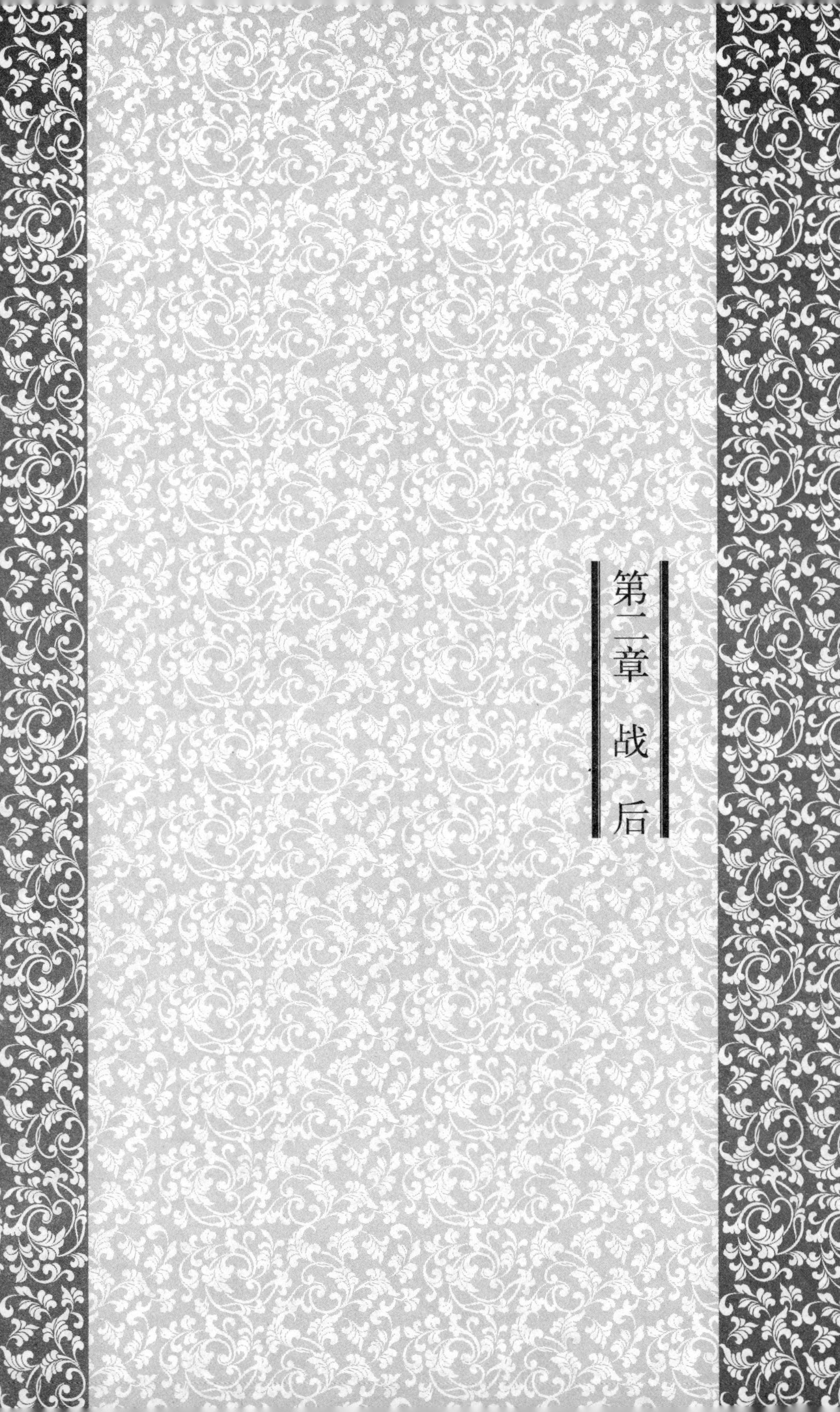

第二章　战后

第壹话

　　饱受纷争、动乱、战火荼毒的庆长五年落下帷幕，时间到了庆长六年——公元一六〇一年。

　　故太阁秀吉完成了统一天下的伟业，人们都觉得战火平息，哪知转眼间又出兵朝鲜，搞得举国大名和百姓疲惫不堪、一无所获。随着秀吉离去，这场愚蠢的异国出兵总算结束，而国内却再度纷争不绝，从东军的会津出兵直到关原大战，日本战乱重开。

　　"希望以后不要再有战火才好。"

　　诸大名和武将都厌倦了战争。德川家康以丰臣家大老的身份暂时平息战乱，直至战后都没有改变这一姿态。庆长六年，家康继续留守大坂城内，埋头打理战后事宜。

　　家康常年操劳，积劳成疾，一进正月便告病倒，不让诸将来贺年了。他忙着奖惩去年出阵的诸将，同时往东海道各驿站发放飞马文书和朱印状，匆匆整备江户至京都、大坂的街道，紧接着又给故地兼故乡的三河、远州的各个寺院调整封地。

而且，家康早就悄悄开始筹备下一阶段的事了，他不允许政治上的活力停歇。

同年二月，伊豆守真田信之的岳父本多忠胜受封伊势桑名城主，封地十万石。

家康对这位战功卓著的重臣提出加封之事时，忠胜曾断然拒绝道："我是自家人，不如赏给别的将领吧。"

不需要褒奖累世家臣。相比之下，拉拢那些以后将会投靠德川阵营的诸将无疑更加重要。

德川家康的重臣之中，跟忠胜持相同想法者不胜枚举。

见状，家康只好擢升忠胜次子忠朝担任上总国大多喜地区的城主，封地五万石。整个三月排满了类似的任命通知。

期间，家康病情渐好，便从大坂城搬去了伏见城。哪知刚到初夏，他就再次病了，似乎去年以来对身体的损伤甚重。

真田信之同样忙得不可开交。要治理家康新赐予的父亲昌幸的上田地区，就要向那里派出家臣。上田城暂由依田肥前守担任城代，要想把那里重新变成真田家统治的大本营，就需要重建府邸。

他要安顿那些被收留的父亲家臣，又要早点建成九度山的住所，以便让父亲和弟弟早日从高野山上下来。住山上肯定是不方便的，尤其冬天的山上寒意迫人，冷得无法形容。

山脚下的樱花相继绽放，山上却是白雪皑皑。

信之觉得父亲昌幸撤离上田时样子相当憔悴，母亲山手殿又是生来孱弱，故而大感焦虑。

铃木右近跟着德川家的部队送昌幸、幸村父子到高野山之后，没有返回沼田，而是指挥建造九度山的住所，抓紧施工。

夏天刚刚来临，九度山的住所就竣工了。

"哎呀，都盖好了？真让我高兴！"

真田昌幸立刻搬出高野山的莲华定院，去了九度山。

是年春色正酣时节，泷川三九郎从江户来到沼田。

伊豆守信之从弟弟那里听说父亲昌幸将阿德所生的於菊托付给了泷川三九郎，时常惦记这事，却没有向江户的泷川三九郎询问於菊安否。

"我估计您安顿停当了，所以前来打扰。"

泷川三九郎被带到沼田城内信之居馆的书院。

"久违了！"他双手扶地，问候来到眼前的伊豆守信之，"先对您表示祝贺！"

"嗯。"信之点了点头，问道，"於菊可好？"

"是的。"

"身体健康？"

"是的。"

"你带着她来了吧？我想见见她。"

"哎？"

"听说父亲把这麻烦事交给了你，我虽然吃惊，但又觉得交给三九郎就不用担忧啦，所以直到这次……"

"於菊在我江户的家里呢。"

"啊？"

"有点不好意思带她来……"泷川三九郎的脸红了，"抱歉。"

"抱歉？"

"是的。"

“为何要抱歉呢？”

“我娶了她。”

“娶了她？”

“我娶了於菊……”

“哎？”

真田信之素来沉稳，这时却忍不住吃了一惊，瞪大眼睛久久盯着面带羞赧微笑的泷川三九郎，瞠目结舌。

“三九郎一绩是左近将监泷川一益的孙子，没准会使您不满，但是……”

“住口……”

“啊？”

“你竟然擅自……”

“希望您谅解。”三九郎伏地行礼，状甚轻松，“我们不由自主、情不自禁就结合了。”

他是说双方情之所至，就有了肌肤之亲。

“这……”

“相信您一定会谅解的吧？”泷川三九郎大大方方，无比坦率诚挚，重复道，“非常希望求得您的谅解。”

第贰话

三九郎确实变了。虽然变了，言语里却含着非同一般的男人意志。

突然被三九郎如此一说，伊豆守信之真不想爽快允诺。

他当然觉得不悦。他对泷川三九郎抱有好感，觉得他出类拔萃、踏实可靠，於菊虽系庶出，却真真切切是父亲昌幸的骨血，是他和幸村之妹，这个三九郎竟然招呼都不打一个，就说跟於菊结合了，希望将於菊许配给他……

信之一时间没了对策。然而，他没有盛怒。

（这分明就是私通……）

他简直想咂舌，却又不能说将於菊托付给三九郎的父亲不负责任。

（於菊可真是的……）

於菊之所以会委身三九郎，就是对三九郎有好感吧？而且，三九郎不是那种对方不情愿却强行硬来之人。信之当然明白这一点了。

（但是，父亲坚守上田期间，为何要将於菊托付给三九郎呢？）

信之凝视着三九郎，揣摩着父亲的心思。

（莫非……）

他蓦然一惊。莫非父亲觉得就算三九郎和於菊这样做了都无所谓？就算他托付於菊时没期待这般结果，总该想想两人没准会这样做吧。父亲不想把於菊嫁给石田三成的内弟宇多赖重，出嫁的时日拖得一天便是一天，信之自是对此有所耳闻。那样的父亲，短短一夜间就做出决定，让突然造访上田城的泷川三九郎带着於菊离去。弟弟幸村亦甚赞成。於菊更是乖乖听从了父亲的安排……

他唯有仔细揣摩这事。

少顷，信之说道：“我真没料到这竟是三九郎大人做的事情。”

言语里虽带讽刺，神色却略见缓和。

泷川三九郎一直坦诚道歉，这时又道：“不好意思。”

“这根本就是私通……”

“抱歉。”

这样的问答再持续亦是枉然，真田信之只好无奈接受。

“那好，你再带於菊来一趟沼田吧，我要给你们举行婚礼。”

三九郎登时双眸一亮，喜道：“您这是谅解我们了？”

见状，信之确信了他果真对於菊爱得很深。

那个时代的武家女子遵从父兄之言出嫁是天经地义。就拿信之来说吧，他和妻子小松殿圆房、交谈之前，甚至都不知道小松殿是个怎样的女子。真想不到於菊竟然背道而驰，和她选定的男子定下终身。她用她的手，掌握了女人的幸福。如此说来，信之这位哥哥该当替她高兴才是吧？

而且，信之总觉得有些愧对於菊。大概是共同生活的时日太短了吧，他对於菊的挂念远逊幸村。这跟於菊的母亲是阿德无关，但信之确实总是忘了这个妹妹。

去年，父亲和弟弟脱离东军、固守上田城负隅顽抗之际，信之脑袋里根本就没有於菊的影子，直到听弟弟幸村说把於菊交给了泷川三九郎时，他才想到了她。

眼前的泷川三九郎虽然坦诚致歉，却不见半点的卑躬屈膝之态。适才他自称左近将监泷川一益的孙子之事没准会使信之不满，但这其实是说，泷川一益的孙子迎娶真田昌幸之女，没有哪里奇怪。

换言之，三九郎确实隐隐有那样的自豪。

泷川一益是织田信长的重臣，晚年运数不佳，被信长死后的纷争所累，只好隐退到积雪皑皑的越前大野地区，靠丰臣秀吉所给的三千石俸禄勉强度日，直到病殁。信长生前，泷川一益的势力真非真田昌幸可堪相比。三九郎一绩虽然是一介浪人，却是泷川一益的孙子。从这个角度来说，他当於菊的丈夫倒是相得益彰。

泷川三九郎面露喜色，忙道："不胜感谢。"

哪知信之忽然说道："且慢！"

"啊？"

"我有话说。"

"您说。"

信之虽然同意了两人的婚事，却开出条件——让他出仕真田家。

此举合情合理。倘若让妹妹於菊去当一个浪人的妻子，未来不免让人担忧。

"唯有效命贵府一事……尚望谅解。"

三九郎慌忙说道。但是，他不打算以后只当个浪人。横竖要娶妻了，那当然是追随一位体面的大名较好。他早有此意。对三九郎而言，侍奉伊豆守信之不会有何不快。

他确实希望追随信之这样的主君，倘非娶了於菊，他定将欣然受之。

此际，三九郎只是说道："我是个任意随性之人。"

这毕竟是一个武将的世界，不晓得未来会有何突变。一旦他因故要拂逆信之，於菊肯定会十分苦恼。但若是效命别家的话，万一有事，就算三九郎赌上一命擅自行动，於菊亦定会坚持相随。

（莫非三九郎竟想得如此深远……）

信之瞠目结舌。

三九郎确实变了。虽然变了，言语里却含着非同一般的男人意志。

真田信之不得不退让了。他将此事告诉妻子小松殿，满以为她会大吃一惊，哪知小松殿竟若无其事道："这可是天大的好事。"

信之又借铃木右近之口，将此事告知了高野山的父亲和弟弟。

"好事啊！给你添麻烦了，谢谢你了。"

真田昌幸让铃木右近帮忙回话。

泷川三九郎来沼田住了两夜，便回到江户。大约一个月后，他果然带着於菊来到了沼田城。

真田信之一见於菊，便察知三九郎所言不虚。於菊成熟得恍如变了个人，面庞上闪烁着女性的喜悦，简直酷似其母……

就像是年轻时的阿德复生。

沼田城内，信之帮泷川三九郎和於菊举办了简朴的婚礼，信之夫妇和真田家的家臣们全都由衷向亲人祝福。

泷川三九郎直言道："这是我毕生难忘的回忆。"

是年夏末，山手殿亲手缝制的窄袖和服被从纪州送到江户的於菊手里。两件窄袖和服所用布料相同，是特意给三九郎和於菊缝的。

第叁话

对家康而言，战后事宜远远没有尘埃落定，眼下无法忽视丰臣家立足的上方地区——近江、大坂一带。

泷川三九郎迎娶於菊之后，仍住江户郊外的小石川村指谷地区。

直到庆长七年春天，他总算择定主家，被伯耆国（鸟取县）米子地区的城主伯耆守中村一忠（十八万石）收归门下。

三九郎履行了和真田信之的约定。听说他是走了织田信长末弟——目前倒向德川家康的织田长益（有乐斋）——的关系。

中村一忠是一位年仅十三岁的少年大名。读者肯定不会忘了德川家康从伏见城东下杀向会津之际，曾去骏府城休息一事吧？

当时的骏府城主正是中村一氏。一氏蒙秀吉提携，由区区二百万石的身家摇身一变，担任中老要职。他将家康迎进骏府城内，拖着重病之身出来拜见，恳求道："我死后，一切就全靠大人您了。"

关原之战两个月后便将打响，众大名的惶恐不安自是日甚一日。

继承人一忠年仅十一岁，中村一氏当然会担忧死后之事。

德川家康将备前长船宝刀赠予中村一氏，担保了一忠的前程。一氏这才放下心来，家康离去后的第二个月便溘然辞世。关原之战时，中村家的重臣果然带着年幼的一忠现身东军阵营，表示了对家康的忠诚。

因之，家康得胜后给了中村一忠十八万石封地，让他搬进山阴地区伯耆国的米子城。虽然比父亲的故地添了五千石，但山阴的新封地又哪里能跟丰饶的骏河相比？

中村部队去关原之后没立下赫赫战功，家康却让中村一忠从骏河迁至米子，此举自是因他不想让丰臣家的嫡系大名继续把守东海道之要冲——骏河。

然而，中村家到底"成功突破了"天下形势白热化的尴尬境地。

得知泷川三九郎去了米子，真田信之登时叹道："真是的，明明可以不选中村伯耆守，回到我这里嘛……"

跟三九郎相比，只怕信之更挂念随夫远走异地的於菊吧？

"事出仓促……"

泷川三九郎给伊豆守信之去了封信，就没来沼田辞行之事道歉，同时告诉他不用挂念於菊。正好纪州九度山的住所竣工，真田父子和家人、家臣们从高野山上搬了下来。他们似乎习惯了这处处不如意的生活。信之将泷川三九郎出仕一事告知了九度山的父亲和弟弟。

"好极了！如此我就能安然去彼岸喽。"

父亲真田昌幸的回信异常消沉。

来自九度山的信件，要经新任纪州和歌山城主的浅野家检阅之后，才送到信之手中，其内容显然会由浅野家向德川家康报告。信之送往九度山的信函想来自是如出一辙。

"这未免太……"

伊豆守信之读了父亲的信，喃喃苦笑，将来信付之一炬。

旁人不懂父亲，但信之明白。

昌幸自知信上的内容会被家康知悉，所以才要告诉大家："我以后不打算再理会世事了，就这样垂垂老去算了……"

安房守都那样了，不如就饶了他的罪，让他回到沼田的信之那里去吧——他大概是盼着德川家康会萌动此念。

真田信之同样祈祷着父亲和弟弟被赦免，片刻不忘。

信之的岳父忠胜亦然，捎话说道："暂且忍一下吧。"关原之战毕竟是落下帷幕，所以他叮嘱信之夫妇别急，尤其别擅自胡来，他定会亲口求家康饶恕昌幸。

德川家康痊愈之后，重返江户。庆长七年正月，江户城西之丸的居馆内，他接受了世子德川秀忠和众大名的贺年。正月十九日，他再次离开江户城，去了伏见。对家康而言，战后事宜远远没有尘埃落定，眼下无法忽视丰臣家立足的上方地区——近江、大坂一带。

新年之后，家康确定了对萨摩岛津家的惩罚方案。因陆续颁布政令、整肃政治机构，家康忙得不可开交。

是年夏天，真田信之因病卧床三月，但很快就痊愈了。铃木右近忠重兀自保持单身状态，跟以前一样担任伏见真田府邸的留守。

信之三十七岁，右近二十九岁。

一次，信之对妻子小松殿说道："我本想将於菊许配给右近的。"

"哎呀，那你为何不明说呢？"

"唉……"

"若是那样，我无论如何都会想办法嘛……"

小松殿深表遗憾，无奈右近似根本无意娶妻。信之屡屡劝他，他却不当回事。这就怪不得信之不再对於菊和右近的婚事抱希望了。

第肆话

庆长八年（1603 年）二月十二日，后阳成天皇任命伏见的德川家康担任右大臣兼征夷大将军，特许他牛车兵仗。

关原之战仅仅三年，家康便将丰臣家大老的名头一丢，接受朝廷任命，迎来了德川家的天下。家康当时都六十二岁了。跟现下的六十二岁不同，当年的六十二岁可以说是离死不远了。因此，家康希望死去之前彻底将政权确立，传给世子秀忠。

战后三年间，德川家康的活动非同小可。去年——庆长七年，他来到伏见城埋头政务，一直从正月忙到秋天，这才回江户暂住，至十一月末又重临伏见。这期间，自江户直通京都、大坂的东海道整备完成，成果惊人，诸大名的江户府邸亦陆续竣工。

家康首先把樱田地区的一片土地给了昔日的宿敌上杉景胜，让他营建府邸——景胜完全臣服了，所以家康要把和景胜误会冰释的事情昭告天下。接着，家康又将跟丰臣家渊源颇深的大名们调来江户当官，促使他们宣誓效忠，获赐府邸。

　　家康就这样踏踏实实收服了各地大名，让他们交出妻子、重臣来充当人质，着手打造实质上的德川家天下。

　　关原之战以来，家康一直坚持让诸大名交换封地，以切断他们跟旧地盘的关系。泷川三九郎所效命的中村一忠只是其中之一。

　　如此一来，搬到新封地的大名们根本无法点燃战火。对他们而言，目前最重要的是打点好新封地内的一切事务，跟当地百姓和睦相安。

　　德川家康千方百计构筑自家天下，诸大名唯有拼命顺应各自的变动。

　　"德川家的天下来了……"

　　所有人都清清楚楚看到了这件事情。

　　天皇和朝廷不得不承认家康的权势。是年二月初，家康荣任征夷大将军之前，来到大坂城谒见了丰臣秀赖。这是家康担任丰臣家大老时期的最后一次行礼。

　　家康当上征夷大将军，当上天下人，由此开创了江户的德川幕府。

　　他和丰臣家的地位彻底变换了。

　　同时，家康履行了和故太阁丰臣秀吉的约定，帮孙女千姬（德川秀忠长女）和丰臣秀赖举行了婚礼。

　　丰臣秀赖时年十一岁，千姬则只有七岁。

　　千姬系秀赖生母淀殿之妹嫁给秀忠之后所生，所以和秀赖是表兄妹的关系。淀殿让亲生儿子娶了跟她血脉相连的外甥女。

　　然而，淀殿不是高高兴兴欢迎这位媳妇进门的。

　　丰臣秀吉当初跟家康定下秀赖和千姬的婚事，自是希望家康一直以臣子之身辅助丰臣家，哪知却变成了天下人将孙女下嫁丰臣氏……这无疑会让倨傲自大、一直无法打消"德川氏是丰臣家臣子"之念的淀殿不堪忍受。

她只是扛不住家康的势力，唯有无奈接受罢了。有趣的是，诸大名却都因此深感欣慰，大家一致觉得，这宗婚事一成，天下就绝不会再有战事。

就是说，他们将会加倍努力向家康效命。

被战火焚毁的伏见城开始重建，变成新的"天下人"大本营的江户亦正建设之中。家康将这些大事悉数委任给各大名办理，这表明他不想再看到战斗出现，更不会再有那种从容和斗志。

"真让人受不了啊……"

各地大名纷纷口出此言，却又怕战火当真重燃，只好认了。

江户的日本桥，就是这一年架起来的。

闲话按下不说。是年十一月，突然出了个让真田家上下和泷川三九郎、於菊夫妇始料不及的血腥异变。

伯耆的米子城内，十一月十四日，大家给幼主中村一忠之妻於觉举行了庆贺"直额"之典。

十二岁的少女於觉是松平康元（下总关宿，四万石）之女，去年才决定嫁进中村家。

"直额"庆典一如男子的"元服"之礼。女子虽不用剃眉染齿，却要将发型梳成妇人的样子。

城内本丸的大殿内，众家臣齐聚一堂，中村一忠亲自出席，以庆祝此事顺利结束。家臣之中，当然有着泷川三九郎的身影。

时至傍晚，家臣们纷纷退下，家老横田内膳见大家都告辞离去，便施了一礼，笑道："殿下，那我走了……"

他正待退下，忽听得中村一忠说道："内膳，且慢！"

“啊？”

横田内膳抬眼一看，只见十四岁的中村一忠竟是面色煞白！他当然知道家主一忠素性暴躁，身体孱弱，但此时此刻真有些不明所以。

“看看这个吧！”

一忠将一份文件模样的东西塞给内膳，手抖得竟如筛糠一般。

“这是？”

“江户送来的。”

说完，一忠命侍臣退下，室内只剩下他和横田内膳。

（江户送来的……莫非是幕府提出了棘手之事，所以主君才面色苍白？）

横田内膳自先主中村一氏殁后，一直苦苦辅佐年幼的一忠摆脱丰臣系大名的尴尬位置，这时自然皱着眉头靠近，说道："容我读读。"

他本来是阿波国高屋城主三好山城守的家臣，三好家灭亡后投靠中村一氏。德川家康对他评价颇佳，甚至曾有"中村家全赖有内膳方得维持"之语。

中村一氏对内膳非常信赖，甚至把妹妹（一忠的姑姑）嫁给了他。米子城内的饭山地区有个名曰"内膳丸"的曲轮，里面正是内膳府邸——由此不难想见横田内膳的地位如何。

却说内膳接来一忠手里的文件，展开一看，登时目瞪口呆。

那竟是白纸一张。

“这……”

横田内膳讶然望向一忠，哪知话音未落，对方竟照着他的天灵盖一刀砍来！

第伍话

天下公认内膳是中村一忠的辅政大臣。如此一来，难免会有一群人容不下他。

此时此地，年仅十四的幼主突然挥刀相向，事先全无半点征兆，这大大出乎横田内膳的想象。

他素来把中村一忠当自家孩子一样对待。恰是他看完白纸文件微微抬头的瞬间，一忠突然抽出短刀，砍中了他的脑门。

"啊……"

内膳完全没有防备。他愕然望向一忠，难以置信。

只见中村一忠狠狠骂道："浑蛋！"纵身一跃，短刀反复劈出。

一时间鲜血满地，横田内膳仰面软软倒下。

"殿、殿下，您这是……"

"浑蛋！浑蛋！"

一忠狂吼着，状若疯虎，不断挥刀砍来。然而他毕竟年幼，此际又甚冲动，几次下手都失了准头。

横田内膳的手摸到了随身携带的小刀刀柄，却又不想跟主君对砍，唯有全力逃向旁边的房间。

哪知另一重臣安井清十郎竟跟着跑来，猛然伸手扭住了横田内膳。

中村一忠挥舞着短刀，大喊道："杀了他！杀了内膳！"

横田内膳一把推开扭住他的安井清十郎，喝道："想不到，竟然是安井你的阴谋啊！"

只见他抽出短刀砍向安井左臂，那敏捷的身手浑然不似花甲老人。

安井清十郎中刀后退，内膳亦不纠缠，欲从旁边房间向大走廊逃去。

背后，一忠不断喊道："杀了他！杀了这个逆贼！"

这时，家臣近藤善右卫门从大走廊上冲了进来，迎面瞧见一个血肉模糊的男人持刀跑来，登时呼道："有刺客！"言罢立刻抽出小刀，刺进内膳胸膛。

内膳不支倒地。

近藤正待再补一刀结果了他，哪知细细一看却是家老横田内膳！

"哎呀！是横田大人……"

近藤善右卫门大惊失色。他曾蒙内膳提携，深受对方大恩。事后，近藤甚是懊悔，曾几次叹道："早知是横田大人，我肯定不会冲上去了……"

他茫然注视着死去的横田内膳那张满是鲜血的脸，暗想此事定然不会善罢……

果然，一场大风波由此开始。

家康会打消对中村家的疑虑，跟横田内膳的苦心孤诣自然是分不开的。就这方面来说，内膳确实是立下了汗马功劳。中村家被调到米子地区之后亦然，内膳一直奔波忙碌着城郭的大规模建设和新封地的治理事宜。

他的权势如何，自然是谁都知道。天下公认内膳是中村一忠的辅政大臣。如此一来，难免会有一群人容不下他。恐怕就是这些人挑唆年幼的中村一忠杀了他吧？

横田内膳非常重视对一忠的教育，时常说道："您以后一定要做个不辱没治国主君身份之人……"结果总是搞得一忠不悦，这是事实。

倘若真是一忠亲手斩了横田，横田门下的武士和家臣们肯定只有忍辱一途，眼下大家却都觉得就算一忠再如何年幼无知，这般举动总是无法谅解，纷纷说道："我们不信这是主君之意，肯定有安井清十郎等人从中挑唆，这是他们的阴谋！"

横田门下的众武士立刻武装好聚到内膳丸内，紧闭大门。

他们决定跟本丸里面的主君死磕。

内膳丸中闭门不出者，自内膳之子以下，算上足轻，人数将近二百。其中就包括柳生五郎右卫门。

伏见真田府邸里的铃木右近当然对此事一无所知。五郎右卫门当上横田内膳的"门客"足足有一年了，却未曾将此事告知右近。

中村家的家臣们恳求五郎右卫门教授剑术，投奔了中村一忠的泷川三九郎亦跟着大家学剑。

三九郎虽然知道铃木右近，却不知道他和五郎右卫门的关系。倘若知道泷川三九郎之妻便是真田昌幸之女，五郎右卫门肯定会向三九郎谈到铃木右近。

三九郎没有向任何人透露妻子的来历，只因织田长益曾叮嘱他道："天下太平之前，就说她是我的养女好了。"

柳生五郎右卫门感念横田内膳的道义，来到内膳丸闭门不出。闭门之前，他曾跑到泷川三九郎的家里，匆匆跟对方道别。

　　来到米子城之后，五郎右卫门和三九郎的关系一天比一天亲近。

　　"三九郎大人，如您所知，我不是中村家的人，更不是横田内膳大人的手下，只是周游各地时曾蒙故去的内膳大人厚待，所以才来此暂住一年。"五郎右卫门道。

　　"是。"

　　"武士的信念不容许我对这番风波袖手旁观，更何况我本就愤慨内膳大人的横死。所以，我要去内膳丸闭门抵抗了。"

　　"我明白。"

　　"我想，三九郎大人肯定会赶去本丸的吧？"

　　"是的，我毕竟是中村家的家臣……"

　　"理当如此。"五郎右卫门点了点头，淡然笑道。这微笑让人联想到沐着春日暖阳的风平浪静的海滩。柳生五郎右卫门此刻的笑脸，让泷川三九郎毕生难忘。

　　后来，三九郎曾对铃木右近说道："自那之后，只要我进退维谷，就会想到五郎右卫门大人当时的笑脸……"

　　"三九郎大人，瞅准机会，勇敢上吧！"

　　"恭敬不如从命！"

　　和三九郎互施一礼之后，柳生五郎右卫门便翻身上马，疾驰而去。

第陆话

十一月十五日的傍晚，五百余名武装士兵到达了米子城下——堀尾吉晴率亲兵从五里远的出云国富田城前来相助。

堀尾吉晴目前是隐居之身，家督之位被他让给了儿子忠氏。

"希望您无论如何要救救我啊！"

得知中村一忠派来急使，吉晴虽甚困惑，却明白万万不可弃之不顾，只好亲自前来米子。

堀尾吉晴和一忠的亡父中村一氏是老朋友了，二人都是丰臣秀吉的臂膀，曾共同担任中老要职。

挚友之子中村一忠家出了变乱，吉晴自然不会坐视不管。但是，此子竟然想都不想就亲手杀了亡父留下的老臣横田内膳，就算他是一家之主，这错误总归是难以饶恕。

会有这番异变，完全是这位幼主跟前的重臣们搞派系斗争和阴谋诡计所致。

这是何等愚蠢的一群人啊……

堀尾吉晴呆然无语。他素来称许横田内膳的功绩，近年来却听说内膳大是自负，甚至宣称唯有他本人才值得有十八万石俸禄。

一忠年仅十四，内膳总是拿他当个孩子，有时候难免听不进其余重臣的意见。

横田内膳卒有此番横祸，跟他的这种态度怕是不无关联。据《伯耆志》载："其人威震远近（中略）……又精擅检地之法，核正了寺庙、神社的土地，使大山寺等庙宇急速衰落。内膳素来独断视事，众人惧其权柄，不敢进逆耳忠言。"

然而，就算内膳有千般不是，中村一忠的手段总归是太幼稚了，竟迫得年逾六十的堀尾吉晴亲自出头。

吉晴打算先去说服内膳丸里负隅顽抗的横田一党，但对方根本就不理会。

（这就麻烦了……）

堀尾吉晴不禁暗暗叹息，但若换了他是内膳门客，肯定亦不会接受。

明信守义——这正是战国武士的风骨。

"倘若要杀内膳，何不亲自动手？唆使幼主耍弄阴谋，这简直卑鄙无耻！"

堀尾吉晴盛怒之下，忍不住对安井清十郎恶言相向。

只恨一切都迟了。吉晴虽然不想出头，但这事一旦被江户的幕府知晓，中村一忠无疑将被惩罚，这是吉晴最怕的事。所以，他打定了主意，一定要设法照顾好挚友中村一氏的遗孤。

堀尾吉晴凝思片刻，对中村一忠说道："只好做个了断了。我来给你当后盾，你不要犹豫，放手攻打便是！"

结果……夜深之后，战幕拉开。

攻上来的"本丸军"有八百余人，而迎击方"内膳丸军"只有区区二百。大概一刻（两小时）之后，曲轮的大门便被攻破，攻方狠狠杀了进去。

"别管乱七八糟的了，先放火再说！"

攻方开始向横田内膳的府邸射出火箭。整个曲轮内都混乱了。

这时，柳生五郎右卫门宗章第一次现身"本丸军"的面前。

只见他手握长枪，背后正是烈焰冲天的府邸大门。

"有种就上来吧！"

攻方登时懵了。谁不知道五郎右卫门的勇武？

"那好，我就来领教领教！"

中村一忠的家臣远山小兵卫走上前来，持枪站定。

"来吧！"

"哼！"

两人斗了二三回合，远山便中枪倒地。紧跟着持枪上前的是中村家的家臣今井氏，他同样被五郎右卫门一枪刺中左腿，退了下去。

"吉田左太夫前来领教！"

又一人挥枪扑上。这个吉田是长枪好手，立有赫赫战功，当真是中村家内的一名勇士。

"呀！"

吉田奋勇出击，却听得柳生五郎右卫门一个大喝，长枪竟是脱手而出！

火光隐隐的门前，双方皆注视着五郎右卫门的身姿。

只见泷川三九郎长刀一挺，来到了五郎右卫门的面前。

"噢，是三九郎大人啊……"

"我来领教。"

"明白！"

三九郎所用的是一柄长刀，五郎右卫门见状便将长枪往门旁一靠，抽出身上长刀。

中村家内部对泷川三九郎似乎评价不佳，只因此人总是默默无闻，故而有了个"睡猫"绰号。

"他竟然是泷川左近将监的孙子？"

大家对三九郎的蔑视简直难以形容，这时忽见他堂堂上前，那些被五郎右卫门英姿震慑得手足无措者均是大吃一惊。

长刀对长刀，二人渐渐接近。

"三九郎大人……"

"是……"

"别忘了这一刻啊！"

"一定！"

"武士的一生，只是弹指一挥罢了！"

"不错。"

"要好好把握这一瞬间！"

"我明白。"

"来吧！"

"好！"

二人腾挪跳跃，长刀对长刀，难解难分。

须臾，五郎右卫门忽然单膝跪地——

"嗨！"

只见他一刀向泷川三九郎的左腿砍去！

三九郎中招倒地。

五郎右卫门振臂一挥，喝道："是时候了，打！"

城墙上伏着的二十余名铁炮手登时一齐开火，"本丸军"纷纷倒地。

柳生五郎右卫门觑准对方瑟缩之际，长刀一招，吼道："冲啊！"率先杀进敌军。他事先就将长枪的枪柄用长刀削掉半截，此时只见他左手持枪，右手握刀，所向披靡。

泷川三九郎的大腿受了重伤，却保住了性命。五郎右卫门没给他致命一击。

当时，三九郎是抱着死的觉悟，挺身走向五郎右卫门的。

（五郎右卫门没有杀我，是希望我暂且苟活吧……）

"武士的一生，只是弹指一挥罢了！"

三九郎的耳畔，清晰留下了五郎右卫门的话语。

第柒话

这一夜的鏖战之中，柳生五郎右卫门壮烈牺牲。

听说"内膳丸军"顽强抵抗，一度让敌军手足无措。

"给我上！"

掠阵的堀尾吉晴看不下去了，调动他带来的五百余名亲兵总攻。

"内膳丸军"至此再难抵挡，唯有黯然落败。内膳之子横田主马之助自杀身亡，内膳丸被付之一炬。

而那位中村一忠嘛，《伯耆志》里面有如下介绍："一忠平生爱美。参拜神社、寺庙和游猎之时，其队列肃穆井然。庆长十四年，一忠上京游览，夏季归国，身抱重病，积极治疗，惜不见效，却兀自强行游猎，纵有阴雨亦坚持出城。五月十一日，归城后病情忽重，虽有名医古方……"

他就此一命呜呼。

中村一忠跟一个农家女子生有一子，却没有上报幕府。倘若横田内膳活着的话，肯定会向幕府和将军求情，让这孩子继承中村家的家业。奈何一忠离世之后，众家臣分崩离析，派系争斗如火如荼，以致幕府对中村家放任不管，坐视其家门断绝。

那时，泷川三九郎怎样了呢？

他离开了中村家。自那次"内膳丸之乱"以后，他就对中村家深感嫌恶，烦忧之际，竟又得知了其叔父泷川久助一时病亡的消息。

泷川一时享年三十六岁，是德川家的一名旗本，只留下一个两岁男孩。

这孩子是庶出的，所以没有向幕府报告。

"哎呀，这就麻烦了……"

泷川一时的亲人聚会商量对策。幸好幕府念着一时是直臣[①]之一，不忍让泷川一益创造的名门就此中断，故决定把出仕中村伯耆守的泷川三九郎召回。年幼的遗儿长大之前，就由三九郎暂时执掌泷川家了。

泷川家的人们一致表示赞同。跟家破人亡相比，自是迎回三九郎比较合算。

经由幕府出面，三九郎顺顺当当离开了中村家。

"这下子，我要回江户当将军的直臣了，不知你意下如何？"

三九郎问妻子於菊。

"我只有你了。"

"我嘛，我觉得无论去哪里，做什么都一样。自从那天夜里被柳生五郎右卫门大人砍中大腿之后，我竟然心如止水了。"

"哎……"

---

① 　由将军直接管辖的家臣，家臣的家臣则是陪臣。

"人之一生，无非弹指间事！"

"无论去哪里，做什么，反正都是泷川三九郎……是这样吧？"

"没错，就是如此！所以，不要烦心啦。我无论去哪里，都只做该做的事。只要想明白这个，这弹指间的一生就会潇洒无忧。"

就这样，三九郎夫妇得以在"中村丸"沉没之前下船。

於菊嫁给泷川三九郎之后就更名换姓了，但本故事想一直沿用"於菊"这个名字。

叔父遗子一乘元服之前，泷川三九郎将支配两千石俸禄中的一千七百五十石，剩下的二百五十石则留给一乘。这是幕府之命。

闻知此事之后，真田信之非常高兴，喜道："如此甚好！"他立刻通知了九度山的父亲和弟弟。昌幸和幸村似亦对中村一忠无甚好感，回信表示祝贺。

近来，好像基本上不检查信件了。这个且按下不表……

来到纪州九度山蛰伏之后，真田幸村得了个儿子。这是幸村的第一个儿子，他给孩子取名"大助"——亦有人称，这名字是安房守昌幸取的。

大助生下来时，适逢庆长七年春天。这是关原之战后的第三年，是伯耆米子城内横田内膳事件的前一年。当时，真田信之夫妇送了大批贺礼到九度山。

九度山的真田父子态度恭顺，平静度日，纪州浅野家的监视不觉渐渐放松。

浅野长政是丰臣秀吉一手培养的大名，此时是隐居之身，由长子左京太夫幸长继承家业，接任纪州和歌山城主之位和三十七万四千石的封地。

幸长受德川家康之命，监视真田父子。

浅野父子是丰臣家的忠臣。虽说德川家康当上征夷大将军，开辟了幕府，他们唯有顺从德川氏，却一直对大坂城的丰臣秀赖行臣下之礼。所以，这父子二人都对真田父子抱有好感。

“这话可别公开说呀……”关原之战结束不久，浅野长政曾对儿子幸长苦笑道，“上田的真田父子，好像替我们做了本该由我们做的事呢。”

关原之战前夜，长政因有暗杀家康之嫌，被送到武州的八王子地区幽禁。德川家康念着长政之子幸长加盟东军有功，特赐予长政五万石的俸禄，让他来江户居住。

这大概是浅野长政和德川家康旧交甚密的缘故。如此说来，长政被幽禁之事只怕亦是家康的策略。

家康这样一搞，浅野长政、幸长父子便要欠家康一个大大的人情，自然就会避免跟九度山的真田父子亲密接触，更不会赠给他们金银器物。然而，他们对真田父子的好意肯定会经由放松监视一事渐渐体现。

而真田父子亦需小心谨慎，克制对浅野幸长的好感。

德川家康搞定战后事宜，实现了当上“天下人”的大志之后，自然就会缓和对真田父子的怒火。

不是“消除”怒火，而是“有望”消除。

（父亲和弟弟只要再稍微忍忍……）

沼田城内，伊豆守真田信之似乎看到了未来之光。

第捌话

庆长十年四月，德川家康当上将军仅仅两年之后便宣布隐居，将儿子秀忠扶上了德川氏第二任将军的位子。

他不是像一般人那样退隐，而是继续掌握着天下实权。他要抓住时机辅政，巩固德川氏的基业，夯实秀忠的第二任将军之位。

（死去之前，我一定要……）

织田信长和丰臣秀吉都没有得到足以继位的良才，家康亲眼目睹了这样的不幸。所以他才会细致周密，果断采取措施。

是年，德川家康六十四岁，继任将军的秀忠才二十七岁。

家康隐居之后，人们便以“大御所”来称呼他。

要把秀忠继任将军一事昭告天下，自然就需要上洛晋谒天皇。当时，家康派十万余（一说十六万余）将士随行，陪新将军动身上洛的大名更高达四十余家。

这支队伍浩浩荡荡，沿东海道走了十六天。整个东海道上都塞满了人——队伍的最前端抵达京都之际，最后面的将士才刚刚从江户出发。有史料称："人们从京都、伏见、大坂各地聚来围观这支队伍，竟把大津和山科的道路塞满。"

这简直就是德川将军的大游行嘛。直到这时，德川家康才派人去大坂城，要求丰臣秀赖现身宣布新将军的队伍之中。

他借助丰臣秀吉的未亡人北政所催促秀赖上洛。

北政所（高台院）削发出家后一直闲住京都，深受家康照顾。因要给故太阁秀吉祈求冥福，家康创建了临济宗寺院——高台寺，高台院不日便将搬进那里。

高台院劝秀赖一定要去一下京都，却被秀赖的生母淀殿断然回绝。

从德川将军家的角度来看，丰臣秀赖只是一个有六十五万石封地的大名，自然要上洛对新将军表示敬意。所以，德川家康不用再对大坂城的丰臣秀赖坚持行臣下之礼了。倘若秀赖无法看清此事，自然不大好办。

此时距离关原一役足足有五年了，但当时败北的西军诸将和分布各地的武士们却齐齐表示，一旦秀赖公长大成人，就要跟关东方面再打一仗！

他们蠢蠢欲动，等待着时机成熟。民间甚至有说法称，只要秀赖公不肯上洛，战事便会重临——"关东军会进攻大坂城的！"

京都、伏见、大坂的市民们害怕了，带着家财细软纷纷出逃。

新将军毕竟是带着十万人的队伍上洛，那不正是十万大军？

然而，淀殿不肯示弱。她性格骄傲，坚信德川氏只是丰臣家的臣子，断无对其低头之理。实际上，她最怕的是秀赖一旦离开大坂城，到了德川眼前，对方会不会把他毒死……

因之，她甚至说若德川强逼秀赖上洛，母子二人便同时自杀。

丰臣秀赖时年十三岁。

"竟如此不可理喻！"得知淀殿的强硬态度，家康不觉咋舌，"那就没办法了……"

因闹得举世哗然，家康只好派六儿子松平忠辉（信浓川中岛，十八万石）去大坂城通知新将军继任之事。

丰臣秀赖虽然年幼，亦懂得惶恐不安。得知松平忠辉前来拜候，他十分高兴。秋后，秀赖派家臣片桐且元去伏见城向新将军回礼，事情就这样和平解决。

九月十五日，家康离开伏见，让松平康次、成赖久次等人留守，一路悠然狩猎，直到江户城下。

是年（庆长十年）岁末，负责留守伏见真田府邸的铃木右近忠重给沼田的伊豆守信之送去定期联络的信函，上来便称："我觉得此事不会有何特别……"

他报告了这样一件事情。

伏见府邸的家臣栗田弥七郎因公事去了京都的真田府邸，回来的路上似乎看见了向井佐平次的儿子佐助。栗田弥七郎本来是真田幸村的家臣，后被沼田的真田信之收留，所以他认识上田开城前几番潜进城内、留宿二丸幸村居馆内父母身边的佐助。

栗田看见佐助的地方，好像是伏见城附近的街上。佐助打扮成那附近的百姓，从沿街的小寺院墙后走出，刚好跟骑着马的栗田弥兵卫打了个照面。

（这是佐助吧？但是，佐助好像去服侍纪州九度山的真田父子了啊……咦？）

栗田掉转马头，望向擦肩而过的佐助。

“喂，喂……”

黄昏中，只见那个貌似佐助的年轻人头都不回，根本不理栗田，就这样消失。

回到伏见府邸后，栗田弥七郎断定那就是佐助，便向铃木右近报告。

右近的来信里没有阐明自身看法，包括告知看见貌似佐助的年轻人之事，都只是简略一带，称："我觉得此事不会有何特别……"

真田信之反复读信，长久不语，那淡漠的眼神渐渐有了丝变化。

非要描述的话，就是那对眼睛里流露了无法遮掩的不安之色。

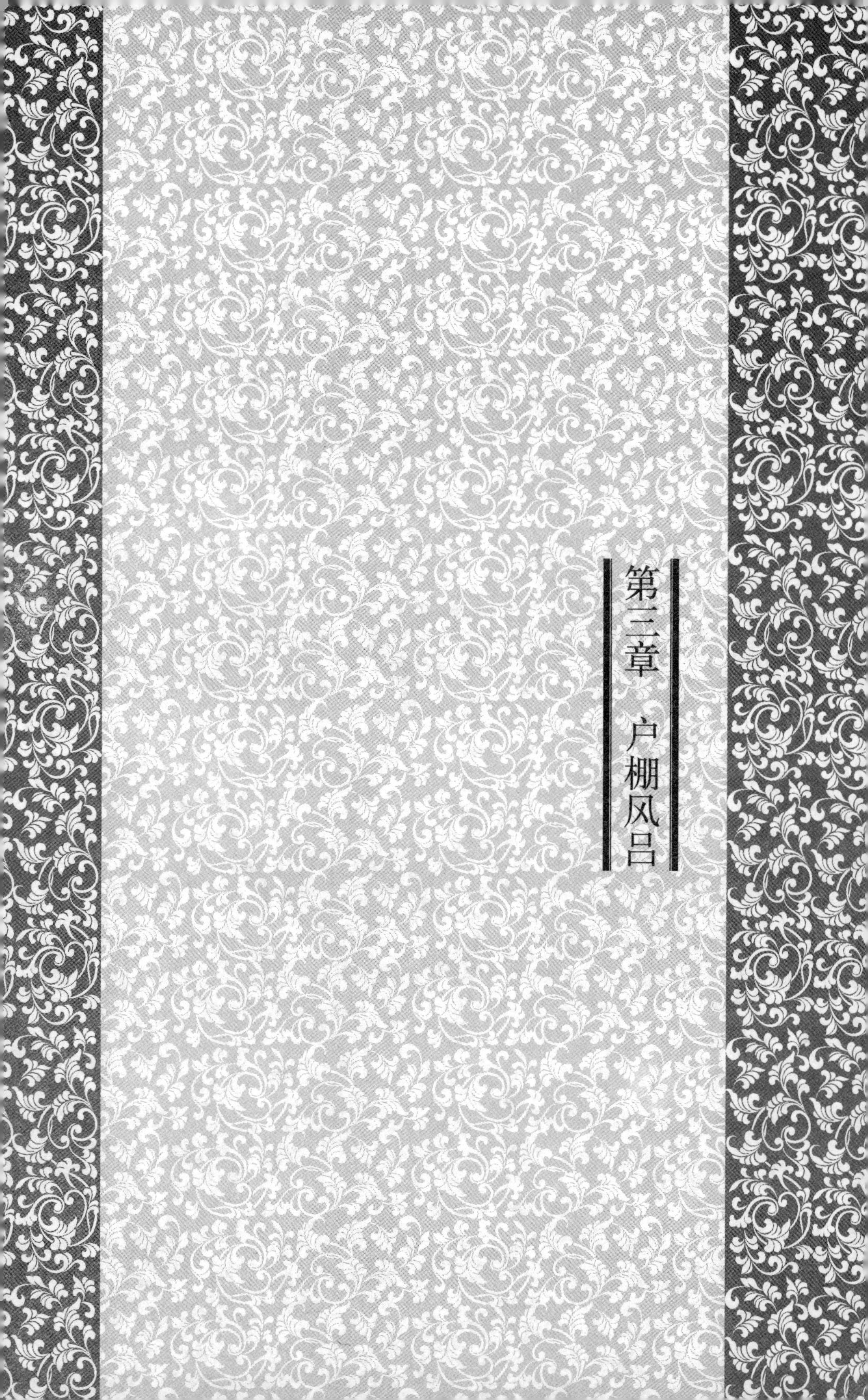
第三章 户棚风吕

第壹话

　　迷蒙缭绕的水雾中，只有两名客人。其中之一是名高个子武士，将头发束到后颈，体格健硕。

　　从他适才走进澡堂，来到更衣室脱去窄袖和服跟和服裙裤的情形来看，此人当是关原之战以来涌向京都的浪人之一。

　　这位客人似曾拥有不凡的身份，举止甚是威武庄重，汤女们甚至都不敢跟他打情骂俏，只默默给他搓背。

　　浪人尚未满不惑之龄，浓眉阔目，双眼紧闭，默然不语，任由汤女摆布。

　　另一个客人似乎是名年轻町人，身材矮小却体格健壮，全身上下的皮肤都犹如鞣皮。一名年轻的汤女帮他洗着头发，两人正低语调笑。

　　两个客人分占澡堂两端，隔着水雾，望不清彼此模样。

　　这是京都三条大街上的一间澡堂——户棚风吕。京都的这种澡堂从数十年前就有了，林立于一条到六条的商业街上，不仅武士，朝臣们好像都会偷偷光临。

四百年以前的京都庶民们一般都不会让汤女搓澡，这毕竟太奢侈了。然而，这个町人竟大白天就来到这户棚风吕，年纪虽轻，手头却相当宽绰。

汤女往町人的头发上撒了些米糠和澡泥，兴冲冲道："真够脏的呢。"

"是吗？好久没洗了呢……"

客人说了一半，便把脸凑近眼前汤女那晃来晃去的乳房，吮吸乳头。

"呀，太让人难为情了嘛。"只因对方是中意的客人，汤女便喜滋滋道，"今晚住下吧？"

"嗯，等天黑了再来。"

"真的啊？"

"我打降生就没撒过谎。"

客人再次吮吸汤女的乳头。

倘若向井佐平次夫妇看到了这年轻客人的面孔，一定会瞪大眼睛。客人不是别人，正是佐平次夫妇之子——向井佐助。

庆长十五年（1610 年），佐助二十六岁，和汤女调情自是不足为奇，但对佐助小时候稍有了解者只怕都会瞠目结舌。

德川家康把将军之位让给儿子秀忠，以大御所的身份着手巩固德川幕府基业，进行最后的活动。时光荏苒，从那时算来，又是五年光景。

"喂……哎呀，喂……"给佐助洗完头发的汤女似乎把持不住，抱住了佐助，"客人，喜欢我不？"

她把脸靠上佐助被汗水和蒸气濡湿的胸膛，吮吸男人的乳头。

"哎，好疼！"

"没关系的。"

"快停下。"

"天黑以后，一定来啊？"

"当然会来。"

澡堂大概有六坪大，沿板壁安放着板凳，赤身裸体的客人用从地板间隙中喷出的蒸气蒸着身体，再由汤女拿竹片刮去尘垢。

"后背……"佐助对绕到背后的汤女道，"身体嘛，等晚上再享受吧。我有件急事，要是办不完的话，就回不来喽。"

"瞧你，慌慌张张的。"

"今晚再好好的……"

"好吧。"

佐助走出澡堂。腰缠白布、裸着上半身的汤女跟了出来，帮佐助擦干身体。佐助很快便离开了这家澡堂。须臾……

澡堂里的另一个浪人跟着出来了。他虽系浪人，身上的窄袖和服跟和服裙裤却相当有型。

浪人戴上了漆笠，看不见脸，只知道他悠然踱步，沿室町大街往四条走去。

京都寒冷彻骨的冬日总算要结束了，不久便会吹来和煦的春风，当然依旧会有点冷。大概是错觉吧，树木的枝丫上似乎吐出了嫩芽。

向井佐助不知从哪里冒了出来，开始跟踪浪人。是日午后甚晴，堪称当时一流商业街的室町大街上车水马龙。浪人横穿了四条大街，走向五条。

目前，五濑之太郎次正以印章师的身份，暂住四条大街。不消说，那屋子就是真田草者的一个忍宿。

先前说的那个浪人，走到了印章师的门前。

店内一隅，老板宗左卫门——不，五濑之太郎次——正刻着印章，同时偷眼瞧着对方远去。

紧跟着，头戴斗笠的佐助走到了店门前方，冲太郎次微一颔首。

太郎次没有回礼，继续雕刻印章。

这时，隔着门板，里间有一个女人开口说道："太郎次，佐助到底来了没啊？"

"刚刚露了一面。"

"哦？那……他是要跟踪长宗我部？"

"正是，他冲我点头来着。"

"这就好。佐助嘛，肯定是不会出岔子的。"

这女人自然是阿江了。她现下该有五十以上了吧？然而，她讲话时就跟十年前关原之战时一模一样。

相比之下，五濑之太郎次更加让人吃惊。关原之战时，太郎次都到了古稀之年，现下肯定是八十岁以上了。跟十年前相比，他的脸和身体萎缩了一圈，但雕刻印章的手法灵活自如，听觉灵敏，言谈更是干脆利落。

那时候，享寿八十以上者堪称凤毛麟角，但忍者中动辄有人逾百。

太郎次精神矍铄。负责守卫下久我忍宿的权左同样八十六岁了，精神犹自健旺。

"大概是战死关原的壶谷又五郎大人和诸位草者让我们继续替他们效命，所以才把寿命赐予权左和我的吧？"五濑之太郎次曾对阿江如此说道。

第贰话

那是阿江从下久我忍宿返回京都途中的事情。

浪人从五条大街的刀店走出、戴上漆笠之时，阿江看见了他的侧脸。

她一见浪人进了三条大街的户棚风吕，便急忙跑回印章师家中，对向井佐助说道："佐助比我更合适。我想让你跟着他，查查他落脚的地点。"

"那我这就……"

"啊，稍等！"

"哎？"

"对方是长宗我部盛亲，谨慎些，千万别大意！"

"真是他啊？"

关原之战前后，阿江偷偷记住了好几个双方将领的模样。

长宗我部盛亲是昔年称霸四国的土佐守元亲之子。元亲生前，长宗我部家甚至都不用买织田信长的账，后来才无奈向丰臣秀吉低头。盛亲继承了亡父的土佐国二十二万两千石地盘和浦户城主之位，关原之战时支持西军。

当时，他跟安国寺、长束、毛利、吉川诸将扎营南宫山，又受到暗通敌营的吉川广家牵制，失去了出战时机。关原之战结束后，德川家康将他的地盘悉数没收，长宗我部盛亲成了一介浪人，下落不明。

如此说来，长宗我部盛亲跟真田氏本家的草者当真不是敌人。

德川家康之前曾郑重宣称，一定要查明关原之战时投向西军，目前却下落不明的大名和武将们的落脚点。

这五年来，大坂的丰臣家和关东的德川将军之间的关系更紧张了。

阿江想要探明盛亲的落脚点，主要是担忧他的人身安全，以便关键时刻出手相助。而且，草者的习惯促使她探明盛亲的动向。

佐助当然明白这些。

蛰居纪州九度山的真田昌幸、幸村父子兀自活得好好的。

昌幸六十四岁，沼田城主真田信之四十五岁；服侍信之、祈祷九度山的真田父子健康安泰的向井佐平次则是四十七岁。

佐平次来到真田家足足有三十年了。

京都一带的真田草者和九度山方面的联络正顺利进行，佐助总是往来九度山和京都之间。

这两三年间，真田幸村有时会突然来到京都的街上，说是要看看这里的情况。当然，他是打扮成修行僧、托钵僧的样子，但就算是那样，他的胆子总归不小。

德川家康若知道了这个情况，将会作何感想？只怕负责监视的浅野家都脱不了干系。

　　五年前，真田家伏见府邸的栗田弥七郎称偶然从街上瞧见了向井佐助，真田信之当时就微露不安之色。他肯定是料到了现下之事。

　　信之没有放弃让父亲和弟弟获赦的希望。

　　这十年间，岳父本多忠胜动用了各种办法，却一直没有结果。

　　五年前，德川家康似乎一度有饶了他们之意，哪知天下形势说变就变了。尤其要命的是，继任将军的德川秀忠对真田父子的憎恶一直没有消除。家康当然不会随便放了真田父子，让儿子兼继承人的秀忠颜面扫地。

　　何况，关原一役之后，本多忠胜就曾出头给死定了的真田父子请命，强迫家康接受，所以他无法再像当时那样采取强硬姿态，豁出性命对抗家康父子。

　　信之夫妇自然明白此事，却不免继续把忠胜当成救命稻草。

　　有十万石封地的本多忠胜现任伊势桑名城主，是德川家的王牌老臣。他近来身体情况似乎不佳，伊豆守信之因此甚是忧虑。

　　虽然忠胜告诉他不用挂念，但忠胜毕竟是自年轻时就不断披挂上阵，大小战役累计达五十余次。他一生都念着德川家的命运，不停奔波，从未有片刻歇息。眼下，忠胜年逾六旬，日积月累的疲惫自然开始侵蚀他老迈的身体。

　　忠胜的重臣们从桑名给信之之妻小松殿来信称，忠胜自去年秋天便突然食欲不振，甚至走路都有些吃力。

　　"我们近日就去探望一下吧。"

　　伊豆守信之坐立不安。

　　想去探望，却不一定去得成呢。他需要先向幕府请示，得到允准才行。

表象姑且不论，但凡有心之人，皆对德川、丰臣两家之间的紧张形势看得清清楚楚。浪人们从四面八方涌来，齐聚大坂和京都一带，委实让人恐惧。

"大御所（家康）的意志非同一般啊。"

沼田的信之确实听到了类似的流言。

来年春天，德川家康就要去京都了。他要去出席后阳成天皇让位、新天皇登基的典礼。继任将军的秀忠不会跟着他去，但家康的九子义直和十子赖宣则确定会随老父上洛。

德川义直只是个十一岁的少年，却受封尾张名古屋的六十一万九千石。

诸大名受家康之命，陆续汇聚到名古屋，以早日完成名古屋筑城一事。单看这一点，便足以知晓家康对义直的期许——德川幕府未来的顶梁柱之一。

十子赖宣刚刚九岁，却受封骏河、远江两地，合计五十万石。

毋庸置疑，德川家康上洛之时，会再向大坂城的丰臣秀赖派出使者，邀他到京都会面。若丰臣家再度无视大御所（家康）的命令，大御所肯定不会容忍。

到了那时……年轻的向井佐助想想便觉激动。

浪人打扮的长宗我部盛亲根本没察觉佐助的跟踪，悠然向东行经四条河原，走向祇园神社（八坂神社）方向。

第叁话

这一天风和日丽，四条河原上游人如织。四条河原是京都首屈一指的繁华之地。

鸭川中颇有几个沙洲，表演杂耍的小屋和茶店自成一排，沙洲和沙洲之间架着小桥。渡过鸭川，向东的街道两侧便是祇园神社的门前大街。这一带同样热闹非凡，自然大大方便了向井佐助对长宗我部盛亲的跟踪。

（长宗我部这家伙曾坐拥土佐国的二十几万石，此番潜进京都，怕是等着东西双方闹翻……）

街道正对着祇园神社，背后的东山山脉将蓝天切割成流线形状。京都三面环山，那冷彻骨髓的晨昏此刻竟犹如虚幻消逝。

长宗我部盛亲从朱红的门楼下方走进祇园神社，来到神社大殿磕头祈祷，之后从南门走出。他这是要去哪里？

盛亲踏上神社南门的道路，一路向南，忽向左拐进一条小路。

沿这里走上东山山麓，便是一片应仁战乱以来的废墟，人迹罕至。

　　废弃的寺庙犹有残垣断壁相连。高低起伏的山谷间，树木枝繁叶茂，树荫下的道路大白天里都显得有些幽暗。长宗我部盛亲走到八坂塔后面的一条路上，那里只有一片竹林，连个人影都看不见。

　　十二年前的庆长三年——就是关原之战的两年前，同时又是丰臣秀吉病故那年——那年春天，正是这条路上，来到京都的真田信之被北条家余党猪股濑兵卫率刺客袭击，幸得由大和柳生家照看的铃木右近救下，就此重拾主仆之缘。

　　向井佐助自然无从知晓这些事情。只见长宗我部盛亲沿着小路踏上山麓，来到一个貌似武士住所的宅院前方站定。

　　（我竟然完全不知道这种幽僻之地有这样一个房舍……）

　　竹从中，佐助注视着他。

　　从院门的外观来看，确实是武家风格，却不太大。这府邸似乎是刚建起的。门的后方，一个跟门形成鲜明对比的稻草屋顶的农舍掩映在竹林之中。长宗我部盛亲凝立片刻，环顾四周之后，走了进去。

　　直到夜间，佐助都没有回到印章师家。

　　五濑之太郎次忍不住道："不会有事吧？"

　　"佐助嘛，就不用惦念了。"阿江说道，似全无半点不安，"我让他探明长宗我部大人的落脚地，他没准是一直跟着对方呢。"

　　"唔……"

　　"说到底，长宗我部大人不是咱们的敌人。"

　　"这倒是。"

　　"何况，就算被察觉了，佐助总不会被长宗我部大人逮住才是。"

　　听阿江如此一说，太郎次不觉点了点头。

　　二人借着灯光，吃了小米粥。和十年前相比，阿江几无变化，根本不像个五旬女人。反倒是关原之战时只身去长良川奇袭德川家康、身负重伤后的阿江，看着比现下更老。

　　眼前的阿江恢复了丰满的肢体，精神颇好，头发乌油油的。

　　"但是……就算是那样吧，总归是太晚了啊。"

　　吃完小米粥之后，五濑之太郎次好像又有些疑神疑鬼。大抵是人老了吧，太郎次最近动不动就焦虑不安。

　　佐助直到翌日将近午时才回来。

　　"你到底去了哪里？真不该让我这老头子挂念啊！"

　　太郎次拥抱着从后门进来的佐助，喃喃说道。

　　佐助只是一味微笑。长宗我部盛亲昨晚留宿东山山麓的宅子，所以他一直监视到了清晨，亲眼看到盛亲和另一名浪人联袂出来。

　　这名浪人显然是盛亲昨日到来之前便在宅子里了。盛亲抵达之后，再没人来那宅子了——佐助如此告诉阿江。

　　"那……那宅子是……"

　　"对，就在那附近。"

　　佐助用阿江递来的笔，画出了祇园神社至那宅子的地图。

　　阿江频频点头，说道："我明白了，唔……"

　　见状，佐助问道："您知道？"

　　"知道。"

　　"到底是哪里的宅子？"

　　"好像跟你说过，那是小野阿通最近建的宅子。我去年秋天时去查了一次。"

佐助和太郎次面面相觑，均道："是这样啊……"

小野阿通素以才貌双全著称，曾在宫中任职，虽系女人，却被赏赐百人俸禄。阿江不清楚这位奇女子的出身，只知她通晓各种礼节，掌握百种学识，由此被丰臣秀吉相中，跟丰臣家结下深厚渊源。

秀吉殁后，阿通离开了大坂。关原之战结束时，此人早就形同蒸发。后阳成天皇甚至公开说道："谁知道阿通如何生活啊？我无论如何都想召她回来！"千方百计打探阿通的下落，却是一无所获。

阿通是净琉璃剧作家，由笹岛检校谱曲的那首脍炙人口的名曲《十二段草子》便是其杰作之一。

阿江不曾亲见阿通，却早知其美貌名动天下。有人说，秀吉死后，阿通之所以离开大坂城，就是秀赖生母淀殿的憎恶所致。然而，当德川家康把孙女千姬嫁给丰臣秀赖之时，阿通竟又突然现身大坂城内，让众人大吃一惊。阿通被家康请来，当了千姬的陪侍。

"念着是丰臣家……"

阿通接受了家康的请求。那是七年前的事，就是柳生五郎右卫门被米子城内战乱害死的那一年。她就那样回大坂城住了两年，做完千姬的陪侍之后，再度下落不明。

这位一代才女精通朝廷和武家礼法，文学造诣高深，又雅擅各种乐器，所以跟诸方名士都是交情不浅，朋友遍布天下。

朝廷和丰臣家的亲密关系一直不曾断绝，有人说这正是阿通从中斡旋的结果。

总之，世人都觉得小野阿通是"丰臣氏垂青"之人。

阿通来到京都，至东山的府邸悄然生活，知情者肯定寥寥无几。

然而，阿江早就察觉了此事。

第肆话

关原一役，长宗我部盛亲毅然支持大坂方面的西军，所以他造访"丰臣氏垂青"的小野阿通府邸算不上如何奇怪。

阿通的朋友满天下，跟盛亲大概是旧相识吧。

听完佐助的报告，阿江沉吟着开始凝思。

佐助和太郎次都觉得那沉默有些异样。

长宗我部盛亲和从阿通府邸里一同出来的另一名浪人来到祇园神社内分手。另一名浪人和盛亲一样，穿得甚有身份。佐助觉得此人更像是某地位显赫大名手下的高级武士，而非一介浪人。然而，佐助没看见他被草笠遮住的脸。

这名武士从阿通府邸走出来时，便戴着斗笠了。

佐助继续跟踪长宗我部盛亲。

"长宗我部大人后来去了哪里？"

"北野天神附近的寺庙——松梅院。我绕着那里随便走走查探，想不到松梅院里竟住着三名浪人。"

“三个人……嗯，其中两个是长宗我部大人的家臣吧？”阿江寻思道，“近期恐怕有得忙了呢，佐助，吃饱饭先休息一会儿吧，估计又要让你去趟九度山了。”

“好。”

佐助来到二楼小房间里睡着时，阿江走出了印章师的家。

佐助直到傍晚才醒，从五濑之太郎次口中听说阿江去了下久我。

太郎次去厨房准备晚饭。

小米粥犹有剩的，太郎次热了一下。

“喂、喂……”

突然，后门外传来一个女人的声音。

“哪位？”

“隔壁人家的女儿。”

“噢……”

太郎次点点头打开了门，正是隔壁的女儿。

隔壁是足袋师家，刚刚搬来三个月上下。足袋师的名字是半兵卫，女儿芳名阿才。半兵卫是个六旬老头，阿才则难辨年龄。

这女子不化妆，肤色微黑，瘦骨嶙峋。半兵卫曾告诉太郎次道：“她丈夫病死了，后来只好跟着我生活。”

阿江和太郎次都不爱跟附近的人士往来，但过分抵触交际又难免会惹来猜疑。

对城中的忍宿来说，这一点委实棘手。

更何况对方是邻居，他们上了门来，总不能直接赶走。而且，足袋师父女从不多事，女儿阿才偶尔会送来亲手做的包子之类的东西，所以五濑之太郎次渐渐开始跟他们打招呼了。

阿江和佐助有时在家，有时不在。他们悄然进出，就犹如一阵轻风，说话时亦极力压低嗓门，所以附近的人似乎都觉得印章师宗左卫门是一个人住。

太郎次以"宗左卫门"之名进进出出。

阿江之事，众说纷纭。有人说她是宗左的侄女，说她男人和孩子死了，又得了病，宗左便暂时收留了她，这阵子又不见了；亦有人说，不对，最近好像又看到她了。甚至有人猜测，她莫不是嫁到好人家去了吧……但是，他们对印章师家都不大留意。

太郎次给人的印象，就是个怪癖老人。他罕有开口，又总是板着脸埋头工作，附近人都不想跟他搭腔，只有足袋师父女例外。

"不介意的话……"

这回，女儿阿才送来了烤鱼干。

太郎次道谢收下鱼干，拿来跟佐助当晚饭时的菜肴吃了。

太郎次忽然说道："隔壁的姑娘挺热情嘛！"

佐助默默嚼着鱼干。阿江离开，只剩他们两人时，一般都不说话。

吃完晚饭，佐助道："阿江晚上不回来了吧？"

"是啊……"

"我想明天再去东山的那个宅子看看。"

"你？"

"是的，没事吧？"

"你的话，倒是不会有问题，但……"

"那就定了。"

"等阿江回来再说吧，好不好？"

佐助想亲自去将小野阿通的宅子看个究竟。

阿江之前听了他的报告，半句话都没说。

昔日千姬嫁到大坂城时，阿江得知小野阿通以千姬陪侍的身份出现，曾讶异道："咦？"沉思片刻又喃喃说道，"莫非小野阿通这女人一直有关东方面当后台？"

佐助一直没忘了这话。关东方面，自然是指德川幕府。

倘若真是这样，所谓小野阿通是"丰臣氏垂青"之人的观点就不再可信。

是夜，阿江没有回到印章师的家。

天亮后，向井佐助走出家门，向阿通的宅子走去。

第伍话

若是数年之前，他会断然行事，近来却觉得要遵照阿江的指示，可谓谨慎有余。

　　向井佐助摸进一个竹丛，将小野阿通府邸门前和小路的情况看得一清二楚，就此一动不动。

　　从小路和门前根本看不见佐助的影子。佐助无意站直身子，伸颈观察周围。他挖了个小坑，坐了进去，双手环抱腹部，低下了头。

　　这正是老练忍者的监视之姿。监视对方时，若被对方看见，便有被识破的危险。倘若对方是寻常人便罢，若是有经验者，那当真半点大意不得。那样的话，监视对方便成了反被监视。

　　佐助闭着双眼，调匀呼吸，仿佛变成了竹林中的一株竹子。

　　如此坐定之后，忍者的五官便开始自如工作。周围一旦有风吹草动，立时便会感知。

　　这日晴空万里，竹丛中的麻雀唧唧喳喳，其中一只落到了佐助肩头。佐助纹丝不动。

　　明亮的阳光洒向对面的小路。时近正午，佐助从早晨便一直坐着，甚至都没有小解。

佐助的这种坚忍，甚至都会让阿江讶异。他可以不吃不睡，仅靠竹筒里的水，坚守三四天之久。眼下的佐助根本就是京都、大坂一带草者活动中不可或缺之人。

因此，佐助这两年间几乎不去九度山陪真田父子了。就算偶尔回趟九度山，都只是要把这里的情况报知昌幸、幸村父子，事毕之后，幸村便会让他回去。

就是说，九度山跟这里的联络都是靠佐助来维系的。有两名草者替佐助去了九度山，所以和九度山方面的联系一直畅通无阻。

竹丛中的佐助一动不动。红日不知不觉便西斜了。

时间犹自不到黄昏，这里却是寒意渐重，鸟兽皆去。

这时，盘腿坐着的佐助微微睁开双目。有人正沿着小路走近。之前不是无人走来，却无人走进小野阿通府邸。

而且，没有人从阿通的府邸出来。

这回踏上小路的人，走近了阿通的府邸。

他不是常人。正因佐助听觉敏锐，才感知了此人的动静。来人足音甚轻，几近不留痕迹。他靠近了阿通的府邸。

来人靠近佐助藏身的竹丛对面。佐助屏住呼吸，一动不动。

来人走过竹丛对面。佐助轻轻抬起了上半身。

来人背对这边，走近宅子大门。是一位老者。

仅看背影，佐助便一目了然。

（这不是隔壁的老爷子嘛……）

没错，他正是扮成印章师的五濑之太郎次隔壁的足袋师——半兵卫！

半兵卫来到门前，回头环视四周。

佐助把身体沉向对方前面的竹丛深处。半兵卫叩响房门，似乎说了句话。门内有间小屋，小屋里每时每刻都有看门人轮流把守。那自然不是普通的下人。他们腰间佩着短刀，小屋里放着短枪。

足袋师半兵卫被看门人迎了进去。背影消失后，门再次关上。

佐助坐在竹丛中。

足袋师半兵卫为何要造访小野阿通家呢？真是匪夷所思。而且，从半兵卫走小路时的姿态来看，此人肯定懂得忍术。

半兵卫如同拂过东山山麓的轻风般走来，消失门后。要是阿江知道了这事，不知会有何想法？佐助以直觉感知此事不同寻常。

日落之后，向井佐助从竹丛中钻了出来。半兵卫犹未出来。

（要不要潜进房内呢……）

此事不难做到，而且佐助有自信不被察觉。若是数年之前，他会断然行事，近来却觉得要遵照阿江的指示，可谓谨慎有余。

"我像佐助这般大时，虽然是女人，却容易冲动，根本做不到佐助这样呢。"

看到佐助最近的行动方式，阿江曾对五濑之太郎次如此说道。

佐助回到四条大街上的印章师家中时，阿江尚未回来。

"我要去趟下久我的忍宿。"

"佐助，出事了？"

"回来再跟你详说……"

"吃饱肚子再去吧。"

"不用，到了下久我再吃吧。万一我和阿江走岔了，等她回来，你告诉她说佐助很快就回来。"

"好，明白。"

第陆话

“无论对咱们草者还是对真田氏本家，佐助你都是无可替代之人。”

京都下久我地区的忍宿，堪称上方一带最古老、最重要的真田家草者基地。

该忍宿尚未被关东方面查知，犹自有所用途，这让草者们甚是欣慰。

伏见城下的久我村隔桂川跟城内相望，自古便是个繁华村落。

天正十年夏，明智光秀袭杀织田信长，却被从中国地方奔回的秀吉大军击破。这一带正是当年的古战场。

向井佐助刚出京都便一路狂奔，来到下久我的阡陌小路上。

左边是俗称“赤井河原”的河滩，右边则是下久我村的大片耕地。

村外是蓊郁的森林——久我森林。森林中坐落着久我氏祭祖的神社，这神社似是自古有之，目前萧索破败、徒具其形。

佐助一进久我森林便卧倒在地，一动不动。他唯恐被人跟踪。

佐助卧倒良久，细察周遭动静。须臾，他起身走向森林深处。

白天甚晴，到了傍晚却有乌云布满天空，无星无月，漆黑一片。

佐助横穿久我森林，来到了下久我的忍宿。

看守忍宿的权左现年八十六岁。权左曾是故去的壶谷又五郎手下忍者，效命武田信玄。又五郎来到真田家时，他跟着来到了下久我，以村民身份生活。

从那时算来，都四十余年了呢。

此地是京都以南二里，有好几条避人耳目的道路通向大坂。

对草者来说，这确实是个便利的忍宿。

特别是关原之战前后，若没有下久我的忍宿，草者肯定不会顺利展开行动。

目前，奥村弥五兵卫和权左一同驻扎此地。

眼下的草者活动都是由弥五兵卫和阿江负责指挥。关原之战结束的十年来，真田氏本家的草者除了京都的下久我地区，又新开辟了好几个忍宿和草者小屋。

岐阜城下东北六里的笠神村的小屋早就弃之不用了。那个小屋是关原之战期间的重要据点，后来则丧失了功能。

"把小屋烧了吧。"奥村弥五兵卫填埋好地下仓库，说道。

阿江制止道："就这样放着又不碍事，反正就算被敌人发现都无所谓……而且说不定将来就会派上用场。"

伏屋太平被调到长曾根的忍宿，接替奥村弥五兵卫的看守之责。长曾根紧挨着佐和山，那正是昔日指挥西军的石田三成之老窝。

佐助叩响忍宿的门。敲门方式当然是规定好的。

权左借着墙上的缝隙认出佐助，打开了门。

"阿江呢？"

"上面。"

“弥五兵卫大人呢？”

“五天前，九度山方面派了人来，他就急匆匆……”

“去九度山了？”

“对。来，上来吧。”

权左松开梁上悬的绳索，隐梯吱吱呀呀从天花板上垂了下来。

“谁呀？”阿江自上方问道。

“佐助来了！”权左答道。

“上来吧。”

听了阿江的话，佐助顺着隐梯爬了上去。

权左见佐助进了阁楼，便拉住绳索将隐梯收回天花板上。

从下往上看，隐梯宛如房梁的一部分。

拉绳索无疑需要相当大的力气，八旬的权左却足以胜任。

“佐助，出事了？”

阿江刚才好像正出神看着两张图。那是用墨画成的复杂的线和图形，再用红笔仔细描成。佐助瞟了一眼，一时却看不懂内容。

“佐助？”

“我早晨时去监视小野阿通的宅子了……”

“没得到我许可吧？”

“抱歉。”

“罢了。我之所以说这个，只因你万一有个好歹，我和弥五兵卫就麻烦了！”

“是。”

“无论对咱们草者还是对真田氏本家,佐助你都是无可替代之人。”

说完，阿江微微一笑。笑得落寞而又饱含温情。

“那，说事情吧！”

“隔壁的足袋师——那个老头，他出现了。”

“哎？京都忍宿隔壁那个？”

“是。”

“他的名字是半兵卫吧……”

“对。我看见他进了阿通的屋子。”

阿江的双眼登时一闪：“当真？”

“是的。那老者不是寻常之人，我看他定是忍者。”

“嗯……”阿江的双目蓄满了光，针一般倏然变细。这是她凝神思索事情时的表现。须臾，只听她低低叹道，“隔壁的足袋师，唉……真没想到。”

“又是关东方面的人？”

“不确定……确定了又如何呢，以后真是半点大意不得！”

“如此说来，足袋师的女儿是个女忍者嘛。”

“嗯……”阿江像男人一样抱臂凝思，忽然说道，“先吃饭吧。”

佐助下了楼，吃完权左准备的饭，阿江犹未下来。

“我去看看阿江。”

“有事？”

“是有点事……”

“出事了？”

“您直接问阿江吧。”

“不告诉我啊？”权左有些不满。

“都没告诉太郎次呢。”

权左似乎理解了佐助的话，说道：“好吧，我给你放梯子。”

权左和佐助站起来时，正好有人敲门。

"估计是弥五兵卫大人回来了。"

权左一听敲门的动静，立刻就知道对方是谁，可见其听觉没有衰退。

果然，旅行者打扮的奥村弥五兵卫走进了屋内。

"哎呀，佐助来了？"

"是的。"

"快去京都，喊阿江来。"

"她就在上面呢……"

"在？那太好了。"弥五兵卫脱下草鞋，边洗脚边兴奋说道，"佐助，往后要忙了呢。"

奥村弥五兵卫现年六十，模样跟关原之战时相比却没有变化。头发花白固然是没办法的事，容貌看上去却是年轻了些。

权左放下隐梯，阿江听到弥五兵卫说话，登时匆匆下来。

"弥五兵卫大人，本家诸位都好？"

"呃，这……"弥五兵卫说了一半，垂下目光，岔道，"我得替左卫门佐大人去一趟熊本。"

第柒话

　　左卫门佐真田幸村将奥村弥五兵卫唤到九度山，说道："我想让你去仔细看看肥后熊本城的情况。"

　　关原之战时，九州的加藤清正支持东军，突然攻占了小西行长的宇土城和立花宗茂的柳川城。德川家康论功行赏，将整个肥后国和一部分丰后国赐给了他，合计五十四万石。加藤清正本有肥后国熊本地区的二十五万石封地，这下登时翻了一番。

　　清正不是故意要支持关原的东军，他和福岛正则一样都是丰臣家刻意培养的亲信猛将，家康对他下了一番大功夫。

　　家康和德川幕府目前都不敢无视加藤清正。只因此人虽表态支持德川幕府，却毕竟是大坂城丰臣秀赖的忠实重臣。他一直保持着这姿态不变，但又从不拒绝德川家康的要求，不辞辛劳帮家康办事。

　　这就使得家康无隙可乘。

　　关原之战结束后的十年间，加藤清正接受德川家康的要求……不，是奉家康之命，进行江户与江户城的改建工事。他每次都从熊本带来侍从和工匠，运送大量石材与材料到江户，又新建了伏见的府邸，还在江户樱田建造私邸。

而且，清正用七年时间完成了熊本城，让该城享有"古今无双"之美誉。

若说提出"想见证一下"的是左卫门佐幸村，倒不如说是其父昌幸。

六十四岁的安房守昌幸和幸村蛰居九度山足足十年了。

昌幸兀自翘首盼着"和德川决战之日"的到来。

"大坂和关东一定会决裂的！"

昌幸对这期待坚信不疑。就算是做梦时，都不曾有片刻动摇。

他想了解加藤清正熊本城的情况，显然就是有意准备再度迎来乱世。

眼下，加藤清正去了尾张的名古屋，帮忙建筑家康九子德川义直的居城。

奉命承担这次筑城工事的大名都是跟丰臣家关系亲厚之人，譬如加藤清正、福岛正则、前田利常、毛利高政、黑田长政、细川忠兴……

"这简直让人忍无可忍。"

福岛正则等人牢骚满腹。

因着关原一役的战功，福岛正则从尾张清洲调任安芸国广岛城主，封地从二十四万石增至四十九万八千石。而后，德川家康让九子德川义直住进了清洲城。

义直尚是少年，但家康打算日后由其治理尾张地区。这次的名古屋筑城之事，便是家康这一构想的体现。

尾张国是从江户去向京都、大坂之间的要冲。江户是德川幕府的大本营，京都有天皇朝廷，大坂则是丰臣家老窝。

一旦有何不测，需要德川幕府用军事力量压制京都、大坂一带的话，尾张国自然将是德川军的大型军事基地。

织田信长就是利用清洲的地理优势，充分发挥其卓越天资，这才称霸天下。只要回顾旧事，便不难理解德川家康对尾张地区的重视。

家康认定治理尾张之人一定要是德川家的血亲。义直年幼，尚需德川家累世重臣以家老身份辅弼，其家臣团自然是由跟德川家大有渊源的武士组成。

德川家康对名古屋城如此看重，其规模自是庞大异常。因之，奉命筑城的诸大名都是出资出力，无怪福岛正则会愤然说出"忍无可忍"云云。

关原之战后，丰臣家培养的大名们再三奉命增建、改建城市和整备道路。然而，他们才刚刚搬到新封地。

家康欲借此削弱关原之战时前来投靠的丰臣系大名实力，所有人都对此一目了然。

关原之战时，德川家康对福岛正则敬若神明，现下却冷冰冰给他摊派课役，使他不得片刻喘息。

加藤清正担任名古屋筑城总监，兼管五重天守阁的工事。他刚从熊本赶到名古屋，来到投宿的万松寺。这时，比清正略早抵达名古屋的福岛正则来到了万松寺，笑道："哎呀，主计头大人到了。"

这两人自幼年时便跟随丰臣秀吉，而且清正和秀吉算是亲戚。

"阿虎！"

"市松！"

加藤清正和福岛正则互称乳名，手持长枪纵横战阵，他们只要
单独说话便会回到往昔。正则近来时常念叨足以完全信赖的只有主
计头了，所以才会忍不住抱怨对家康的不满吧？

清正的嘴角漾起苦笑："你说的忍无可忍，是指这次的名古屋
筑城？"

"正是！"

"那又怎样？"

"那又怎样？这个……"

"别乱说话啊。"

"但是，这样没完没了的……"

"烦了？"

"肯定是啊。"

"这样的话，就别干了。"

"那你呢？"

"我就是要帮忙筑城，才会来名古屋的。"

"唉……"

"要是你讨厌这次课役，就快快回封地去吧。"

"主计头大人……"

"回去准备跟德川家打仗。"

加藤清正的口吻，冷峻得前所未有。

福岛正则自然没有那份儿念头，他只是想对两小无猜的伙伴清
正讲讲牢骚罢了——不，是忍不住牢骚了吧？

他无非是想听清正说一句"确实让人无法忍受"罢了。哪知对
方却责怪他，要是没有跟德川家开战的觉悟，就不要口无遮拦。

德川家的耳目就是如此厉害。

事实上，听说被摊派名古屋课役的池田辉政（播磨姬路城主）刚表现出些微不满，便立刻被德川家康威胁道："不满的话，你就回国准备守城如何？"

家康屡屡威胁各地大名，譬如"要造只大船"、"把人质送到江户"之类。

诸大名翻新居城和封地内的城池亦然，一定要逐一向江户的幕府汇报。

这样一个德川家康，为何竟会允许加藤清正筑城？

清正对家康提出："以后一旦要征讨九州的哪个大名……筑熊本城是防患未然，希望您恩准。"

家康同意了。不知家康打的算盘如何，反正是同意了。

诸大名目瞪口呆。自关原一役以来，加藤清正从未拂逆德川家康的意思，所以又有人说这是家康对清正的信任。

加藤清正需要解决德川幕府庞杂的课役，同时又要自行筑城，其财力和实力无法不让众人瞠目。

第捌话

德川家康来年上洛时估计会再次要求丰臣秀赖
上洛相见，而秀赖无疑不会接受。

真田昌幸告诉幸村，关东方面实是暗暗害怕加藤清正那不可估
量的雄厚实力。

"所以，家康才会同意主计头大人筑熊本城吧。"

"但是，若大御所不同意筑城，主计头大人又会如何做呢？"

"他早就算准家康不会做那种蠢事啦！"

清正敢这样做，倒不是确信家康相信他的忠诚。他尚无这方面
的自负，反倒是另有一种自负——我没有懈怠对丰臣家的忠诚！

当然，他没对家康提到这个，但这又哪里需要明言？看到清正
的做法，伶俐的家康自无不明之理。清正全力维护关东和大坂之间
的稳定。如果这份至诚被践踏，他哪怕孤身一人都要跟关东死磕！

这件事，清正从未说出口来，他只是以行动让家康知晓……

真田昌幸便是如此告诉幸村。昌幸似乎抑制不住去熊本城看看
的念头。他真想亲眼见证一下，要不然就让儿子幸村去替他看看。

无奈，两者皆无可能。

幸村不可能每年都逃出九度山一两回，像偷偷去京都、大坂转悠那样去熊本。从京都到熊本有近一百七十里地，常人单程要走近二十天。幸村哪能这么长时间离开九度山啊。和歌山浅野家的监视虽有松懈，却没松弛到如此这般。

要是壶谷又五郎活着就好了，他自然会完成这项任务。昌幸、幸村父子对又五郎甚是思念，时常叹息不语。现下只好派奥村弥五兵卫去熊本了。所以，密使（草者）从九度山赶来，唤走了弥五兵卫。

昌幸和幸村就视察熊本城一事，下达了周密指示。弥五兵卫当可潜进城内。而且，草者的脚力毕竟不同。纵是花甲之年的弥五兵卫，有七天都足以到九州了。

"弥五兵卫，你何时动身？"

"明天吧。"

"好……"大概是不想让大事当前的弥五兵卫平白担忧吧，阿江没有提到向井佐助的报告，只是问道，"你一人能行？"

"没问题，我倒觉得这样更好。"

"好吧。"

"我离开期间，这里没出事吧？"

"没事。"

奥村弥五兵卫让权左准备洗澡水，去了后面。只见他像年轻人一样咧嘴笑道："估计未来要蓬头垢面生活一段日子喽……"

弥五兵卫对真田父子直接下达的密令跃跃欲试。

阿江再度带着佐助爬上阁楼，说道："别让弥五兵卫大人听见。你回到京都，告诉太郎次要留神隔壁的足袋师父女。"

"是。"

“进出不要大意。”

“明白。”

“对了，哎……”

“是。”

“明天晌午后，你再来这里一趟。你告诉太郎次，眼下我怕是回不去了。”

“是。”

佐助点点头，火速离开了下久我的忍宿。

奥村弥五兵卫洗完澡，爬上阁楼，问道：“佐助呢？”

“回京都了。”

弥五兵卫微微一怔，便跟阿江商谈他离开后的事宜，着手准备旅行，直到天色泛白。

去熊本的弥五兵卫自然是化装成托钵僧。他背着小行囊，里面放有草者独有的干粮和药品。

准备行装之余，弥五兵卫顺便讲了昌幸所说“告诉阿江”之事。

昌幸认准关东和大坂很快便会决裂，说道：“我们要抓紧行事。”

德川家康来年上洛时估计会再次要求丰臣秀赖上洛相见，而秀赖无疑不会接受。那样一来，家康便会顺势暴怒，下达最后通牒。

昌幸觉得战火会就此重燃。真到了那时，昌幸和幸村将逃出九度山，跑进大坂城。昌幸甚至都开始推敲彼时的对策和战略了。

听了这话，阿江甚是激动，浑身热血沸腾。

弥五兵卫突然蹙眉，说道：“可是……”

“哎？”

“我总是有点担忧……”

第玖话

奥村弥五兵卫突然沉默。

天空泛白，阁楼上的这间小屋兀自窗扉紧闭，烛台上的灯火亦
未熄灭。

"弥五兵卫大人……喂，弥五兵卫大人！"

阿江唤道。只见弥五兵卫抬起头来，双眼暗淡无光。

"你怎么了？"

"实际上……"

"实际上？"

"是本家老爷……"

本家老爷自然是指九度山的安房守真田昌幸。从关东方面（德
川幕府）来看，他是关原之战时支持西军的罪人。

昌幸失去了地盘和居城，故无所谓"本家"和"安房守"了。
沼田分家的真田信之的家臣们早就不再以"本家"来称呼九度山的
真田父子，他们都觉得沼田的真田家才是本家，这种意识渐渐强烈。

然而，草者只认九度山的真田父子是本家。昌幸和幸村自更如此。

阿江问道："老爷怎样了？"

弥五兵卫道："身体有点……"

"病了？"

"是的。"

"不会卧床了吧？"

"没有，那倒没有。但是，我仔细看了看老爷的脸，总觉得……"

"唉……"

奥村弥五兵卫半年前偷偷去了九度山，当时见到的真田昌幸那张衰老的脸上犹自充满活力，精神颇佳，话音沛然。

不料半年之后，那一切似都消失……

昌幸眼眶下陷，眼圈发黑，嗓音嘶哑，只剩下一对眸子熠熠生辉。

奥村弥五兵卫有着丰富的草者经验，见状登时暗想老爷莫不是得了不治之症。而且，这想法日渐强烈。

阿江无法将弥五兵卫的观察付之一笑，她相信弥五兵卫的眼睛。

"那……左卫门佐大人对此……"

离开九度山时，弥五兵卫思前想后，决定向幸村询问昌幸的健康情况。

"左卫门佐大人怎说？"

"一句话都没说。"

幸村仅仅是对弥五兵卫露出一点微笑。

阿江喃喃道："弥五兵卫大人去熊本期间，我去一趟九度山吧。"

"麻烦你一定要去啊。我非常担忧……"

"我明白。"

奥村弥五兵卫匆匆吃饱了饭，剃成光头，化装成托钵僧，离开了下久我的忍宿，前往肥后国熊本地区。

是日午后，佐渡守本多正信突然来到加藤清正下榻的尾张名古屋万松寺。正信是家康推心置腹的老臣，家康甚至说佐渡守非我家臣，而是良友。

数日前，正信离开江户，抵达跟名古屋近在咫尺的清洲城。

"哎呀，大驾光临啊。"加藤清正迎了出来。

本多正信面无表情："我是来替大御所询问您的。"

"噢！"

正信质问加藤清正的事情如下——

因名古屋筑城之事，加藤清正率众离开熊本，队伍全副武装。此举前所未有。而清正本人更是身披甲胄，威风凛凛地骑在马上。

清正乘船渡海，刚一到大坂便进城晋谒十八岁的丰臣秀赖，然后又去了伏见城，几天后才到达名古屋地区。

加藤清正的这些动向，陆续被骏府（静冈市）的德川家康知悉。

奉家康之命，老臣正信来访加藤清正。

近来，关东（德川）和大坂（丰臣）之间的关系似乎有些险恶。

"不会就这样算了的。"

"又要开战了？"

"不可避免哪……"

就算是京都、大坂一带的平头百姓都议论纷纷。

如此敏感关头，实力派大名加藤清正竟然带着武装部队进大坂城看望丰臣秀赖！

“这到底有何用意……”正信质问清正。

进出大坂城的大名总是让德川家康绷紧神经。因此，跟丰臣家关系亲厚的大名们都说“不可做糊涂事”、“得罪关东就麻烦了”云云，不肯接近大坂。唯有加藤清正每逢上洛时都会去大坂看望一年年茁壮成长的秀赖，把这当成“至高无上的乐趣”……

就这个问题来讲，清正根本不介意关东方面的感受。所以，德川家康觉得这次一定要谴责加藤清正，便派了本多正信前来。

正信言谈平和，盯着清正的目光却甚冷峻。面对质问，加藤清正不觉苦笑，久久沉默不语。

“如何？”正信催促清正回答。

清正答道：“我不明白。”

“哎？”

“我觉得这不像是大御所说的话。”

“为何？”

“大御所肯定明白我主计头深受丰臣家的大恩。此事您同样知道吧？天下人都不会不知道吧？”

“这……”

“德川家对我有恩，所以我这次才会来名古屋完成任务。但是，若因新恩舍旧恩，甚至因旧恩断新恩，这哪里是真正的武士之道？”

本多正信被清正反驳得哑口无言。

清正所言不差。

因此，正信勉强重整旗鼓，问道：“这且不说……你此番来到名古屋，搞得像出战一般又是为何？难道是说眼下极不太平？”

“确实，在如今这世上，我多此一举了。”

“既如此，你又为何？”

“只因这是理所当然之事呀。”

“咦？”

“我的封地，是距这名古屋千里迢迢的肥后国。”

“不错。”

“万一突有变故，让我从封地调遣军队的话，哪足应急？当然就无法踏实效命了。”

“敢问你说的效命是给哪方效命呢？”本多正信反诘道。

加藤清正立刻答道：“自不待言，是给执掌天下的德川家效命。”

如此这般，本多正信根本无机可乘！一时茫然沮丧。

然而，德川家康另有一事吩咐他问。这问题同样无聊至极……

加藤清正一直蓄着美髯，家康却对正信说道：“时非战国，胡须当然不再有用，你告诉他赶紧剃掉了吧！”

本多正信觉得这简直荒唐得要命，而且暴露了“天下人”大御所器量狭窄。正信满怀无奈，只好苦笑开口说了此事。

“那又如何？”加藤清正朗然一笑，“这东西确实没用，但我从年轻时便开始蓄了，就跟我身体的一部分一样。让我剃掉这胡须，就如同让我砍掉手足。所以，麻烦您对大御所说说，希望允许我保持这个样子。”

“我知道了。”

正信吃了加藤清正宠爱的厨师梅春做的菜肴，离开了万松寺。

他回到骏府，将大致情况报知德川家康，家康展颜笑道：“这倒真是主计头说的话呢！”之后便默然无语，久久沉思。

却说加藤清正和本多正信在名古屋万松寺对饮的那个傍晚，向井佐助端坐印章师家中二楼的一间房内，透过窗户缝隙往外看着。

这里正对着堪称京都一流商业街的室町大街的东段，商业店铺相对罕见，工匠人家却比比皆是。

虽是后街，倒不乏酒家。天黑之后的一段时间内亦是人来人往。

京都街上的二层楼房几乎都是矮二层。这样的房子不允许盖到二层以上。

阿江尚未回到下久我。化身印章师宗左卫门的五濑之太郎次正忙着准备晚饭。佐助从下久我回来，告诉他隔壁的足袋师半兵卫曾进出小野阿通的宅子。

"当真？"

"真的。"

"哎呀……"太郎次面色苍白，满脸愤怒懊恼之色，"我竟然没有察觉……"

"我跟阿江都没察觉呢！"

"话虽如此……"

"往后真不能掉以轻心。"

"说得是。"

"不能引起他们的警觉。"

"但是，隔壁的女儿……那个阿才，时不时给我送来干鱼和亲手做的包子，这又是怎么回事？"

"正是这事儿。"

"难道被他们看穿咱们是真田草者了？"

"这个尚不清楚。"

“万一被识破，就危险了。”

“是啊。”

“若这个忍宿被关东忍者识破，阿江和你不就会被人跟踪到下久我的忍宿和别的小屋……”

“但是，阿江和我一直都没察觉被人跟踪。”

“阿江和你要是都这样说，那肯定不会有错，只是……”

太郎次说了一半，似乎依然心神不宁。

“如果我被人跟踪，隔壁那足袋师昨天就不会去小野阿通家了。”

“这倒是。但他会不会别有阴谋呢？”

太郎次这样一说，佐助当然无法断言不会。

忍者的阴谋常常出乎常人意料。

“目前，隔壁的情况如何？”

“半兵卫好像在家，女儿上午出去了。”

当时，足袋师的女儿阿才走过太郎次家门前，往五条方向去了。她路过时甚至曾对太郎次笑着点头。

“总之，等阿江回来再说吧。”

“好。”

太郎次去准备晚饭，佐助则爬上二层，从窗户缝隙间往外看。从这里看不见隔壁足袋师的家，但毕竟是二楼，勉强看得见路上来来往往的行人。

若有人进出足袋师的家门口，自然会看清。

佐助无意监视，却有些忐忑不安，想偷偷看看阿才回来时的样子。

路上越来越黑。阿才一直没有回来。

楼下飘来烧酱汤的香味。佐助吃了一惊，将脸靠近窗缝。

第拾话

长宗我部盛亲走近了印章师家。

夜色下，盛亲没戴斗笠，就那样露着脸缓缓走向三条方向。盛亲身后跟着隔壁足袋师的女儿，这情形搞得佐助很是紧张。

途经足袋师家门口时，只见阿才瞥了一眼盛亲，径直而去。

（隔壁的女儿竟跟踪长宗我部大人……）

佐助凭直觉如此推断，赶紧下楼把这事告诉了五赖之太郎次。

"我出去一趟。"

"喂，慢着……"

"我们要早点摸清隔壁那对父女的底细才行。"

这时，阿江恰好从下久我回来了。

"噢，算了。"她制止了佐助，"别太着急嘛。"

"但是……"

"小野阿通远比长宗我部他们重要。"

"哎？"

"我们要谨慎监视阿通府邸，非常时刻，甚至要摸进去查探。"

阿江突然想去阿通家附近瞧瞧，便化身一位蓬头垢面的平民老妪，离开了下久我，打算晚上时去印章师家里住一夜。她觉得长宗我部盛亲有些靠不住。关原之战时去南宫山布阵的盛亲，根本就是举棋不定。战后亦然，这家伙逃回土佐之后，竟主动向家康谢罪。

"那你来大坂吧。"

家康话一出口，他便从土佐去了大坂。

临行前，长宗我部盛亲特意杀害了之前幽禁的兄长亲忠。亲忠不讨父亲元亲之喜，被幽禁土佐城。关原之战后，长宗我部的家臣分成两派，支持亲忠的家臣们坚决主张拥立他去关东谢罪。这些人怕是觉得，跟战犯盛亲相比，让很早以前便和德川家康串通的兄长亲忠去谢罪更能打动对方。这无疑是正确的。

家康似乎亦有饶了长宗我部家的意思，当然，前提是让亲忠出面到大坂来。谁知弟弟盛亲竟然杀了哥哥，亲自来到大坂！此举激怒了家康，以致他下令把土佐地区充公。

说到盛亲杀害兄长一事，倒是另有一个版本介绍。盛亲似曾说道："此事万万不行！"然而，他的一名家臣称亲忠暗通德川，欲将土佐国的半壁江山相让，便假借盛亲的名义将亲忠杀了。

总之，长宗我部家的地盘被悉数没收，盛亲只得下野，当了浪人。土佐国后来被赏赐给了山内一丰。

由此可知，长宗我部盛亲这个人优柔寡断，不值得真田氏本家依靠。

盛亲根本没有破釜沉舟投靠丰臣家战斗到底的打算。就算他一度打算破釜沉舟，却总归缺乏耐性，容易被时势和环境动摇。

阿江曾道："九度山的老爷和左卫门佐大人自然对他有数。"

盛亲似乎想借关东和大坂决裂之机重振家业。他的部下们肯定是暗藏四面八方，静待时机。盛亲会拜访旧友小野阿通，大概是觉得阿通跟德川、丰臣和其余诸大名都有交往，甚至被允许自由进出皇宫，得蒙天皇青睐，故而想跟她打听时事。

谁知道他有没有把阿通府邸当成联络站，以便择机密会那些和丰臣家关系密切的武家？对长宗我部盛亲而言，小野阿通家无疑是和大坂方保持联系的最安全场所，完全足以避开关东方面的耳目。

恐怕盛亲真是这样认为。

足袋师的女儿四下打探盛亲的动静，阿江固然拿她没辙，但她真不敢轻忽有"当代才媛"之誉的小野阿通。毕竟，那个足袋师半兵卫曾悄悄进出阿通府邸。

"但是，说不定……"五赖之太郎次道，"隔壁的足袋师父女跟咱们一样，是大坂方面的忍者？"

阿江闻言一笑，说道："若是那样，他们为何要跟踪长宗我部？"

"哎……和咱们一样呗。"

太郎次不论何事都很慎重。他不会依靠直觉。除非亲眼见证，否则他便不会断定某事。相比之下，阿江和佐助有时则会孤注一掷，完全靠直觉办事。

"哎，佐助……"吃完晚饭，阿江和佐助上了二楼，说道，"阿通屋前的小路上有间破庙。"

佐助当然注意到了那间破庙。该庙被昔日的战火烧毁，空有一个壳子，里面却是草木萋萋，渺无人迹。阿江想把这个破庙当成监视小野阿通家的地点。

——就算是平时，都要盯紧阿通府邸。

"那要增派人手。"

"两个人如何？"

"好。"

"那样一来，就要让佐助你一直蹲守了……"

"我明白。"

"来……"阿江突然招手道，"给我揉揉腰，行吧？"

"好的。"

这不是稀罕事。

阿江躺下，佐助开始帮她捏揉丰满的腰肢。阿江闭上了眼睛。她体态的丰满不减昔时，健康状况却似乎不佳。现下的阿江无疑没有了十年前去长良川奇袭家康时的身体。这是情理之中。

"身体成了这样，非常时刻看来派不上用场喽。"阿江一叹，喃喃说道，"佐助呀……"

"啊？"

"你不想见见沼田的父母和妹妹？"

"不……"佐助答道，几乎不含感情。

"啊，对了……"阿江的嘴角泛起苦笑，"你是天生的草者。再稍微……再稍微……"

不知何故，她欲言又止。

佐助只得问道："你刚才说……"

"没事，我是真拿你没办法啦。"

阿江说完便悄悄笑了。佐助不置可否，继续给阿江按摩。

这时，黑暗中飘出一个黑影，浮现在隔壁足袋师家的屋后。

第拾壹话

那是个托钵老僧，不是早晨时动身去九州的奥村弥五兵卫。

较之弥五兵卫的游僧装扮，他更加蓬头垢面，活脱脱就是个乞食的托钵僧。

这些人家的屋后便是竹林，对面颇有些大大小小的寺庙。

托钵僧走近足袋师的家，轻轻叩响后门。敲门的间隔和次数都是固定的。

如此反复几次……少顷，门从内侧微微打开，足袋师半兵卫的脸露了出来。

二人相互额首致意，半兵卫便打开了门，托钵僧倏然消失。

"猫田与助大人，久违了。"半兵卫笑道。

托钵僧摘下斗笠，脸庞被灯影照得分明。隔壁的二楼上，阿江正让佐助揉腰。若是她看到了这张脸，真不知会有何感想。

此人竟然活着……

确实活着。

甲贺忍者猫田与助年逾七旬，却兀自活着。

这样说来，半兵卫和阿才父女都是甲贺山中家的忍者？

那却又不是——他们是甲贺二十一家头领之一伴长信手下的忍者。

伴长信本来跟山中大和守井水不犯河水，各自独立活动，直到关原之战时被大和守俊房劝说，这才同意跟山中家联手，共同支持德川家康。

那之后，两家关系紧密，大和守俊房似乎对伴长信甚是倚重。

关原一役，大和守痛失了堂弟——内匠山中长俊。

真田家的草者奇袭了家康本阵，长俊和壶谷又五郎白刃相搏，双方的短刀同时刺进对方身体，齐齐毙命。

大和守痛失长俊，盛怒之下狂呼浑蛋，亲手割下了壶谷又五郎的脑袋。

当着别人的面，山中大和守从未如此暴跳如雷。如左膀右臂般的堂弟之死，无疑让他深受打击。

山中大和守的身体近来似乎不佳，自回到甲贺的府邸之后便闭门不出。

伴长信搬进山中府邸，替他指挥部下。

眼下，大部分的甲贺忍者和伊贺忍者都被德川幕府的谍报网收编了。

幕府的大本营江户和大御所德川家康所住的骏府城都设有甲贺、伊贺的忍者房舍，伴长信亦数次往来甲贺和江户、骏河。

甲贺的老忍者猫田与助和半兵卫算是故交，两人自幼就相识了。然而，半兵卫的主君伴长信曾跟山中大和守针锋相对，所以与助和半兵卫有好久不曾谋面。

简要说来，伴长信一度暗助跟织田信长敌对的诸大名，而山中大和守则坚决支持信长。

关原之战结束后，两家开始联手辅助关东，与助和半兵卫由此得以重逢。

猫田与助一直探寻着阿江的下落。

关原之战时，与助要向阿江索命，不惜违抗主命，搞得山中大和守暴怒道："我以后没这手下！"

后来，与助踏破四海寻觅阿江，同时不断向甲贺提供情报。他的情报颇有内容，让大和守山中俊房细致了解到诸大名封地的政治和动向。

"真不愧是与助啊。"

山中大和守的怒火渐渐平息。

关原一役结束三年之后，猫田与助重返甲贺，大和守俊房破例准他进见。

"与助都老了呢。"大和守感慨注视着与助那布满皱纹的脸，只觉那皱纹深邃得有若刀疤，"往后啊，就随你行动吧。"

他被与助只身追杀阿江的执著信念折服了。

"不胜感激！"

"追踪阿江是目前的重要事务之一。九度山的真田父子虽然动弹不得，但草者肯定没有死光。"

"正是。"

"你有没有抓住线索？"

"唉……"

与助紧咬干燥的嘴唇，甚是懊恼，双目中溢出悔恨的泪水。

就是从这时开始，他被允许联络四面八方的山中忍者。

三个月前，半兵卫和阿才父女来到京都。以足袋师身份住到印章师家隔壁之前，他们暂住安芸国广岛城下。

广岛城的半兵卫同样是个足袋师，那样生活了大概有五年。

这个广岛城的城主不是别人，正是左卫门太夫福岛正则。

他们一住五年，不断往甲贺输送情报。搬到京都之际，半兵卫将房子让给了徒弟又七夫妇。这又七夫妇自然又是甲贺伴家的忍者。

就是说，甲贺从五年前便把手伸向了福岛正则的城。

半兵卫父女被召回京都，接受了新的秘密使命。京都和大坂的政坛便是如此紧张。

"噢，这个……"猫田与助解开草鞋，洗了脚走进去，环视家中，说道，"半兵卫大人，你这忍宿的选址真是不错！"

"但这里毕竟是闹市，半点大意不得呢。"

"的确。"

"我这就给您热粥去。"

"那太感谢了。阿才可好？"

"她干得很不错。"

第拾贰话

了解猫田与助年富力强时的状态的老甲贺忍者基本上都谢世了。

半兵卫热好了小米粥，给猫田与助端来。

"晚上你就好好歇歇吧。"

"当真无妨？"

"只要你有空，明天继续歇着都没事。"

从他们二人交谈的情形来看，与助不知道隔壁住着真田草者，半兵卫亦没提到他们。莫非半兵卫父女深信隔壁的老人就只是印章师宗左卫门？

"阿才出去了？"

"上午去了小野阿通那里……话说回来，确实挺晚的了。"

半兵卫好像完全不挂念阿才。

"关原的西军余党似乎大都汇聚到京都和大坂一带了呢。"

猫田与助说道。半兵卫点了点头。

"明年啊……明年，不管大御所如何劝说，大坂方面都不会接受。"

——就算德川家康亲自去催丰臣秀赖上洛，秀赖都不会接受。

“就看那时候了。”

“是啊，就看那时候了，与助大人。”

猫田与助当真想不到隔壁印章师家的二楼，阿江正让佐助按摩着腰部。阿江亦然，不知道与助就在隔壁。

“喂，佐助……”看上去半睡半醒的阿江半睁开眼，说道，“刚才好像有人去隔壁了呢……”

“大概是女儿回来了吧？”

“不，不是，不是女儿。”阿江断言。

“阿江……”

“哎？”

“咱们是不是最好从这家中撤走？”

这倒不是害怕关东忍者，而是草者的活动范围毕竟不宜太大。他们人手不足，若再把触角伸向小野阿通家，纵是隔壁父女都顾不上了。而且，足袋师父女若当真留意着他们，就太悬了……

由甲贺、伊贺忍者承担的关东谍报网似乎遍布天下。

（从组织规模上看，我们根本无法相提并论……）

佐助便是这样的感觉。

七年前，德川秀忠把年仅七岁的长女千姬嫁给丰臣秀赖时，关东方面随千姬去大坂城的家臣和侍女们大部分直到现下都没离城。

这其中肯定混有间谍。

真田草者素来独自活动，所以万万不可被他们查获据点。

向井佐助怕的就是此事。

“暂且把五赖之太郎次单独留下，我们就别靠前了吧。”

“阿江，但是……”

"不，太郎次不要擅动，联络就继续由咱们负责……"

阿江只说了一半，便再次闭上眼睛。莫非她犹豫不决？

佐助继续帮阿江按摩腰和脚。

这一夜格外暖和。阿江的脖颈渗出细细汗珠，狭窄的房间里充斥着女人浓重的体味。佐助连眉毛都纹丝不动，双手不断活动。

突然，他手上的动作停下。

阿江半睁开眼，道："这次好像是女儿回来。"

跟平日里一样，两人的谈话几乎没有出声。

却说足袋师的女儿阿才进了家门，刚一看到猫田与助，便道："呀，猫田大爷，您竟然来了？"

"哎呀……"与助瞪大眼睛，低低叹道，"出落得挺漂亮呢……"

自数年前去广岛城探访半兵卫时见了阿才一面之后，与助就再没见到她。

"阿才，为何这样晚才回来？"半兵卫问道。

"回来的路上，在四条河原那里，我碰见了长宗我部盛亲，就去跟踪他了。"

"他最近总是大摇大摆出没京都街道。"

"是的。"

与助低头凝思，怔怔听着父女俩的对话。

阿才瞥了一眼与助。这不是饱含好意的目光。

半兵卫瞪了阿才一眼，微微摇头，仿佛责备她不该用那种眼神。

与助低着头，没察觉这些。

"然后呢？"

"然后就没事了……"

“长宗我部是孤身一人？”

“是的。他从咱家门口进了三条的户棚风吕，我毕竟不方便进去，就从外面监视了一会儿。这次只好先放了他了……”

“罢了，反正又不会有特别之事。”

“是。”

“现已查知他住的地方是松梅院，而且那寺庙由伊贺忍者监视。”

半兵卫对阿才的话嗤之以鼻：“伊贺忍者办事随随便便的，靠不住啊。”

这时，猫田与助睁眼问道：“长宗我部又来北野天神附近那寺院了？”

“又来？你是说他以前就……”

半兵卫父女好像是首次听说这事。

“没错。三年前，他曾去松梅院隐居，那时他出门都很留意，避免被人看见。”

父女俩面面相觑。

就目前的甲贺忍者群体来说，猫田与助的名头可不太如何。

大家背地里都七嘴八舌说他老了，不中用了，甚至说他迷上了真田家的一个女草者，追人家追得没完没了……更有人纳闷头领大人为何竟饶了他。

了解猫田与助年富力强时的状态的老甲贺忍者基本上都谢世了。纵是他们，都根本不知道与助坚持追杀阿江的真相。

（嘿嘿，半兵卫父女所知有限。三年前，长宗我部盛亲潜进松梅院时，我曾……知道那事的，只有我和甲贺的头领大人……）

夜阑珊。足袋师家二楼的被窝里，猫田与助独享着这莫大的满足感。他不知道，一墙之隔的印章师家二楼，阿江正自酣睡……

第拾叁话

然而，他不是切腹自杀的，更不是被养父杀死。凶手另有其人。

　　三年前的这个时候，猫田与助来到甲贺的山中府邸，大和守山中俊房一见他便道："对了，与助合适。"

　　"合适？"

　　"有件事啊，我正拿不定主意呢。"

　　"啊？"

　　"我正琢磨派谁去才行。"

　　"去哪里？"

　　"和我去大坂。"

　　"陪头领大人您……"

　　"是啊，这件事很重要，我很久没出面了，总觉得一个人不踏实。我手下倒是颇有几个忍者，但我拿不准带谁去才好。"

　　"我都是老头子了，您不介意？"

　　"要说老头子嘛，我一样啊。"

　　"瞧您说的……"

"咱们两个老鬼神不知鬼不觉做做忍者任务，大干一番久违的事吧，如何？"

三个月后，福岛正则的嗣子伯耆守正之暴卒。这个正之是正则的养子，是正则之妹嫁给别所重宗后生的孩子，论关系是正则之甥。

他的生父别所重宗很早便出仕丰臣秀吉，享有一万五千石的俸禄。

伯耆守正之酷似生父，性情豪迈，深得养父正则器重。正则总说这孩子是个可靠的汉子，而正之亦不负正则期望。

别所重宗死后，其子吉治（正之之兄）继承家业，当了丹波绫部城主，关原之战时支持西军。战后，别所吉治没被治罪，德川家康让他保留了封地。之所以如此，大概就是家康十分看重吉治之弟正之是福岛正则嗣子一事，而且正则肯定做了家康的工作。

伯耆守正之暴亡时，福岛正则向江户幕府报称："伯耆守荒淫无德，我让他切腹了。"

坊间由此众说纷纭。

一说福岛正则后来偶然生了个儿子，和养子的关系出现龃龉，正之前途无望，堕落荒淫，正则便索性将之诛灭。另一说称，关原之战结束后，德川家康堂堂表示了称霸天下之欲，违背了和正则的约定，伯耆守正之不想任家康胡来，就跟来到京都的长宗我部盛亲等人联络，图谋推翻德川幕府。正则得知后，要保自家安泰，就命正之切腹，要不然就是直接杀掉了他。

伯耆守正之确实曾跟长宗我部盛亲见面，密谋干掉德川。当时，福岛正则的嫡子正胜去了江户府邸，伯耆守正之则住大坂府邸。福岛家的大坂府邸几乎挨着大坂城的正城门。福岛正之联系着落败关原的西军诸将，同时默默候着该来的那天……

然而，他不是切腹自杀的，更不是被养父杀死。凶手另有其人。

杀他者不是别人，正是大和守山中俊房和猫田与助。

只有他二人潜进大坂的福岛府邸，此举说来不免鲁莽，但与助事先曾用三个月的时间做准备工作。以大和守俊房和与助看来，福岛家的大坂府邸简直是没有任何防备。一番周密准备之后，两人轻轻松松潜进了宅内。

当时，山中大和守用的是一种名曰"蛇管"的忍者道具。

是日，广岛城的福岛正则刚好派使者前来，通知正之近来有些无聊谣言传到广岛，甚至江户方面都有耳闻，希望他谨慎行事。

如此说来，福岛正之在京都、大坂的言行真是太过激了。

大御所德川家康甚至询问福岛家：要不要把伯耆守送到江户来……

这话由江户府邸的嫡子正胜告知了广岛的父亲。正则似乎因此坐立不安。

从使者口中听到养父之语后，伯耆守正之喝得酩酊大醉，进了卧房。

很快，山中大和守和猫田与助便摸到卧房的阁楼上。

"他睡得很熟呢。"

"是。"

"动手吧？"

大和守点点头，取出好几根长约一尺的细竹筒接好，从天花板上的洞里垂了下来。

一大串细竹筒垂至福岛正之的睡脸前方一尺附近便静止不动。竹筒中的红褐粉末撒到正之脸上。

福岛正之的鼾声突然断了，代之以痛苦的喘息。

他变得面色苍白，却兀自未离梦境。

看准了这番情形，天花板被揭开，山中大和守和猫田与助悄然落进卧房。

与助用准备好的疑似黏土之物堵住正之口鼻，大和守则从正之的刀架上抽出小刀，刺进正之心脏。

正之的躯体剧烈痉挛，紧跟着便不再动弹。

山中大和守和与助对望颔首，抓住从天花板上垂下来的忍者绳索，转眼便从卧房消失。

正之离奇毙命，直到翌日早晨才被发现。

不难想知福岛府邸的人那天早晨是何等惊愕。

这毕竟不像自杀，却唯有当成自杀。

同天早晨，回到甲贺山中府邸的山中大和守道：“喂，与助，我很久没这样热血沸腾了，这让我想到了元龟天正之战呢。”

“确实。”

“真没想到，我直到这时尚且可以酣畅淋漓地执行任务。”

“您真是很了不得。”

“这简直不费吹灰之力嘛。”

“确实如此。”

被窝里的猫田与助想到三年前的那个时刻，不觉热血沸腾，无法睡去。

第拾肆话

半兵卫和阿才根本没想到隔壁就是草者的忍宿，但这父女俩毕竟是甲贺忍者，因此觉得隔壁很怪……

翌日早晨，足袋师半兵卫父女醒来时，隔壁印章师家中早没了阿江的踪影。

阿才备好早饭，招呼二楼的猫田与助道："喂，早饭做好了！"

"让我再睡会儿吧。"

"那倒没关系，但是……"

"我不想吃东西啊。"

"猫田大爷……喂……喂！"

"唔……"

"身体不舒服？"

"没有……只是累……就想睡觉。"

"咦……"半兵卫听阿才说了此事，苦笑道，"与助是废物一个喽。"

"呵呵呵……好像真是。"

"甲贺的头领大人开恩让他由着性子胡来，他倒好，手脚都不利索了，却一直追踪阿江。"

"阿江的父亲以前好像是个甲贺忍者？"

"没错。那个马杉市藏背叛甲贺，当了武田家的忍者，就是他杀了与助的父亲猫田与兵卫。"

"所以……"

"所以与助就把这仇恨延伸到市藏之女阿江的头上。这男人真固执啊！"

半兵卫父女当然不知道猫田与助被阿江一手带来的悲剧。

"罢了，先让他睡吧。由他去好了。"

"好。"

父女俩开始吃早饭。

"天暖和了呢。"

"嗯，嗯。阿才，有时候呀……"

"啊？"

"昨晚好像有人来隔壁了。"

"你的意思是？"

"看上去似乎没有人来，但我总觉得昨晚不对劲。你呢？"

"跟你一样。"

"我觉得那个老印章师不太可疑，却又总是不安稳，之前好几次觉得有人悄然进出那里。"

"是的。"

"那印章师以前似乎和一个自称是他侄女的女人生活。听这附近的人说，那女人嫁到远方后，他就一个人住……"

"但是，这附近总有人一年内看见他侄女一两次。"

"说得是，说得是啊。"

"总之，我觉得有人那般进进出出很不寻常。"

"对，反正不轻忽总是没错。你时不时做点饭团之类的东西送去，随便打探打探情况好了。"

"好。隔壁的事，就不用告诉猫田大叔了吧？"

"不用。我们只是怀疑，就别告诉甲贺的头领大人了。"

"明白。"

"你说那老印章师会如何看待咱们？"

"哎……这倒无妨……"

"与助睡醒之前，你别弄出动静啊。"

半兵卫和阿才根本没想到隔壁就是草者的忍宿，但这父女俩毕竟是甲贺忍者，因此觉得隔壁很怪……慎重之下，阿才经常借送食物的机会暗暗观察。

半兵卫和阿才的任务一直都是寻觅合适的地方住下，搜集情报，所以他们缺乏舍命执行忍者任务、跟敌人搏斗、潜进城内和府邸实施暗杀的经验。

换言之，他们有点欠缺忍者所拥有的野生动物般的敏锐感觉。

而且，这父女俩对真田草者的认识跟山中大和守和猫田与助迥然不同。

半兵卫和阿才深信关原之战结束后，草者就绝迹了。他们不曾像山中大和守跟猫田与助那样体会真田家草者的厉害。

最近，甲贺忍者中总有人如此议论——

"我们这般设法搜寻，都嗅不到草者的味道，只怕他们全都毙命关原了吧？"

"就算偶然活下几个，总归是小蚂蚁了。"

“说得是啊。”

真田氏本家父子和几个家臣被押往九度山，受到纪州浅野家监视，分家则依附了德川家。这样一来，草者肯定就没了活动余地。

伙伴的这些议论，猫田与助自是略知一二，不免暗叹这些人根本是一群蠢材。

（关东打赢之后，忍者都开始大意了啊……）

山中大和守想来亦正皱着眉头。

天下确实是德川家的，各地大名都臣服了，所以扫平关原战败的西军余党就成了眼下要务。对甲贺和伊贺的忍者来说，这点事简直易如反掌。

敌方忍者几乎都消失了。

关东方面的谍报网遍布天下，再没有忍者团体足以抗衡，这就怪不得他们会放松警惕。就是说，甲贺忍者没有了战争时期的紧迫感。

他们不用深夜奔行，更不用腾跃格斗。随着类似半兵卫父女这样的忍者活动渐渐增加，人们难免会觉得猫田与助是落伍的忍者。

当下最重要的，便是情报。要分析四面八方搜集来的情报，以便告知大御所德川家康。

伯耆守福岛正之被暗杀，关东方面导致其养父福岛正则深感内疚。同时，他们强制正则反省，以免一时冲动……

福岛正之的遗体旁放着他的那把血淋淋的小刀。如此一来，他确实像是自杀而亡。然而，此事疑云密布。

养父福岛正则任由疑云密布，向幕府报称养子荒淫无德，只好命他切腹。倘若报称自杀，幕府抓住家教问题的把柄，不知道会怎样刁难。正则怕的大概就是这个。

德川家康最顾虑的就是加藤清正和福岛正则。一旦日后要跟大坂的丰臣家开战，这两个实力派人物却去了大坂城，那麻烦就大了。

（倘若主计头和左卫门太夫支持大坂……）

家康只是想想，都觉得无比烦闷。

大坂城素有"天下第一城"之美誉，凝聚着丰臣秀吉智慧的精华，战争中无疑会有奇用。这一点，家康比任何人都要确信。

福岛正则那样呈报养子正之的死亡，无疑让家康松了口气。

左卫门太夫正则的"骨头"又被抽掉一根。

较之正则，主计头加藤清正就显得无隙可乘了。

熊本城的情况如何，家康自是有所耳闻，因而忐忑不安。

清正提出筑城时，家康唯有无奈接受，只因他当真害怕看到对方被拒绝后的样子。

第拾伍话

是日午后，猫田与助从被窝里爬了出来。走下楼，不见阿才的身影，半兵卫正缝制着足袋。

"与助大人睡得如何？"

"挺好的，真是沾你的光喽。"

"我给你弄点吃的吧。"半兵卫热着早晨剩下的粥，问道，"你这是要回甲贺？"

"这……"

"如果觉得这里不错，你就一直住下来吧。"半兵卫随口说道。

与助仿佛洞悉了半兵卫的想法，报以苦笑。

吃饱了饭，与助说道："那我这就告辞了……"悄然从后门离去。

半兵卫似乎一句话都没说。较之与助，他更惦念阿才。

阿才上午打扫厨房时，感觉隔壁印章师家的后门悄悄打开，便从暗地察看，只见一个町人打扮的年轻男子走了出来。

此人正是佐助。

阿才认得他的面孔——她曾两次看见佐助从印章师家的店面走出。

（大概是印章师的客人吧。）

然而，她总是觉得奇怪。倘若真是客人，为何不走正门？

这个人从后门悄然走出，犹如一阵微风，足见其身手不同寻常。

阿才把要去跟踪从隔壁出来的男人之事告诉了半兵卫，便走出了店，而后一直没见回来。

（莫非是遇上事了……）

半兵卫缝着足袋，惴惴不安。这时，向井佐助来到了四条河原。

春意盎然，阳光和煦，河滩上的游人成群结队。鸭川里有好几个沙洲，表演杂耍的小屋和茶店自成一排。佐助以斗笠遮脸，悠然穿行其中。佐助和上午离开印章师家时的打扮完全不同。他不像町人，倒像是近郊进城的百姓。他不知去哪里将身上的和服反穿，露出里面洗得泛白的脏兮兮的布，这模样当真不像是京都的町人。

他有被人跟踪的感觉。

是日，佐助按照阿江之言，来到小野阿通家小路对面的破庙。他打算调查一下这里是否适合监视，便离开了印章师的家。

然而，从四条大街走向祇园神社的路上，佐助开始惴惴不安。

（莫不是被跟踪了……）

佐助不需回头，便有所感知，因而放弃了去破庙的念头，来到知恩院内四下闲逛，等待跟踪者自行消失。

（没事了——）

佐助走到隐蔽之地，快速换了装束，又从茶店里买了顶斗笠戴上，来到四条河原。目前回印章师家太危险了，倘若确实有人跟踪的话，恐怕他走出四条的忍宿时就被对方缀上了吧。

换言之，有人正监视着印章师的家。

想来自是隔壁的足袋师父女……京都的忍宿，怕是要不得了。

除了下久我，别的地方亦设有忍宿和小屋。草者们好不容易才消除了自身的踪迹，所以当然是避开危险较好。

现下跟关原之战以前的情况不同，草者没几个了。

所以，佐助觉得行动范围不宜太大。

（那个人……莫不是那时……）

从四条河原走向四条大街时，佐助见到一名头戴漆笠的武士行经眼前。

前些日子里，那个武士曾和长宗我部盛亲去小野阿通家会面。虽然他的脸大部分都被斗笠遮着，身材和走路姿势却让佐助记忆犹新，坚信不会看错。

佐助本打算回下久我的忍宿。

（罢了，既然如此……）

他顷刻间便打定主意，跟踪这个武士。

这武士穿得甚有身份，悠然走上四条大街左侧的小路。

向井佐助全神跟踪这个武士，不料一个跟他擦肩而过的僧人竟是猫田与助。

与助根本不认识佐助，故而没有留神，径直蹒蹒跚跚离开四条河原。

（他是不是要去祇园神社啊？）

佐助偶然瞥了一眼僧人的去路，随便分析着。

这时，阿才回到了四条的足袋师家。

"阿才，出事了？"

"跟丢了。"

"哎？"

"隔壁果然有点蹊跷……"

阿才咬紧嘴唇，不再回答半兵卫的问话，开始沉思。

却说向井佐助跟着那个人走进了五条后街上的户棚风吕，悄悄把身上的衣服换成窄袖和服，变成了町人模样。

汤女迎进佐助。佐助脱光衣服，走进浴室。室内水雾缭绕。

那个人正让一个胖汤女帮忙洗头。

除了佐助，这里另有五名客人。大家都有汤女陪着，拿竹片帮忙刮灰。

这个户棚风吕，不是前些天佐助监视长宗我部盛亲的那个。

汤女对佐助耳语道："再稍微蒸蒸吧？"

佐助点了点头。他看清了身旁洗着头的武士的侧脸。

第四章　主计头清正

第壹话

这里不比真田庄的草者小屋，却暂且有着草者大本营的地位。

京都以北二里，便是夜泣峠了。

午后，乌云密布的天空下，向井佐助匆匆去往夜泣峠。若以常人看来，这真非一句"奔跑"便足以概括，佐助却未觉走得太急。

此际，京都春意渐浓，沿鞍马川河畔的鞍马大街往北却是寒意渐浓。仅仅走到二濑山一带，北山的风便挟着细雪吹来。

佐助横穿二濑地区，吹着口哨，向左踏上小祠堂前的一条小路。

他边跑边吹口哨，以锻炼调整呼吸。佐助满脸通红，比旁观者想象的更加辛苦。到了上坡时，他便不再吹口哨了，放慢脚步。

他这日打扮成身手敏捷的樵夫，头戴斗笠。

山路沿着溪流上行，桧树、杉树、桦树的密林覆着山中小路。不消说，除了佐助，再不见一个人影。

这一带有野猪光临，更有狐狸出没。说是山岭，其实就是个小山头，北临贵船山，前方则有向山，南北视野算不得如何开阔。

佐助离开山路，跑进山腰树林。

树林中有个小屋，是五年前由草者安设的。

这小屋比美浓笠神的小屋要大，看守者是宫冢才藏和其妹阿忆。

地下仓库很宽敞，才藏制造火药、种植草药。真田家制造忍者道具的草者们渐渐汇聚到了这里。

除了夜泣峠，附近山中另设有两个小型的小屋。

这里不比真田庄的草者小屋，却暂且有着草者大本营的地位。

近江的彦根城下亦有草者的忍宿，由佐助的舅公横泽与七看守。

彦根的忍宿装成了一个钱庄——以兑换各种货币为业的店铺。随着货币流通的盛行，城下町遍地都是钱庄。

横泽与七以"钱庄与七"自称，带着七名仆从（都是草者）变身钱庄老板。这老头年逾七旬，十年来容貌却几乎没变。

真田氏本家父子被流放九度山，草者失去了真田庄的根据地，只好由钱庄老板横泽与七负责筹措活动资金。

彦根，就是昔日的佐和山。关原之战结束以后，家康把佐和山赏给了井伊直政，以表彰其卓著功勋。

直政刚一搬到佐和山，便决意另建新城，且得到家康恩准。然而，两年后的庆长七年二月，年仅四十二岁的直政突然病故。

井伊直政和本多忠胜一样是身经百战的猛将，却又跟后者不同。听说忠胜浑身上下一点伤痕都没有，直政却是伤痕累累。

关原之战时，直政对西军岛津部队穷追不舍，以致身负重伤，似乎一直没有痊愈。

直政死后，其子直胜继承家业，当了佐和山城主，但当时尚且年幼。重臣们辅佐直胜，继承故去的直政之志，坚持推进筑新城的计划。

彦根山就这样被选中了。

关原之战前夜，壶谷又五郎和奥村弥五兵卫、佐助曾到琵琶湖畔的彦根山上监视佐和山城。

庆长八年，筑城工事开始。翌年，曲轮"钟之丸"宣告竣工。

筑城之余，井伊家又对城下町做了街区划分，积极从各地招徕工商业者，谋求城邑繁荣。

横泽与七觉得直接摸进敌人腹地似乎更好，便来到彦根城下开设钱庄。真田父子离开上田城时，曾让草者把金银送出，结果这成了横泽与七经营钱庄的资本。

四年前，彦根城的天守阁破土时，井伊直政曾特意从佐和山前来监工。随着工事推进，不断有工商业者来到，让彦根城下充满活力。

彦根若要和京都联络，便需以夜泣峠的小屋中转。

"目前先别接近甲贺一带。"阿江和奥村弥五兵卫郑重叮嘱草者，"千万不要让甲贺察觉我们。"

第贰话

向井佐助到达夜泣峠的小屋，见到了宫冢才藏、中原丈助和小助。

听他们说，阿忆数日前去了彦根的钱庄。其他草者好像去了别的小屋，大家都是分头活动。

"一日都不可虚度！"这是宫冢才藏的口头禅。

要迎接肯定会到来的那一刻。

"咦，佐助，是不是出事了？"

土屋里的中原丈助迎向佐助。此人年逾四十。

"是，有点事。"

只听宫冢才藏招呼道："进来吧，佐助。"

才藏年近五十，地下仓库里的小助则是六旬以上。

目前看来，真田草者里最年轻的就是二十六岁的向井佐助。

"其实……"佐助讲了这些天的事，"咱们的人手真告急了。"

"嗯，要是想长期监视小野阿通家……"

宫冢才藏寻思着道。

中原丈助说道："用不着去监视那房子吧？咱们又不求别的，只要永远给真田氏本家效命……"

"不，不是那回事。真到了非常时期，九度山的本家是不会随随便便去大坂城的。"

"啊？"丈助讶然看着才藏。

"各大名有谁和本家志同道合？我们一定要先探明此事才行。我想阿江一定是这样打算。"

"嗯……"

"否则，九度山的老爷便会拿不定主意。"

"你是说，如果大坂方面没几个盟友的话，本家就会蛰伏九度山不出来了？"

才藏苦笑道："不，不是的。"

"但是……"

"丈助，我的意思是说，根据时机和实际情况，作战的方案会有所变动。"

丈助似乎没完全理解才藏之语。

见状，才藏又道："对了，丈助是个合适的人。你带小助去阿江那里一下，到京都走走，亲眼看看天下情形总归没错。"

"好。"

"佐助，阿江有没有指定谁？"

"她说凡事都让才藏决定。"

"好，那就这样定了。"

"明天来下久我一趟？"

"当然行。"丈助替才藏响亮答道。

"那我就告辞了。"

佐助正欲站起，只听才藏说道："歇会儿吧。"

他用地炉给佐助烤了掺小米的年糕。佐助大口吃着热年糕，把奥村弥五兵卫只身去了九州熊本一事告知二人——阿江说了要告诉他们。

"弥五兵卫去了熊本？果然……"才藏不断点头，"是城！他是要去看加藤主计头的熊本城吧。这挺像是九度山左卫门佐大人的指示。果然，果然。"

真田昌幸、幸村父子似乎非常关注九州的加藤清正。

万一大坂和关东决裂，加藤清正将何去何从？清正对德川幕府固然忠诚，却又不曾背弃大坂的丰臣秀赖。而且，熊本的新城是公认"坚不可摧"的名城。加藤清正自幼追随秀吉，对筑城工事极度谙熟。秀吉死后，他便是日本首屈一指的建筑家了。

"非常时刻，主计头清正的熊本城不知会生出何等作用！"才藏的双眼慢慢放出光来，"这太有趣了。"

"确实……"中原丈助似乎恍然大悟，"如果加藤大人和咱们本家都去了大坂城，德川老狐狸定会大吃一惊。"

"就是这样，丈助。"才藏点点头，道，"对了……"

"哎？"

"是福岛左卫门太夫的事情。"

佐助插了一嘴，道："这事儿啊，三天前……"

他讲了那天走进五条户棚风吕的武士之事。

那日，武士让汤女洗净尘垢之后，没跟汤女嬉戏便径直离去。

佐助自然继续跟踪。

"然后呢？"

"他进了伏见的福岛府邸。"

"那名武士？"

"是啊。"

"莫非他是福岛家的家臣……"

"我想是的。"

"福岛家的家臣……竟然去小野阿通家密会长宗我部盛亲？"

"似乎是。"

"哈哈……哈哈哈……"

才藏那张高颧骨、大胡子的脸红了。他平时总是面色苍白。

"哎，丈助……"才藏用眼神示意道。

丈助点了点头。

"如何？这回明白了吧？"

"明白了。"

这时，小助从地下仓库里上来了。

二十八年前，佐平次被阿江所救，送往真田家，途经地藏峠的小屋时，小助曾帮佐平次疗伤，把他背到别所的安乐寺。

小助当时三十出头，现下却六十一了。他身材高瘦如故，跟佐助打招呼时，他那好似树木果实的双眼亦和昔日一样，蓄满温柔的光。

小助根本不像是年逾六十的老叟。他头发稀薄却乌黑，走山路时的好体力甚至让中原丈助瞠目道："真跟年轻时一样啊。"

"明天，你和丈助去下久我吧。"宫冢才藏吩咐小助。

"好。"小助问都不问，便兴冲冲点头，"那我是要和佐助联手执行任务喽？"

"是的。"

佐助微笑道。他从小就喜欢小助。他知道父亲佐平次年轻时曾被小助照料。

"那时候，我被小助背着，好不容易到达别所温泉，我那个踏实啊……"

向井佐平次曾对妻子茂枝和佐助如此动情说道。

"那我们这就……"

"小助，先别激动嘛。"宫冢才藏忍俊不禁，"你是被这大山憋得太久，烦得不行了吧？"

"不，不是的。"

"不，这是自然，这是自然。"中原丈助插嘴道，"地下仓库里没事就叹息的是谁呀？"

小屋里的三人都笑了。

佐助很快便离开了夜泣峠的小屋。

红日西斜，沉向山的彼端。雪停了，冷得宛若寒冬。

佐助迎风奔跑，很快便来到溪流沿岸的山路上。山鸟尖锐鸣叫。佐助沿着山路往下跑，却蓦然驻足，弯腰紧盯着蜿蜒下行的山路对面。

没有人影，亦无足音，佐助却隐隐觉得有人正爬上来……

向井佐助的感官敏锐得犹如野兽。

（按说我不会被跟踪啊……）

佐助悄然跑进左侧的树林，趴下来一动不动。他将呼吸调整得极度微弱，以免露出行迹。

果然，有人沿山道爬上来了。

第叁话

沿山路爬上来的是个女人。

——是阿忆！

向井佐助从树林中跳了出来。

阿忆第一时间拉开架势，立刻便又笑道："哎呀，这不是佐助嘛。"

她亲切招呼着，向佐助走来。

他们二人各有分工，足足两年没见面了。

"好久不见了，佐助！"

"是的。"

阿忆年龄几何？似乎该有三十以上了吧？但是，她反而比第一次委身佐助时更显年轻。

佐助很了解女忍者肉体的神奇。当阿江乔装卖东西的老妪时，就算是看惯她千变万化的佐助都会瞪大眼睛，暗想这个人不会真是阿江吧……她的脸上没有化妆，却让人觉得这活脱脱是张七旬老妪的面孔。她的体态恍若他人，从足音到嗓门都彻底变成老妪。

“男忍者根本做不来呀。”五赖之太郎次曾如此对佐助说道，“别说忍者……女人这种动物啊，就算是寻常女子，一天内的表情都会随时变化个三四次。”

女人好像总是不知不觉就开始表演。

太郎次说女人的身体天生如此，生来就会随时应付不同情况。

“你是从彦根回来的？”

“是的。”

“横泽与七大人可好？”

“非常健康。”

“这可太好了……”

“你刚刚去小屋了？”

“是。”

“有急事？”

阿忆抓住了佐助的手，问道。佐助的脸红了。

“来，到这边来……”

阿忆不再往下说了，只是拉着佐助来到林间。

“万一有人刚好来……”

“那又怎样？”阿忆的唇贴到了佐助的耳朵上。

“其实……”

听了佐助的话，阿忆道：“那太可惜了，我真想和佐助执行任务……”

佐助低下了头，默然无语。别看他去户棚风吕里玩弄汤女乳房，所熟知的女人身体却只有阿忆。

关原之战后，二人邂逅时，有好几次相互爱抚对方的身体。

阿江是否知道这事儿呢？

阿忆似乎害怕阿江的眼睛。

近三年来，二十六岁的佐助从未亲近过女人。年轻的佐助十分坚强，完全可以克制欲望。

男忍者一到中年，便常因克制不住情欲而导致失败。年轻的似乎更容易克服一切困难。更何况佐助自幼便至真田庄的草堂砥砺，被横泽与七训练成一名优秀草者。

他克制情欲似乎轻而易举，但对方若是阿忆则另当别论。

对佐助而言，阿忆就只是个女人。

阿忆面带微笑，走向林间，很快便寻得一个堆着枯叶的小小洼地。

"就一会儿吧……"

阿忆耳语道，挨着佐助坐下。夜色衬着她白净的面庞。

"佐助……"

"啊？"

"你没亲近过别的女人吧？"

"没有。"

阿忆把脸凑近，松开衣领露出丰满的乳房，同时牵着佐助的手，放到上面……

佐助的呼吸渐急。面对着这个女人时，他不再是草者，只是个年轻的男人。

"最近……"

阿忆激烈喘息，用舌尖挑弄佐助的唇。

"最近？"

"不是，唉……你瞧，没有辛苦的任务，搞得我胖成这样……"

"不，你没变。阿忆和以前一样，一点都没变呢。"

"真的？"

"是的。"

"对我说这些话的人，就只有佐助了。"

佐助怀中的阿忆不再是个女忍者了。只因对方是佐助，她便忍不住变回了一个普通女孩儿。

佐助把脸埋进阿忆赤裸的乳房之间。

"阿忆……"

"哎……"

"我总想见到你。"

"我也是。"

阿忆的双臂用力缠绕住佐助的脖颈。

第肆话

因要监视小野阿通的家，阿江和佐助选中了一个被昔日战火烧
毁的荒寺。

院内撞钟堂里的石山都倒塌了一半。只要走进石山，便不会被
人看到。

一般人肯定不会踏进这个荒寺，但难保不会有山贼乞丐之流。

阿江来到撞钟堂的石山中挖了个洞，似乎是想备齐草者轮流蹲
守所需的装备。这点事手到擒来，估计一晚上便足以解决。

四日之后，中原丈助和佐助、小助三人藏进了撞钟堂的石山。

阿通家当然有个后门，但若前门和后门都要监守的话，人手就
紧张了，所以阿江决定只监视前门。

后门好像一直不用。

阿通家里不仅有侍女和带刀的侍从，她出门时甚至有抬轿的男
仆。佐助他们确信那里面住着一大批人。

见阿通乘轿离去，中原丈助立刻跟上。

阿通去了御所——天皇的皇宫，直到天快黑才回来。

小野阿通虽系女人，却被恩准乘轿，朝廷更赐她俸禄。而且，阿江相信此人背后肯定有德川家康的支持。

小野阿通以前曾嫁给关白秀次的家臣——盐川志摩守，后又因故分开。

关白秀次是太阁秀吉的养子，一度有望继承丰臣家，哪知秀赖降生后却遭秀吉猜疑，被流放高野山，自杀而亡。当时的来龙去脉，想来大家都知道吧。秀次死后，盐川志摩守投奔石田三成，关原之战打响前又离开了石田家。

"他好像投奔了阿波国德岛地区的蜂须贺家。"阿江对佐助他们说道，"总之，小野阿通这女人非常诡异……"

阿江非常想把阿通的事情查清，这欲望近乎狂热。

有人称阿通被大坂的淀殿疏远，但大坂方面竟不时有使者前来。

佐助曾跟踪回去的使者，亲眼看见对方走进大坂城。

那到底是不是淀殿派来的使者，眼下尚不清楚，但大家都确信那不是密使。

春意日渐盎然。三名草者继续监视。

长宗我部盛亲又来了一次，足袋师半兵卫亦然，唯独没见阿才前来。

草者们不再靠近印章师家，只留五赖之太郎次一个人孜孜不倦刻着印章。

佐助他们轮流撤回下久我的忍宿休息，阿江近来则不再露面。

"她去哪里了？"佐助问权左。

"这个……"

权左不知道，只说阿江不知何时就不见了。

阿江做这种事不算稀奇。

足足有十天没见她的踪影。

"你去哪里了啊？"

后来，佐助问道。

阿江若无其事，答道："去看看江户的情况……"

（阿江离开期间，一旦有何紧急状况……）

佐助挺害怕这种情况出现，阿江却是泰然若素，完全相信佐助。

——就算我离开，都不要紧了。

佐助他们进行监视的第七日午后，从破庙土墙崩塌的空隙中监视阿通家的中原丈助，摇醒了撞钟堂石山里睡觉的向井佐助。

"刚才有个穿得很体面的武士走进去了。"

"一个人？"

"嗯，用斗笠遮着脸呢。"

佐助一骨碌爬了起来。

石山中挖了个四尺来深的洞穴，铺着干燥稻草。石山的缝隙上铺着木板，上面盖着防雨用的土。有了这些设施，佐助他们这些老手便可坚持监视数十日之久。

"等这武士出来，我来跟踪。"佐助说道。

"好的。咱们先准备准备吧。"

"对。"

早晨时，丈助换下小助，让小助回下久我忍宿休息去了。

造访阿通府上的武士长着一张教养良好的胖脸，是个非常温和的老者。

他头戴斗笠，举止却甚洒脱，不像是要隐藏身份。

他打了个招呼向门卫通报后，等待开门之际，慢慢摘下漆笠。

昨日一整天烟雨迷蒙，凌晨雨停后，温度骤然上升。

周围散发着浓郁的泥土清香。这是春日泥土独有的清香。

门打开了，一个彬彬有礼的中年家丁带着老武士走上石阶，到达中门。

阿通的宅子是一座简朴的古风建筑，相当大。

从这老武士和带路家丁的交谈可知，他不是初次造访这里。

对着后院，有两间房屋。其中"鹤之间"里面包括小野阿通的卧室，隔着小走廊的则是"客之间"。

老武士没被带到"客之间"，而是被带去了"鹤之间"……

如此看来，阿通对来者竟是十分熟悉。

"哎呀，镰田大人！"阿通对走进鹤之间会客室的老武士招呼道。

"您别来无恙？"老武士的措辞十分恭敬。

"是，这阵子倒没生病。"

"那就好。"

"来，我给您带路。"

"好。"

先前带路的家丁不知何时没了踪影。老武士走进会客室，再次问候阿通。

只听阿通笑道："这次有劳主计头大人了。"

"主计头"大概是指主计头加藤清正吧……

"没事。"老武士答道，"昨天，大人从名古屋派使者来了。"

"哦？"

"他吩咐要把这封信交给您。"

老武士取出放在信匣里的信，交给小野阿通。

"是主计头大人给我的？"

"是的。"

"那……"

阿通开始读信。老武士默默注视着她。

这老武士名唤镰田兵四郎行种，是加藤清正的家臣之一，负责看守伏见的加藤府邸。清正从熊本去大坂、伏见之时，他总是片刻不离。

阿通将清正的信读了两三遍。

"阿通怕是有五十了吧？"

宫中任职的人们暗中议论纷纷，镰田兵四郎却觉得面前的小野阿通只有三十许间，而且看不出化妆痕迹。她肤色微黑，俏脸上没有半条皱纹，仪容典雅，嗓音清脆，体态丰腴，个子高挑。

她的身上松松裹着一件俗称"片身替"的窄袖和服。

镰田望着读信的阿通，怔怔出神。

白和服上从右肩至衣袖用茶、白、绿三色绣出山鸠图案。白衣襟上则零星散落着金色花纹。颜色固然素雅，图案却设计得非常大胆，让镰田目瞪口呆。

这件窄袖和服非常适合小野阿通。

"确实……"阿通拿着加藤清正的信，喃喃说道，"主计头大人很烦恼呢。"

"是。"

"这事儿不好办，但是……"

阿通只说了一半便沉默不语，闭上双目。

第伍话

阿通以"鹤之间"命名这里，大概是缘自分隔客厅和寝室的隔扇上画的那五只墨鹤。

这宅子落成时，镰田兵四郎曾率人运来加藤清正的贺礼，拜访阿通。他当时就被那水墨仙鹤震惊。

那幅画似乎出自海北友松之手。友松是浅野长政的家臣海北纲亲之子。天正元年，浅井家被织田信长讨灭，其父纲亲战死，但友松自幼便被送到东福寺寄养，由此未被卷进战火。然而，这位武士之子剃度出家后，直到以独特画风名闻天下，都不曾放松习武。

他精研枪术，只因他立志要重振家门。

说到海北友松，下面这段故事值得一讲。

友松和明智光秀的家臣斋藤利三大有交情。山崎一战，光秀全军覆没，斋藤利三被秀吉擒获，送到三条河原执行磔刑，而后曝尸河滩。

斋藤利三，就是德川幕府第三任将军家光的乳母春日局之父。

“我们不能袖手旁观！”

海北友松见密友曝尸河滩，遂和斋藤利三另一好友东阳坊长盛乘夜色突袭三条河滩的卫兵，抢回斋藤利三的尸体，送到真如堂安葬。

丰臣秀吉得知此事之后，非但没有问责，反倒善待友松。

不独秀吉如此，信长和家康都钟爱海北友松那刚烈的武人之魂，而且他的绘画成就深受后阳成天皇赏识，曾几次下诏让他执笔作画。

这就怪不得小野阿通会和海北友松交厚了。

话说回来，友松该有八十高龄了吧？

“镰田大人。”小野阿通对镰田兵四郎说道，“我深知主计头大人之意，纵是我力有不逮，都要助他一臂之力。”

“此话当真？”

“是的。”

“太好了，主计头大人一定会深受鼓舞……”镰田说了一半，似乎说不下去了，只得岔开话题，“等到秋天时，大人没准会从名古屋回到伏见，这封信……”

“好，到时候我一定……”

“那我到时再来看您。”

“欢迎常来。”小野阿通点了点头，“我现下不敢说会有太大帮助，但我一定会去做的……”她仿佛仔细斟酌着每一个字，“总之，我会听从主计头大人指示。”

“不胜感谢！”

然后，小野阿通让人送上酒菜，招待了镰田兵四郎。

镰田很快就离开了阿通的家。

负责监视的向井佐助跟上了悠然离去的镰田兵四郎。

他看见镰田走进伏见城下的"肥后府"——加藤清正府邸。

这时，夜色笼罩上来。

如果我们现下乘京阪电铁到"中书岛站"下车，只要从西侧的出口走出，便会看到一条从伏见区通向竹田街的柏油路。

这条柏油路本来是一条流经"肥后府"的河。

京都市伏见区的上下新的中町至表町、浜町一带，便是昔日的加藤清正府邸，规模着实宏大。当时的肥后府虎踞中洲，东临宇治川，西面、北面则是护城河，所以共有三架桥从肥后府通向伏见街区，其中的"肥后桥"更一直留有遗迹。

伏见城下诸大名的府邸中，加藤清正的府邸规模首屈一指。肥后桥以北是上府，以南则是下府。下府类似清正的别墅，内有茶室，而且设有大型泛舟场。

佐助见镰田兵四郎进了上府，登时明白那武士是加藤主计头的家臣。

他斗笠下的双目射出锐光。

前几天，那个武士曾走进伏见城下的福岛府邸，而且曾密会长宗我部盛亲，和盛亲联袂造访小野阿通家。

佐助只知道对方是加藤清正的家臣，却根本不知道对方做的事情。他毕竟没有听见阿通和镰田兵四郎的谈话，但是从将镰田迎进肥后府的看门人态度来看，足以确信那是加藤家的人。

佐助立刻离开伏见，返回下久我的忍宿。

伏见有沼田真田家的府邸，而且佐助数年前曾被留守伏见府邸的栗田弥七郎撞见。栗田弥七郎曾侍奉真田幸村，佐助回上田城二丸幸村居馆的父母那里留宿时，弥七郎认识了他。

栗田撞见来到伏见附近街上的佐助，不觉愕然招呼道："喂，你是向井佐平次的儿子吧？"

栗田戴着斗笠，所以佐助没认出他。

佐助登时一惊，对招呼他的栗田弥七郎视而不见，消失在了薄暮之中。

所以，佐助不敢再随便去伏见城转悠了。

来到下久我之后，没见到阿江。

"出事了？"小助问道。

"不，没事。小助大人，明早别忘了来监视地啊……"

佐助说完便又回了京都。

翌日早晨天色尚暗，伏见肥后府的大门打开，出来了两名旅行打扮的家臣。

给他们送行的正是镰田兵四郎。

只听镰田对那两人说道："那就拜托你们了！"

"明白。"

"替我向大人问安！"

"是！"

两人策马离开了伏见城下。

同一时间，下久我的小助来到破庙的监视地接替中原丈助。

丈助说道："不，我暂时不想回下久我，总觉得今天会出事呢。"

听佐助说他跟踪的武士进了加藤府邸，中原丈助不禁绷紧神经。

第陆话

"喂，喂……"午后，利用土墙间隙进行监视的小助从撞钟堂的石山跑来，"刚才有个男的……"

佐助立刻跑去，一眼就认出正走进阿通宅子的背影是足袋师半兵卫，说道："小助大人，他是足袋师半兵卫。"

"哦，他就是啊……"

这日晴空万里，阳光更加和煦。

足袋师半兵卫——不，甲贺山中忍者下口半兵卫——被阿通的侍从带进后院。

后院是一片竹林。阿通的鹤之间面对一片四坪大小的空地，竹林和空地被蓑墙隔开。蓑墙圈住的空地里铺着石头，只有角落里放着个铜洗手盆。阿通开门眺望后院时，便会接触到如此简朴的……不，是看上去了无生趣的院子。

蓑墙对面虽有竹林，后院里却没有一棵开花的树。难道阿通喜欢从卧室里看到这样一个院落？总之，这女人确实有些反常。

下口半兵卫被带进后院之后，便跪了下来。

拉门打开，阿通端坐着现出身形。

"是半兵卫？"

"是的。"

"何事？"

"福岛左卫门太夫大人的家臣不破助九郎……"

不破助九郎就是那个几次来阿通府邸联系长宗我部盛亲的武士。正如佐助所猜，那家伙果然是福岛家的家臣。

"五天前，不破助九郎离开伏见的福岛府邸，像是要去广岛。甲贺的人跟踪了不破，估计很快就会报告准确情形……"

阿通漠然颔首，那样子仿佛是说："这些事跟我何干？"

这和昨日面对镰田兵四郎时的阿通恍若两人。

"而且，阿通夫人，不破助九郎去年夏天从广岛搬到了伏见。"

"哦……"

福岛正则目前大概不在广岛。他和加藤清正一样，被摊派了名古屋筑城的课役，所以来到了名古屋。然而，不破助九郎回了广岛。他到底有何事……

"阿通夫人，往后不仅长宗我部一党，凡是来到贵府的大坂方面人等，希望您都通知我。"

"知道了。"阿通微微颔首，似乎没有特别的兴趣。

"这个……"下口半兵卫从怀里取出信匣，"请您过目。"他将匣子放到小屋边上，行了一礼，又道，"这是昨天从甲贺送来的。"

"山中大和守大人的？"

"是。"

“听说自关原一役失去山中内匠大人之后，大和守大人便一蹶不振，回到甲贺的府邸闭门不出……不知他最近如何？”

“好像是恢复了些。”

“那就好。”阿通打开信匣，读完大和守俊房的信，“我明白了。”

这和那个反复读加藤清正来信的阿通截然不同。

“那我告辞了……”

下口半兵卫似乎早就习惯了阿通这种态度，轻轻出了后院。

阿通关上拉门，喟然一叹。莫非她当真是甲贺方面的帮手？

长宗我部盛亲等支持丰臣家的浪人都相信她是大坂方面的人，安然接近她，她却把他们的言行经由甲贺秘密告知德川……只怕家康就是因此才会“特意照顾”阿通的吧？

昨天，加藤清正使者的镰田兵四郎曾特意来访，但阿通对下口半兵卫根本不提此事，自然更不会报告加藤清正信上的内容。这又是何故？须知，凡是跟加藤清正有关的事，德川家康自然都想得知。

见足袋师半兵卫出了阿通府邸，佐助问中原丈助要不要跟着他。

“这……”

“我觉得他要回四条的家。”

“那就算了吧。”

“但我又有点拿不准呀。”

“好吧，那就去看看好了。”

“那剩下的就交给你喽。”

“当然。”

佐助从破庙的后门钻了出来，跟着半兵卫走了。

屋内，小野阿通伏案拟信，继而让侍女去喊藤寺左门。

藤寺左门此人五十许间，沉着稳重，侍奉小野阿通很久了。

"您喊我？"

阿通把信交给左门，说道："麻烦你去交给大坂的片桐大人。"

"明白。"

"眼下挺晚的了，你明早动身吧。"

"您不着急？"

"不急。"

"好，我一定办到。"

"那就靠你了。"

阿通几天后估计亦会去大坂一行，所以叮嘱藤寺左门提前做好准备。

左门走后，阿通没有离开书桌。

日暮之后，侍女前来掌灯，只见阿通兀自沉默不语。

向井佐助看着半兵卫走进了足袋师家，暗想阿江没准就来到了隔壁的印章师家。然而，阿江曾特意告诉他最近别到印章师家，所以他只好打消念头，去四条至五条附近走了一走，便顶着夜色返回了四条河原。

随着夜幕降临，表演杂耍曲艺的小屋和茶店纷纷打烊。

白天的喧嚣宛如梦幻，人们匆匆踏上鸭川中的沙洲。

鸭川东岸至祇园神社一带是俗称的"门前町"——神社、寺院附近的商业街，那里有好几家酒肆。

这时，一个人影从角落出现，开始跟踪向井佐助。

佐助全然未觉。

第柒话

跟踪佐助的是甲贺山中忍者——平谷伊平。

"那男人时常进出隔壁的印章师家。我认识他，前些日子曾跟踪他，却跟丢了。来，你快跟上……"

足袋师的女儿阿才瞧见了走向四条大街的佐助，立刻对平谷伊平如此低语。阿才和平谷伊平征得山中大和守的许可，秋天时便将成亲。伊平目前负责下口半兵卫父女和甲贺之间的联络，父女俩住在广岛城下时，他曾几次往返广岛和甲贺之间。

昨夜，伊平带着山中大和守给小野阿通的信从甲贺来到京都，下榻足袋师家。今天，半兵卫去阿通府上之后，阿才和伊平度过了两人的快乐时光。那种时候，忍者和普通年轻人完全一样。

半兵卫回家后，伊平便告辞了，决定返回甲贺。

"请禀报头领大人，阿通夫人没有回信。"

"是。"

"阿才，你去送送吧。"

父亲开了口，二人便走后门向东来到四条河原。

随后，向井佐助现身四条河原。

平谷伊平道："就送到这儿吧，阿才，再走下去没头儿了。"

"那倒是……"

"我这两天估计会再来的。"

"是。"

"不久之后，我们就会共同生活了。"

"我就盼着那一天呢。"

伊平将以足袋师徒弟的身份来到京都住下。山中大和守似乎打算向半兵卫父女的忍宿增派人手，以辅助日后大坂方面的活动。

"好了，到这里就行了，回去吧。"

"那……"阿才刚刚往回一走，便又突然回头抓住正目送她的平谷伊平，"快点！"

他们拐进了距离最近的小路。

天尚未全黑，四条大街上颇有些往来行人。佐助因此没有瞧见阿才。

佐助平时总是戴着斗笠，这次匆忙从破庙里跳出来跟踪半兵卫，没顾上拿斗笠。况且，真田氏本家虽然有人认识他，但他自信甲贺和伊贺的忍者中无人认得。

前几天离开印章师家时，他便有被人跟踪的感觉。这是他第一次经历这种事。

阿才让伊平跟踪佐助。

"没问题！"平谷伊平走出小路之际，匆匆低语道："阿才，快回家吧，我来弄清楚那家伙的去向。"说罢便不见了。

伊平办事肯定是没问题的。阿才对此深信不疑。

平谷伊平是跟踪大师，现下才三十出头。山中大和守曾特意称赞他虽然年轻，却颇能干——而且，那是十年前关原之战时候的事。

需知，此人曾独自夺取石田三成派往大垣西军本阵和其余地方的三封密函。

向井佐助全然没察觉伊平的跟踪，正经由祇园神社南侧的小路返回破庙。祇园神社南门去往八坂塔的路上兀自有星星点点的行人，但就算隔着很远，伊平都不会跟丢佐助。

佐助缓缓走着，伊平化身行人，按照他的速度施行跟踪。

突然，佐助拐进了左边的小路。平谷伊平熟知这一带的地形，所以没有惊慌，而是跟着追去。

这里罕有人迹。自此开始，跟踪变困难了。佐助走的是昏暗的小路，伊平要想跟踪他，首先就要抹去自身踪迹。

他将呼吸调整到了极限。当然，这很辛苦。他忍着这苦楚继续盯梢，以免迷失目标，有时甚至会悄然奔跑跳跃。

结果，平谷伊平看见对方走进了破庙的后门。

"竟然是这种地方……"

树荫里趴着的伊平一动不动，那训练有素的双眼捕捉到了走进黑暗的佐助。

平谷伊平自信跟踪没有暴露。

"果然……"黑暗中，伊平微微颔首，"他是要监视小野阿通夫人的府邸。"

确实如此。

"嗯，这一来我就懂了。但是，真没想到他会监视阿通夫人……"

这时，暂告消失的目标再次出现，而且又有一个汉子不知打哪里冒出，两人似乎开始商量事情。他们的话音很小，伊平听不见。

（这可是件大事！）

伊平登时紧张。阿通的府邸若被监视，经常进出宅子的半兵卫父女一定被看破了。不错，半兵卫刚刚才从那里回来！如此说来，这男人跟踪了半兵卫，看着他走进四条的家，然后返回这里……

伊平的推测堪称一语中的。

（这样一来，四条足袋师的家自会被对方查明。这简直……）

对面交谈的两个男人再次消失。树木丛生，所以看不清对方的行动。伊平有些着急了，想不出对方到底是何许人。突然，他脑海里浮现出一张男人的脸。那是一张老人的脸——猫田与助。

两三年前的山中府邸里，伊平见到了前来拜见大和守的猫田与助。当时，猫田与助都有好几年没回甲贺了。

猫田与助一看见他，立刻笑道："哎呀，长得挺高了嘛！"

伊平幼时，猫田与助曾带他爬了一年饭道山，教他忍术。而且，伊平的亡父平谷寅七曾是猫田与助的战友，二人联手征战甲信二州。

虽然甲贺忍者目前对猫田与助的评价不佳，平谷伊平却非常想他。

父亲寅七死后，每逢有事，与助总是关照伊平。他甚至曾这样说道："伊平啊，我又要踏上旅途了，有句话想对你说。那便是真田草者的事情。眼下，甲贺之人都说草者死光了，关原一役后幸存的草者七零八落，忍者不再活动……但他们全都错了！真田家和真田草者绝对不容轻忽。你一定要牢记这话！以后执行忍者任务时一定要时刻警惕草者。千万别忘了，知道不？"

第捌话

平谷伊平回想着猫田与助的这番话。难道那些家伙是真田草者？

若真是草者来到京都监视小野阿通家，那他们肯定早就着手打探阿通和关东的关系了。

伊平更服膺猫田与助了。

与助一直以可怕的执著打探女草者阿江的下落，伊平当然对此有所耳闻。

他有时想想这事，总是不免莞尔。

"猫田大爷真是没完没了。要是这个人跟我一同执行任务的话……"

然而，现下不同了。

伊平屏息伏地，几乎确信这破庙里的家伙们就是真田草者。

（好，我就再去打探打探——）

堆积的枯叶中，伊平一点点匍匐前行，像蚂蚁一样靠近了撞钟堂的石山。

假如他此时先回去通知四条家中的半兵卫父女，撤出破庙，后来的情况自然就不一样了。

然而，草丛中的伊平正不断前挪，像蛇一样扭动着身体，却完全没弄出半点响动。若非拥有娴熟技术，这断然是办不到的。

他挪动一点便调整一下呼吸，然后再次挪动。

以寻常人看来，他那缓慢的挪动简直就跟半昏迷状态一样。

这时，小助从石山中走出。

中原丈助说他晚上替小助蹲守，让小助好好睡一觉，明天再来替他。所以，小助正打算回下久我忍宿。

（又一个男人啊……）

平谷伊平瞧见了逐渐走近的小助。

（那好，我就跟着这男人吧！）

他一瞬间便拿定了主意。如此一来，兴许就会查获其他地方的小屋和忍宿。

小助似乎是要从废弃的后门离开，刚好从趴着的伊平身边走过。

伊平扭身掉头，随着小助往废弃的后门爬去。他不敢突然现身，毕竟这破庙中有丈助和小助两人。

伊平明知小助出后门走到了路上，却唯有努力保持冷静，继续爬挪。他就这样离开后门，来到了路上。

（不要紧了……）

伊平站起身来，欲动身追踪夜幕中沿小路远去的小助。

就是这一瞬间，黑暗突被撼动！

旁边的栎树上跳下一人，直扑尚未站定的伊平。

"唔……"

伊平一惊缩身，将扑来者往前甩去，全身却犹如被灼热的铁棒击中，登时狂吼着单膝跪地。

"完、完了……"

该死，竟然又来了一个敌人！

伊平正要逃进栎树的树荫，却见三枚铁片倏然割破黑暗，分别命中伊平的下颚、喉咙和左肩。

袭击伊平的敌人猫着腰一动不动，正是阿江。

"趴下！"

阿江一见跑进破庙的向井佐助，便立刻说道。

"啊，阿江……"

"那边的树荫里有个忍者。"

"哎？"

"别再动了，留神！"

"是。"

平谷伊平勉力滚进栎树的树荫之后，意识便渐告模糊。

（完、完了……我完蛋了……）

他甚至都拔不下深深扎进背部的短刀。

阿江掷出的"投爪"之中，直取伊平咽喉的那一枚足以致命。

临死之际，平谷伊平翕动着嘴唇。

"阿……才……"

然而，谁都听不到他那气若游丝的声音了。

伊平把脸埋进栎树的树根附近。

阿江、佐助和刚刚赶来的中原丈助从三个方向靠近伊平。

"阿江……"

“怎样？”

“死了。”

“把他弄进去。”

“好。”

佐助和丈助将平谷伊平的尸体搬进破庙，阿江则留下来观察周围动静。

回了下久我的小助对此事一无所知。

平谷伊平的尸体被搬到石山附近。很快，阿江来了。

三个人重新打量伊平的脸。阿江不认得伊平，但当她搜出伊平携带的“飞镖”时，便确知了对方是甲贺忍者。

阿江刚从名古屋回到京都。

第玖话

阿江突然想去看看名古屋筑城的情况，便匆匆来到京都，此时正是去下久我忍宿的路上。

阿通家的蹲守情况如何呢——返回下久我的阿江顺路去破庙看了一眼，竟察觉废弃的后门附近有人！

真不愧是阿江，任何时候都会针对突发情况采取行动。

靠近破庙时，阿江屏住呼吸，几乎未露形迹。

因此，只盯着破庙内部的平谷伊平没察觉背后的阿江。

阿江从倒塌的土墙上盯着院内趴着的伊平。

（这该如何是好呢……）

阿江看着爬向撞钟堂的伊平，暗暗拟定对策。

（要不要活捉此人？）

阿江寻思片刻，觉得没希望活捉对方。

那又当如何是好？唯有杀掉一途。

恰是这时，小助出来了。

阿江见伊平开始扭头跟踪小助，登时从土墙上纵身一跃，跳到了栎树上，拉开架势等待伊平从庙里出来。

"此人肯定是甲贺忍者。"阿江说道，"埋了吧。"

"明白。"

中原丈助和佐助将平谷伊平的尸体搬到院子最里面，挖了个深坑将尸体扔进去，埋上了土。

"那……"阿江似乎打定了主意，"横竖都被甲贺方面察觉了，再这样蹲守定有危险。我们晚上都回下久我吧。"

"喂，阿江……"

"说吧，佐助。"

"那甲贺忍者没准是跟着我来的。"

他告诉阿江，不久之前，他刚刚跟踪了足袋师半兵卫。

"这……"阿江一时无语。

"抱歉。"

阿江没有回答。

见状，中原丈助说道："佐助，事情不一定就是这样。"

"可是……"

"行了。"阿江道，"仔细查查石山里面和杀甲贺忍者的地方，别留血迹。"

"是。"

"那个甲贺忍者打算亲自跟踪小助，这说明没有别人监视这里。"

"说得对。"

黑暗中，三人开始行动。他们清扫了石山和屋顶，又去检查杀平谷伊平的地方。

忍者的眼睛虽然不惧黑暗，却无从分辨飞溅的血迹。

"啊……"中原丈助仰望夜空，忽然说道，"下雨了！"

"太好了！"阿江这才露出微笑，"你们二人快回下久我吧。"

"那阿江你呢？"

"别担忧我了，我有件事要去解决。"

"去哪里？"

"我大概天亮前就会回到下久我。虽然不用我再叮嘱了，但你们回去时一定要再注意些啊。"

"阿江，其实……"

"佐助，等我回了下久我，会将出去这段日子里的事慢慢讲给你听。来，快走吧。"

"是。"

佐助和丈助沿小路跑向八坂塔方向。少顷，阿江沿着同一条路奔去，以确认佐助他们是否被跟踪了。

这时，四条的足袋师家中，半兵卫父女渐渐不安。

"都这么晚了，伊平竟没回来……"

"不会出事了吧？"

"伊平这个人是没问题的……"

"那就是他跟得很远？"

"阿才，你说的那个男人确实是进出隔壁印章师家的那年轻人？"

"是的，就是前几天夜里我跟踪的那个男人。"

"你当时是不是被他察觉了？"

"他四处逛悠，神不知鬼不觉就消失了，看来不是一般人。"

"咦……"

“看来要将隔壁印章师之事报告甲贺的头领大人才行。”

“嗯，等伊平回来，我们就去向头领大人报告。”

下口半兵卫常年旅居异地，一直担任报送情报的角色，遇事常需独断，以致养成了自负性格。往好了说，这算是镇定自若，说难听些则是不太警惕。他知道头领大人近来身体欠佳，所以一些无关小事就不再报上去了。

“隔壁竟游着一条出人意料的大鱼……”

阿才说着，眼神里笼罩上不安的阴霾。

“这个伊平，搞得太晚了啊……”

半兵卫的嗓音有些嘶哑了。

夜幕之下，雨点敲着屋檐。

第拾话

"我去看看好了。"

须臾，阿才忍不住站了起来。

"但是你要去哪儿呢？"

"那男人往祇园神社去了，我就先去那附近……"

阿才往后门走去。

"当心些！"

"好的。"

此时距平谷伊平死去都快五小时了，阿才的不安自是不难理解。

她当然挂念伊平的安全。她和伊平早有肌肤之亲，到了秋天就该喝交杯酒了。

阿才甚至都顾不上带雨具，就从后门跑了出去。

有人从屋檐上看见了阿才。那是印章师家屋顶上趴着的阿江。

适才，阿江顺着屋顶来到这里，正当她卧倒观察周围动静之际，阿才跑了出来。

明明是淋着雨，阿江却笑了。顷刻之间，她便没了影踪。

这时，楼下的一个房间里，五濑之太郎次正睡着觉。

"喂，喂……"

他被摇醒，睁开眼睛，惊道："啊！阿江……"

"我从房顶进来的。"

"有紧急事件？"

阿江点点头，道："太郎次，你要赶紧离开这个家了。"

"果然是隔壁……"

"好像是。"

阿江常说，无论如何，都不可让关东方面查知真田草者的踪迹和消息，否则草者便又会蒙受损失。

阿江打定主意，不到紧急时刻，哪怕一次损失都不许出现。

印章师家的屋檐下有个机关，只要取下木塞，屋顶的一部分便会打开。

五濑之太郎次特意设了这个机关，现下果然派上用场。

"来，抓紧时间吧。"

"好。"

二人把屋内巡视一遍，将重要物品包成一个包裹。不留下任何一件会惹人生疑的东西，这是太郎次的作风。

"行了吧？"

"是的。"

二人悄然开始行动。

雨越来越大。足袋师半兵卫对隔壁的动静全未察觉。

阿江和太郎次爬上二楼，从屋顶离去。

“你先下，我看着。”

“对不住了。”

“哪里话……”

五濑之太郎次下到路上，跑到路对面，冲阿江挥手。

轮到阿江下去了。太郎次留意着周围。

深更半夜，又下着倾盆大雨，四下里哪怕一只小狗都没有。

“走，回下久我吧……”

二人钻进雨幕，消失得无影无踪。

将近天明，阿才回到了足袋师家。

“如何？找到没？”

听了父亲的问话，阿才摇头不答。

“哎呀，都湿成这样了啊……快去把衣服换了。”

阿才只是虚脱般坐着不动。半兵卫真没想到平谷伊平竟是死了。然而，许是对爱慕男子的直觉生效，阿才突然泪如雨下。

“唉，阿才，你呀……没事，伊平忍术高明，不会输给别人。”

阿才不答，只是呜咽不止。翌日早晨，雨停了。阿才一夜没合眼，一见天晴，立刻走出家门。

下口半兵卫制止道：“你心烦意乱，不可就这样随便出去！”

然而，阿才哪里肯听？

半兵卫依然相信平谷伊平的实力，而且比昨夜时镇定了些。

忍者的世界里，这点事委实不算稀奇。就拿阿江来说吧，她一句话都没给下久我忍宿留下，便径直去了尾张的名古屋。

（但是，隔壁的印章师确实不容低估……）

半兵卫来到跟隔壁厨房相邻的屋子，把耳朵贴到了墙壁上。

厨房是最容易有动静的地方。

奇怪。印章师好像连店门都没开，半兵卫觉得有些不对头了。以前从未有过这等事，印章师总是早早起床，半兵卫总是听见他一起床便打开店门。

结合昨夜的事情一想，他不禁怀疑这和伊平没回来一事有关。

半兵卫打开自家店门走出。周围的人家都开门了。

半兵卫回到家中，连早饭都没心情做了。

"阿才打算去哪里呢……"半兵卫渐渐坐立不安，"这到底是……难道我疏忽了？"

太阳高高挂着，阿才兀自未归。

半兵卫没去店里，就端坐着凝神聆听隔壁动静。

（好像没人了似的……）

半兵卫特意出去一看，只见印章师的店依然没有开张。

下口半兵卫按捺不住了，从橱柜中拿出一把短刀揣进怀里，走出后门。

"喂，喂……"

他边喊边敲印章师家的门，然而全无回音。他用手试了试门，察觉门从内侧被反锁了。当然，要打开是很简单的。下口半兵卫毕竟是甲贺忍者。他拔出短刀，用刀尖打开了门。

如果印章师忽然出现，质问他此举何意，他打算辩解称对方一直不开门，觉得奇怪便来喊他，哪知无人应声，唯恐出事，只得撬门进来。

刚一从后门踏进对方家中，半兵卫就明白这里没人了，但他不敢大意，一边走进去一边喊道："喂，喂……出什么事了吗？"

空无一人。

半兵卫蹲下来环顾四周。印章师宗左卫门似乎直到刚才还睡在这里，工具之类一应俱全，店里的操作间也不见任何变化。

然而，没铺卧具。

他是何时出去的呢？

半兵卫暗暗纳罕。昨天傍晚从小野阿通府上回来时，他还看见印章师在店里。

他上二楼查看，同样空无一人。

从二楼内部是无法了解屋顶机关的。除非爬上屋顶，看到屋檐下的木塞，否则根本没用。

片刻后，半兵卫离开了印章师家，回到家中。

工具、碗筷、被褥和衣服都没动，没准何时就会回来了吧……

然而，印章师外出时为何要从里面锁上门呢？这事儿一般人可办不到。

（我疏忽了，这确实是我疏忽了！）

晌午之后，有客人来买布袜。下口半兵卫跟往常一样应付，内心里却是七上八下。

第拾壹话

黄昏照旧来临。一整天没了，平谷伊平仍然未归。

阿才回到足袋师家，面色苍白。

"阿才，你去哪儿了？查到线索没有？"

阿才摇了摇头。

至此，下口半兵卫只得说道："阿才，隔壁果然很古怪啊！"

"啊？"

"来，你听着……"

半兵卫讲了他去印章师家中查看一事。

听着听着，阿才的双眼便充血了。阿才只要亢奋了，不分喜怒都会如此。

"当真？"

"不知他何时消失，但一直没回来。我怀疑这跟昨晚的事有联系。"

阿才深深点头，道："肯定是伊平跟踪时暴露了，所以他才……才没回来。他不会回来了……"

"但那毕竟是伊平啊，总不会就……"

"不、不……"阿才被强烈的绝望折磨，疯了般扭动身体，吼道，"伊平就是被那个男人杀了！"

"喂，阿才！"

"他一定是被杀了！"

阿才去东山山脚一带徘徊了整整一天，却没寻得半点线索。她又去小野阿通府邸附近走了几回，走着走着忽想那男人莫非是要监视阿通？

如果她和父亲的甲贺忍者身份被对方识破，那……

阿才踏进跟阿通家隔着一条小路的破庙。她就是非常介意这个寺庙，无论如何不想离开这里。这是监视阿通家的上好地点，那男人昨夜莫不是来了附近？那样的话，伊平自然就会……

阿才来到院内搜索良久，无奈她的眼神尚欠缺火候。

她当然去了废弃后门的那棵栎树附近，可惜昨夜打斗的痕迹早就几近消失。昨日半夜的大雨，将伊平体内溅出的血迹冲刷得干干净净。

阿才根本想不到这院子里就埋着伊平的尸体，几度从掩埋伊平的地面上走过。

她急着将这日的行动告诉父亲半兵卫，以便再摸进隔壁家里看看。

"不，他家一点都没变，就像是很快就会从哪里回来的样子。"

"没关系，再去一趟好了。"

"这……这个……"

"来，快点吧！"

"且慢，等天黑了再去吧？那样似乎好些。"

是夜，半兵卫父女再度摸进印章师家。

阿才看到三套寝具，嗅嗅其中一套，说道："好像有个女人……"

"女人？"

"有女人的味道。"

"哎？"

半兵卫嗅了一嗅，登时点头。

只听阿才说道："看来真要把这件事报告甲贺了。我们人数不足，要打听伊平的下落固然不成，要追查这个印章师更是难上加难。"

"不错。我不方便出去，你去联系吧？"

"好。"

京都附近有三个甲贺山中家的忍宿。阿才要去安排人回甲贺报信，故而跑上了夜幕中的小路。她自早晨以来就几乎没吃东西。

是日下午，天色渐晚，两名骑兵来到了名古屋的万松寺。

万松寺是名古屋筑城总指挥主计头加藤清正的下榻地点。

这两名骑兵是镰田兵四郎从伏见府邸派来的使者。不，若说他们是使者，倒不如说是加藤清正派去将小野阿通的信送到伏见府邸的家臣。总之，这两人带着镰田兵四郎的报告，回到了万松寺。另一个家臣城户新助来到加藤清正面前禀报了此事。

清正说道："带他们来。"

加藤清正四十九岁。

庆长元年闰七月十二日，大地震袭击畿内，丰臣秀吉辛苦经营的伏见城彻底毁灭。这时，因得罪秀吉而闭门幽居的加藤清正率先前来。

清正当年三十五岁。来到城门口时，他碰上了正带着一队人马的真田幸村。

左卫门佐幸村当时三十岁。

加藤清正腋下夹着长枪，朗然报出姓名。

幸村一直记得他那洪亮的嗓门。

（这位身经百战的猛将竟是这般大嗓门……）

幸村瞠目结舌。这是他第一次见到这位丰臣秀吉一手栽培的名将。

朝鲜战争的硝烟似犹笼罩清正周身。他体格健硕，全副武装，目光凌厉，让人望而生畏。

"我简直像是看见了活生生的不动明王。"

后来，幸村曾对父亲安房守昌幸如此说道。

而后十余年间，幸村再不曾见到清正。

关原之战时，真田昌幸曾如此评价支持东军的加藤清正和福岛正则——

"这两人都被家康轻易迷惑了呀！"

清正的模样和十余年前迥然不同。他健硕的身躯固然保持着原来的风貌，样子却颇见消瘦，面容亦显清癯，须髯更是斑白。

他的措辞和嗓音都甚沉稳，嗓门不再大了，双目中的凌厉光芒亦告消失。

他对家臣和仆从总是满怀慈爱，对待封地内的百姓亦然。

"哪有人会变得如此之甚……"

老臣饭田觉兵卫直景甚至曾如是说道。这个觉兵卫从年轻时便追随清正，甚至曾道："我母亲很早便离开人世，幸蒙大人的生母对我视同己出，我总觉得她就是我的生身母亲，我曾缠着她要东西，随心所欲跟她撒娇。"饭田觉兵卫追忆说，清正的生母伊都称他是虎之助（清正）的朋友，是阿虎的宝藏。而且，对大人童年时身边的小孩子，夫人全都毫不吝啬地加以疼爱。

凭着二人的关系，觉兵卫惊讶清正容貌变化一事，想来可信。

"近来看到大人，简直让我觉得和大人母亲一样。我甚至觉得是大人的母亲借大人之体复活了呢。"觉兵卫感慨万分，如此对镰田兵四郎说道。

说到加藤清正的生母伊都，就绕不开下面这个故事。

清正尚未出生时，伊都家附近的一个老婆婆家突然失火。当时，伊都完全不顾妊娠中的身体，跑了出去，跃进烈火之中。那家里住着一个瞎眼老妪。老妪恰好在洗澡，被跳进来的伊都救出，没被烧死。

类似的事情不止一件，足以证明清正的母亲是怎样一个女子。

饭田觉兵卫称，这些年的清正简直跟他母亲如出一辙。

闲话就此打住，却说万松寺的一间屋内，主计头加藤清正读完镰田兵四郎的信，满意颔首，而后便开始享受他垂青的厨师梅春做的菜肴，兴致勃勃一饮数杯。

翌日早晨，小野阿通集合仆从，离开京都的府邸，去了大坂城。

第拾贰话

名古屋筑城如火如荼之际，德川家康主动向清正提亲，希望他把女儿尼姬嫁给德川赖宣。

开春时，名古屋的筑城工事总算开始动工了。加藤清正担任总指挥，召集参与工事的诸大名进行林林总总的准备工作。

清正是筑城工事的行家，所以五重天守阁便由他亲自负责。天守阁虎踞本丸西北，只要看看后来重建的名古屋城天守阁，便不难想见其当日雄风。

把土地深深挖开，铺上松树圆木充当地基，再垒上二十几米的石垣，就是天守台了。只这一件，便是相当惊人的工程。

清正自六月初便下好石垣的地基，所以八月下旬就完成了石垣。

"这可真是……"

平岩亲吉从清洲城前来视察工程现场，见到这惊人的工程进展速度之后，一时瞠目结舌。亲吉自幼年便侍奉德川家康，现任尾张犬山城主，有封地十二万三千石。他奉家康之命督察诸大名的工事，故而来到清洲。名古屋城竣工，家康将派第九子义直担任城主，辅佐一职则由平岩亲吉担任。

看到这神速的天守阁石垣工事，亲吉忍不住向家康禀报道："我一开始都以为是眼花了呢！"

不消说，工程建得十分漂亮。天守阁卓尔不群，洋溢活力。砌石垣的巨石经水路抵达热田港之后，加藤清正亲自指挥搬运。他将巨石用红色毛毡包好，再用缠着绿布的粗绳捆上，然后就坐到了捆好的巨石上面。其时，清正头戴一顶大黑漆帽子，身着华服，手拿片镰枪，命一众穿着漂亮衣服的家臣从旁服侍。

"快，唱起来！唱起来！"

清正亮开嗓门，唱上了滚木材的歌谣。场面着实不小。就这一点来讲，清正确实继承了故太阁秀吉的遗风。

"嘿，唱起来！嘿，拖起来啦！"

载着清正的巨石在前面开路，数千人搬运着数目庞大的巨石。这热闹非凡的场面令诸大名瞠目。

"肥后的大人运石头了！"

热田至名古屋沿途，卖酒和卖年糕的商人们纷纷敞开店门。

清正命道："随便买吧。"

他们买来无数的酒和年糕，不仅分给劳役，更分赠那些看热闹者。

"肥后大人果然名不虚传！"

"咱们都去帮忙吧？"

"好，好。"

"嗨哟！嗨哟！"

看热闹的汉子们争相帮忙搬运石头。

"不管你是否知道哟……"

结果，那些大赚了清正一笔的商人们都唱上小曲，前来帮忙搬运。

加藤清正的散财非同小可，效率自然大大提高。

"太惊人了！"平岩亲吉来到万松寺，赞叹道。

闻言，清正笑着答道："哪里！都是故去的殿下教给我的。"

"故去的殿下"当然是指丰臣秀吉。

当时流行这样一首歌谣：

清正召来歌伎，在万松寺前搭建舞台，笛声和大鼓声交杂，热闹非凡。篝火绵延不绝，美酒应有尽有。劳役与看热闹者融为一体，声势浩大。

翌日照常开工，劳役们干得热火朝天，挥汗如雨。加藤清正穿上麻布窄袖和服与短裙裤，亲临工地现场指挥，和劳役们一道工作得大汗淋漓。

熊本筑城时，清正自曾同样推进工程。其财力当真令人生畏。

加藤清正出身尾张国爱知郡中村，就是目前的名古屋市中村，所以名古屋人都以主计头清正是同乡猛将而自豪。借名古屋筑城之机，清正回到阔别三十来年的故地，自是受到热烈欢迎。

名古屋筑城如火如荼之际，德川家康主动向清正提亲，希望他把女儿尼姬嫁给德川赖宣。赖宣是家康的第十个儿子，当时只是一名九岁少年，却拥有骏河、远江和三河合计五十万石的封地。

家康派使者三浦为春（赖宣家臣）来到万松寺，清正一口答道："求之不得，那真是三生有幸。"

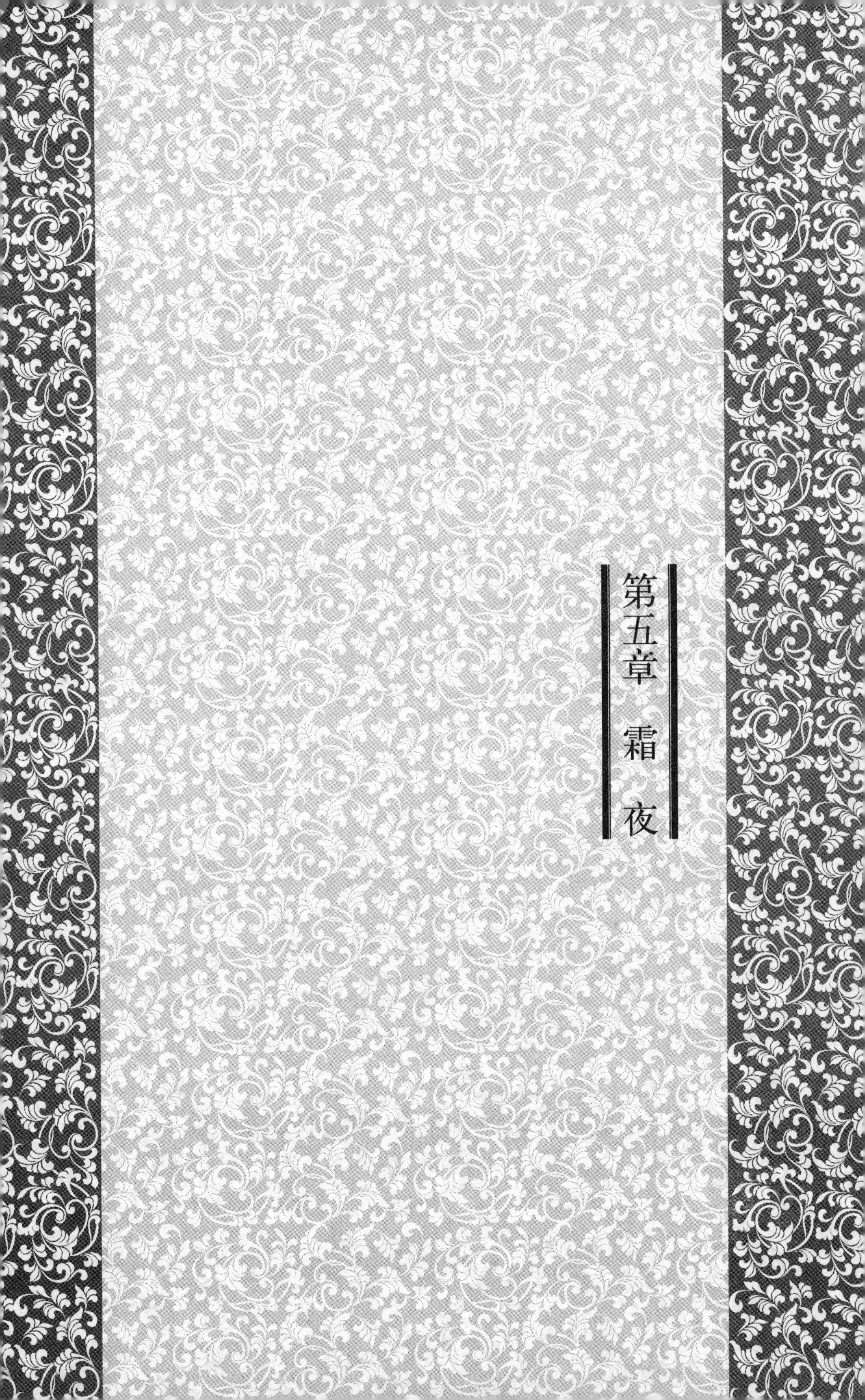

第五章　霜夜

第壹话

到了秋天，由加藤清正负责的天守阁石垣落成，清正便回了熊本。

不仅天守阁，整个城郭的基盘都完成了。剩下的就是诸大名根据事先的计划施工，清正总指挥的工作至此告一段落。

清正临走时，留下了部分聪明家臣和从肥后带来的工匠。从现下到明年春天，他有件非办不可的大事。

名古屋地区以前有个那古野城，附近皆山峦河谷，地势高低不平。德川家康最初曾打算把九子义直派去名古屋西北二里半处的清洲城，该城拥有自织田信长以来的城郭和城邑，却又嫌清洲是尾张地区之战略要冲，格局有限，不足以容纳六十一万九千余石的亲藩城郭，这才决定另筑新城。

加藤清正不光负责天守阁石垣的建筑，而且负责指挥开山填谷、土木治水等一系列事。工程进展神速，全赖他技术精湛。

天守阁石垣工事快要结束时，德川赖宣的家臣三浦为春再次来到万松寺。

他以"慰问筑城工事"的名义，带来大批礼物，顺便协商清正女儿尼姬和德川赖宣的婚事。

德川家康叮嘱要抓紧操办这场婚事，所以三浦为春便对清正说道："等肥后大人回到封地，我将再次造访熊本。"

清正答道："那就等我明年上洛归国时和您同行吧。"

来年暮春，大御所德川家康将会上洛，出席天皇让位和新帝即位的典礼。

加藤清正亦打算那时上洛一行。

"那就恭敬不如从命了，我一直都盼着一睹熊本城的风采呢。"

"好啊，希望三浦大人将熊本城的每个角落都仔细看看！"

"不胜感谢。"

"你的所见所闻，对大御所来说将是很好的礼物吧？"

清正凝视着三浦为春，说道。

三浦不禁垂下了头。他当然清楚熊本的新城让德川家康何等紧张。

仅从此番名古屋筑城时加藤清正的惊人之举，便可知晓此人确系丰臣秀吉死后首屈一指的土木建筑名家。

谁不知道熊本的新城是清正呕心沥血所建？

九州间谍的消息称——城之规模，大得无与伦比；城郭纵深，难以估量；石垣高低环绕，防备周密，单是看看就觉得后脊生寒。

这些报告均上呈给了家康。显然，该城绝不仅仅是要昭示城主的威风。熊本城的城防一看就有实战之用。间谍们畏惧此城，只消看到城墙便不寒而栗。

加藤清正一口咬定是要替德川幕府保卫九州才筑城的。

关原之战以来，谁都挑不出加藤清正对德川家的刺。

德川家康没有任何机会推翻加藤清正所言——这是捍卫德川家天下和世间太平之城。

熊本筑城期间，大量的谍报人员和甲贺、伊贺忍者进行了哨探。他们混进劳役之中，边干活边打探工程情况，怎奈这一招根本无效。

从事筑城的工匠和劳役全部是肥后国当地的人。

当时的九州就如同现下的异国。语言不同，风俗更是迥异。

而且，他们对陌生人甚是戒备，就算是忍者都无法混进城内。非但如此，似乎有好几名间谍被逮捕了，就此一去不返。

筑城的那几年间，加藤清正谨防外界的一切视线，巧妙分配工事，不使城内的秘密机构暴露。所有这些，皆因设计者清正的脑袋瓜实在好使。

这些事不算稀奇。作为筑城工事，此举理所当然。此番的名古屋筑城亦然，天守阁石垣工事在密不透风的挡板和监视下进行。

负责警戒的家臣们更是全副武装，手执长枪巡逻，不分昼夜。

这样一说，熊本城的工事就不难理解了吧？

然而，清正竟让三浦为春将熊本城的每个角落都仔细看看……

当三浦将此事禀报德川家康时，家康露出难以形容的复杂表情，嘟囔道："这倒真像是主计头说的话啊。"

名古屋筑城期间，家康曾去了一次，摆酒席犒劳清正辛苦筑城，隆重款待了他。

关原之战前夜，家康异常注意福岛正则的态度。他不敢得罪福岛正则，结果给正则的优越感火上浇油。现下，这种做法由正则转向了清正。

他急着促成十子赖宣和清正之女的婚姻，正是这念头的流露。

加藤清正滞留名古屋期间，阿江曾三次到名古屋察看工事，甚至曾被雇用运土。加藤清正大受名古屋人士的欢迎，这着实令阿江瞠目。

清正以前去江户时，也曾分赠家乡中村的百姓很多年糕，还给每个老人一枚银钱，片刻不曾忘怀故土。在名古屋地区，他的威望甚至超出了德川家康。

清正会有这样的人望，跟同样出身于尾张中村的丰臣秀吉密不可分。而这正是德川家康特别重视尾张地区的缘故。

尾张不仅是德川家大本营江户和京都天皇间的要冲，而且一旦德川军队需要紧急控制京都和大坂，就要用这尾张来充当大型的军事补给基地。

因此，家康希望让亲骨肉义直治理尾张。

阿江潜进九度山，讲述了加藤清正的工事情况。真田昌幸和幸村的眼睛都是熠熠生辉，听得出了神。

这年夏天，真田昌幸不再安然无恙……

第贰话

家康似乎觉得，只要如此套上三四重纽带，加藤清正便不会罔顾道义。

九月中旬的一天，加藤清正离开了名古屋的万松寺，去往伏见。

清正带来的那支半武装队伍秩序井然，途经中村时跟往常一样向百姓们分赠了年糕和银钱。滞留名古屋的半年间，加藤清正大把大把挥金洒银，半点都不含糊。

清正素来简朴，身上的衣服全都洗得褪了色，袜子之类更是打满补丁。这是他的家风。有人说，清正的老臣饭田觉兵卫虽有三千余石俸禄，家常衣服从冬到夏却只穿一套。然而，一旦到了公事上，加藤清正竟是从不吝啬。

话说回来，他的钱财肯定不是单靠日常生活的节俭攒来。关原之战结束后，德川家康命他修缮江户城，包括大型的道路工事在内，家康屡屡给清正摊派课役，清正皆淡然受之。同时，他又新建了江户的加藤府邸，翻新伏见府邸，又穷七年时间筑熊本城，财政状况却似乎一如既往。最近，他不断往来九州熊本和大坂、伏见、江户之间，单是这项费用便非同小可。

　　以清正研究家闻名的片山丈士（清正末裔）先生认为，清正出征朝鲜时，曾从该地弄到金砂运回熊本，又以硫黄、硝石搞地下贸易，秘密进口黄金、白银、绸缎、砂糖等物。据说他甚至弄了艘大船"天地丸"来开展贸易。而且，清正将封地内的物产卖到上方，牟取暴利。片山氏总结道："我认为清正具备了町人们难以望其项背的智慧。"

　　关原之战前后，加藤清正被贴上"武断派战将"的标签，容易被人误认为是个只知奋勇出阵的人。但若查阅一下加藤清正的生平，便会明白他当时是何等的卓尔不群。

　　加藤清正是出类拔萃的政治家，甚至比先主丰臣秀吉都胜出一筹。他又是超一流的理财大师，兼任日本有数的土木建筑高手。而且，他的武将身份同样让人无可挑剔。

　　如此一位不同凡响的人物，关原之战以前却总是自称等同文盲。关原之战后，清正和著名文人细川忠兴（丰前小仓城主）往来甚密，昼夜繁忙中犹不忘埋头学问。清正自秀吉死后便被丰臣家和德川家夹着，辗转痛苦之中，使他的资质益发得到锤炼。

　　十年前的关原之战前夜，清正一度向家康痛陈三成的言行，怒吼道："我非要杀了石田三成！让他活下来，便不是为丰臣家着想！"而近年的加藤清正英明杰出，跟彼时竟是判若两人。

　　德川家康每每见此，心境甚是复杂。清正未对丰臣家变节之事，固然让他不安，但清正从未放弃对德川家的忠诚则又让他大感放心。

　　家康动不动便强调道："主计头大人是我姻亲……"

　　这说的是清正夫人系家康养女之事。德川家康收了亲戚水野忠重的女儿当养女嫁给清正。这自然是政治婚姻。当时，加藤清正都跟糟糠正室（后来的正应院）生下了忠广和尼姬。家康明知此事，却硬将养女塞给清正，希望借联姻来加深和清正之间的关系。因此，加藤清正有两位正室夫人。家康似乎觉得，只要如此套上三四重纽带，加藤清正便不会罔顾道义。事实的确如此。加藤清正确实无意脱离家康。非但如此，他更祈愿德川家和丰臣家之间永远风平浪静。

"我们再加把劲儿吧。"回到伏见府邸的当夜，加藤清正唤来家臣镰田兵四郎，说道，"无论如何，要让我们最后的努力有所斩获。"

"是。"

"小野阿通受我所托，春天时会到大坂城跟秀赖公进行会谈，这太鼓舞人心了。"

"是。到时候，大人的心事便可通过阿通夫人转达给秀赖公了。"

"嗯，嗯！"

当时，秀赖的生母淀殿久患风寒不愈，闭门休养，阿通由此得以和秀赖单独交谈。这位淀殿深居大坂城内，拥立秀赖，不让他离开眼前。就算是加藤清正要见秀赖，她都会觉得不快。

清正一直和秀吉的正室夫人北政所关系不错。秀吉生前，他根本不搭理淀殿。但他现下不一样了，每次上洛都会从熊本准备精美礼物送给淀殿，觐见的态度更是殷勤备至。纵然如此，淀殿仍刻意疏远秀吉培养的亲信大名，比如加藤清正和福岛正则。

"兵四郎，明后天我要去拜访高台院夫人，你准备一下吧。"

"是。"

"然后，我就要回熊本了。"

"是……"

"高台院夫人"就是北政所。秀吉死后，她削发出家，住进京都的高台寺。该寺是德川家康特意给她建的，此事又惹得淀殿不快。

加藤清正来到伏见府邸的当夜，去熊本侦察的奥村弥五兵卫回到了下久我的忍宿。

第叁话

那天夜里，下久我的忍宿里只有阿江和权左两人。逃出京都印章师家的五濑之太郎次和中原丈助、小助去了夜泣峠的小屋。

阿江和太郎次自衾夜离开后就再没踏进京都和伏见。关东方面的忍者似乎探到了他们用来监视小野阿通家的那座破庙，阿江因而决定先隐匿一段时间。

夏天时，她将近况写成密函，派向井佐助送往九度山，同时叮嘱道：“这段日子先别离开九度山啊。”她又通知夜泣峠和各地小屋的草者不要随便走出小屋。

弥五兵卫回来前，阿江打算先停止活动。

忍者会去山林间锻炼身体，却绝不会踏进镇上和村庄。

阿江似乎又胖了。

“这样子的话，到了紧急时刻，怕会使不上劲喽。”

洗澡时，权左边帮阿江搓背边指摘道。

权左现年八十有六，阿江却裸着身子让他帮忙洗澡，若无其事。

"他早就不拿我当男人了嘛。"权左有时觉得此举未免难堪，便苦笑着对佐助说道，"嘿嘿嘿……反正我一样没把阿江当女人。"

阿江如今吃了睡，睡了吃，无所事事度日。

"这段日子倒是消除了我这几年的疲惫。我胖成这样，正说明我体内尚有力量。要是你想让我瘦下来，我只要三天就瘦个皮包骨给你看。"

阿江的后背两侧堆满雪白的肉，她边让权左搓背边若无其事说道。

她从春天一直休养到秋天，这是她第一次休息如此之久。纵是关原一役身负重伤之际，她都未曾如此休养。

年逾五十的女忍者若像病人那样休养，肯定会延长忍者寿命。

然而，当秋天来临时，阿江似乎厌烦了这种日子。一看到杳无音信的奥村弥五兵卫出现，她几乎是跳起迎接。

"哎呀，你可算回来了啊！"

担忧弥五兵卫人身安全的不止阿江一人。这个人只丢下一句"我不会给你们消息"便去了九州，大家当然无法放心。

奥村弥五兵卫回来时和离开时一样打扮成了托钵僧。他的脸被太阳晒得黝黑，面颊塌陷无肉，瘦得形销骨立。

弥五兵卫说他这次顺便从熊本去了岛津家控制的萨摩地区，又看了鹿儿岛的城邑，听说这比潜进熊本更麻烦。

毕竟，语言完全不同。

奥村弥五兵卫再如何神通，总归是不懂萨摩方言。只要他一开口，立刻便会被人知道是外乡人。在萨摩，外乡人受到严格监视。弥五兵卫对此虽未详说，却肯定曾置身危难之中，他只是告诉阿江："我逃一样从萨摩跑了出来。"

“先别管这些。快去烧洗澡水吧……”阿江吩咐权左。

水烧好了，阿江让弥五兵卫去洗热水澡。弥五兵卫再三推辞，但阿江坚持帮他搓背。

“哎呀，你可真……”见弥五兵卫身上积满污垢，阿江登时皱眉，“权左，看来是要拿竹片刮污垢才行了，对了，再多烧点洗澡水啊！”

奥村弥五兵卫总算洗完了澡，表情变得像孩童一样天真无邪。

“这感觉就好像复活了一样……”

接下来摆酒吃饭。酒足饭饱后，弥五兵卫只说了句“见谅”便一头仰倒，如死了般沉沉睡去。

阿江凝视着弥五兵卫那双颊凹陷的睡脸。

“真是辛苦他了……”说完，她回头看向权左，“这是我头一回见他这样。”

“是啊……”

弥五兵卫就这样一直睡到翌日午后。醒来之后，他看上去依然有些难受。

是日薄暮时分，他开始向阿江讲述熊本见闻。

“趁着没忘……”

弥五兵卫笑着开了口，让权左预备纸笔，边将熊本城的外观画到纸上边对阿江讲述。去九州探得诸事，他一概没有记录下来，而是将所有事深印脑中，匆匆回来。若是写下来带在身上，万一被人抓到就百口莫辩了。

“熊本城真不是建来震慑九州用的。”弥五兵卫断言道，“而是给关东军团准备好的据点！”

第肆话

笔者曾几次目睹九州熊本城那壮观的城貌。日本各个名城的城和城址我都见了，却不曾有哪个像熊本城这般让人凛然。

熊本城当真不愧是清正筑城的巅峰成果。

将近二百八十年后的明治十年，西南战争如火如荼之际，熊本城离奇失火，包括天守阁的一大批建筑物均被焚毁。幸好后来重建的天守阁基本忠实原貌。追抚往昔，一些片段陆续清晰浮现。残存的护城河和城墙，跟清正筑城时一模一样。城南有个"饭田丸"曲轮，和该曲轮遗址重叠的城墙很容易让人想到暴风雨中汹涌而来的波涛。不单是城郭规模宏大，该城的城墙潜藏着顽强和庄重，不会让来敌靠近一兵一卒。而且，这种顽强和庄重根本就是锋芒毕露！

明治十年，政府利用该城设立了一个"镇台"——陆军军团。时值西乡隆盛高举反旗，率三万萨摩士族杀到，威胁熊本镇台的司令官谷干城开城投降，后者断然拒绝。萨摩军开始攻城，而谷干城只用些许士兵，便抗住了地方猛攻，一直防守到援军抵达。

萨摩将士素以剽悍刚勇自诩，却到底攻不下熊本城。

西乡隆盛偶一回头，见猛将桐野利秋甚是沮丧，突然笑道："不是我们不行，是对手太强大了。"

"啊？"

"我们的对手，不是政府军呀。"

"这话怎说？"

"我们根本是和加藤清正打仗！"

"清、清正？"

"不错，这是清正用熊本城跟萨摩军交手呢。"

天正十六年，加藤清正出任肥后熊本城的城主，年仅二十七岁。丰臣秀吉平定九州之后，盛赞清正屡立战功，便赏给他肥后国二十五万石的封地。

当时的熊本城位于现址以西约五百米处，名唤"隈本之城"。直至今日，当地人尚可从"古城"附近的护城河中看到昔日遗迹。

先前出征朝鲜时，清正似乎便有了筑新城的打算，哪知丰臣秀吉猝然故去，关原之战立刻开打……后来，德川家康给清正加封了将近三十万石，除了旧有的肥后国，又赐他丰后国部分地区，总计五十四万石。那样一来，加藤清正的筑城思路自然会大有变化。

熊本平原的北端自北向南绵延丘陵，南端则是茶臼山。清正选中的筑城地点，正是这茶臼山。这样一来，熊本城天然便有三条河流环绕。清正又利用深谷旁的险峻山崖设立重重城墙，跟南边的平原遥相呼应。

这城防委实了得。城墙、护城河、城门将城内本丸和天守阁重重包围，密不透风，从中自可看出加藤清正的意志。

　　我曾询问熊本居住的友人，清正在世时，这城的外围如何。答称足有二里呢。当时的城郭尚包括现下熊本市街区的一部分。

　　以这等实战性雄姿横空出世的熊本城，就算被大军包围都足以支撑三年。而且，纵然久攻不下，要包围该城坐等城兵饿倒，都需要三年时间。

　　如此一来，攻方自会叫苦连天。

　　城里似乎总是备有足供城兵三年的军粮和仓库，而且挖了一百二十余眼深达五十米的水井。筑城之余，他又不断搞各种土木工事，保证城内的水井不会断水。

　　加藤清正苦苦盼望的"梦之城"变成了现实。只见他身着南蛮舶来的衬衫，挥汗如雨进行指挥，双目炯炯，直如将年龄抛到脑后。

　　茶臼山东面最高点设有城之本丸，向西至城门依次是二丸、三丸和曲轮。而本丸西侧的北端一带则是天守阁。天守阁分大小两部分，彼此相接，甚是壮观。

　　仔细观察复原的天守阁之后，笔者惊讶殊甚。天守阁是城的象征，一旦有了战争，便是总司令部。若敌军涌进城内，攻到天守阁附近，那就如同城池陷落。

　　然而，我犹自记得当看到熊本城的联结天守时，不禁暗想这天守绝非只是用来耀武扬威——就算敌军真的攻到这里，守方都可以游刃有余地抵抗。

　　天守阁本身就是个微型的城。就这一点来讲，熊本城堪称日本城郭中空前绝后的独创名城。

　　熊本城西方二里是金峰山。远古之时，这里屡屡有火山喷发，流出的岩浆形成数个山脉，其一便是石神山。

奥村弥五兵卫登上石神山眺望熊本城，愈发相信这城就是筑来打仗用的。

无垠天空的对面，雄伟的阿苏山隐约喷吐着烟雾。山麓无限延展，就犹如是眼前熊本城的一部分。熊本城的城郭被葱茏的树林遮蔽，石垣、城楼珠联璧合，哪怕从石神山的山顶俯瞰，都无法掌握城内构造。

"我到底是没办法啊！"弥五兵卫对阿江叹道。

"嗯……这城竟如此了不起啊……"

"真想让阿江亲眼见识见识。"

"我确实很想见识一下。"阿江双目中闪烁着兴奋之光，"你说，将此事报知九度山的老爷和左卫门佐大人之后，他们会有何感想？"

"这个嘛，阿江，他们一定会大受鼓舞的吧？"

"是啊！"

弥五兵卫的报告就此结束。

"其实，弥五兵卫离开期间……"

阿江开始讲述监视小野阿通家和足袋师父女的事。

"真不容有片刻大意啊！"弥五兵卫神情紧张，"这样说来，我们就别再关注一些琐事了吧？"

"是的。这件事，麻烦你顺便禀告九度山方面。"

"我明白。"

二人谈得如痴如醉，不知不觉到了晚上……此际，天空开始泛白。

"喂，弥五，睡一觉吧？"

那日午后，本多忠胜从桑名派来的使者到达了伊豆守真田信之的沼田城。

第伍话

她说要等信之的事情谈完再会见二使。这莫非是刻意回避？

本多忠胜的使者是安田新右卫门道利和杉野喜藤次定吉，这两人曾几次以使者身份造访沼田城。

十七八年前，安田新右卫门被真田信之的夫人小松殿呵责，几欲切腹。他现下五十许间，却和从前一样健康。

是年，伊豆守真田信之四十五岁，妻子小松殿三十八岁。

两名使者被带到信之居馆内的会客室里。

信之当时正在读书，听闻岳父家派来使者，神情登时有些紧张。

他早知岳父忠胜重病卧床，没有了康复希望，此际自不免惴惴不安。

信之命向井佐平次转告小松殿到使者房间来一趟，便走了出去。

向井佐平次当时四十七岁，头发稀疏，白发骤增，身体开始发福。信之曾调笑他道："你那圆鼓鼓的小肚子呀，要是给九度山的左卫门佐看到，不知又会怎样开玩笑呢……"

佐平次幽居城下，和妻子茂枝、女儿阿春一同生活。

茂枝四十五岁，关原之战那年出生的阿春则是十一岁。

辞别去了九度山的幸村、开始侍奉沼田的信之以后，向井佐平次变得沉默寡言，甚至被真田家的人冠以"哑巴佐平次"的诨名。无论别人如何说他，他都沉默不语，只是微笑点头，偶尔以最低限度回答。幸好他的脸胖得圆嘟嘟的，纵使沉默寡言亦不失亲切。

小松殿经常关照佐平次夫妇，特意给他弄了个小房子，但他的俸禄依然等若没有——就算是五十石的俸禄都没有。

侍奉真田幸村时亦然，佐平次对出人头地全无兴趣，所以信之早就放弃了给他俸禄之念。佐平次夫妇的生活就靠小松殿给的钱来支撑，这情况真是独家。

话说真田信之来到会客室看见两名使者的脸色之后，不觉松了口气。

安田和杉野二人固是风尘仆仆，从神情中却看不出有岳父垂危的意思。

"给伊豆守大人请安……"

二人的寒暄里同样没有荫翳。

"两位迢迢远来，辛苦了。"

"愧不敢当。"

"中务大辅大人的身体如何？"

中务大辅是本多忠胜的官职。

"大人好得很。"

"新右卫门，此话当真？"

"是的。"

安田新右卫门称忠胜病情好转，近来渐渐有了食欲。

“哎呀……”

信之的脸色不禁舒缓。这时，向井佐平次走了进来，转达小松殿的话。

她说要等信之的事情谈完再会见二使。这莫非是刻意回避？

“请看……”安田递上忠胜的信。

如此厚的信出自忠胜之手，那真是十分罕见。

“好，两位不如先洗个澡，休息一下。我们等下再慢慢喝酒。”

“不敢当。”

两名使者此夜会下榻沼田，然后赶回伊势桑名。如此看来，他们不算急使。

伊豆守信之将二人交给佐平次招待，便拿着岳父的信走了。

红日西斜。屋对面的后院里，伯劳鸟的鸣叫声此起彼伏。屋里有些昏暗，信之命仆从打开面对院子的拉门。时近黄昏，冷风丝丝流进屋内。

伊豆守信之靠近走廊坐下，开始读信。

文字有条不紊。读着读着，伊豆守的脸上阴云密布。

第陆话

目前的时局甚是难料。大御所家康对丰臣家的想法，忠胜一个字都没提。

　　本多忠胜给女婿真田信之的信，就犹如闲话家常。信里大致是说，他的身体现下颇见好转，每天都很快乐，却自知这是不治之症，没准年内的哪天便会突然死去，希望信幸告诉小松殿，一旦他真的死了，千万不要喧嚷失态。

　　"你们不要特意来桑名奔丧。人的生死皆非特别之事，伊豆守大人对这一点当甚清楚。我所遗憾的是，有生之年，九度山的真田父子竟然未蒙赦免，重回故地。我想方设法，对大御所（家康）做了各种工作，奈何皆无果而终。其实大御所本人对九度山的真田父子倒不太憎恶了，觉得就算赦免亦是无妨，然而将军家（秀忠）一直没有消解关原之战时的愤怒……"

　　忠胜不胜叹息。

　　德川秀忠非要让第二军进攻上田，结果中了真田昌幸和幸村的计，没有如期现身关原之战，被父亲家康劈头痛斥。接任将军的秀忠一直对此念念不忘。

真田父子只带了不到二十名随从去九度山，但秀忠确信，一旦饶了他们，放虎归山，不知又会搞出何等阴谋。

当年进攻上田之恨，委实深至骨髓。

有关赦免九度山的真田父子一事，忠胜就像留遗言一样劝信之放弃。而且，一旦他真的死了，希望信之千万不要去大御所和将军面前求情赦免二人。

秀忠是亲生儿子，又接替了将军之位，大御所家康自然会顾虑他的面子。只要秀忠不开口饶恕他们，家康肯定不会支持赦免真田父子。

关原之战结束后，秀忠硬要家康杀掉真田昌幸和幸村父子，家康却哄着他，饶了真田父子的命。此举跟忠胜不无关系。当时，忠胜半点不肯退让，坚称若杀了真田父子，他便会对女婿伊豆守大人失义。

小松殿虽系女流，却是某种意义上的使者。她嫁进真田家，一直努力维系德川、真田两家的和睦。而且，关原之战的关键时刻，真田信之毅然和父亲、弟弟分袂，誓死支持东军。

本多忠胜援引这些事实，向德川家康强调信之是深明大义的人。

他甚至说信之的妻子是他的女儿兼家康养女，所以信之便算是家康的半个儿子——秀忠公没现身关原之战，家康是否惩罚了秀忠公呢？

当时，家康接受了忠胜等重臣的恳求，没再追究秀忠。

"这事儿说到底也无以警示天下。"

忠胜咄咄逼人，说得家康面红耳赤。

家康唯有说道："不管你说什么，我都要定真田父子的死罪！"

闻言，忠胜拿定主意，徐徐说道：“殿下是说，就算跟我忠胜交手都无所谓，反正是要定了真田父子的脑袋？那好，我这就去和伊豆守大人坚守沼田城，跟殿下一战便是。”

大坂城内二丸府邸内的一个房间里，伊豆守信之亲眼见证了当时的情势。

德川家康只好向忠胜低头，答允了他。

后来，信之曾告诉铃木右近，岳父当时那惊心动魄的坚定让他毕生难忘。

正因当时饶了真田父子之命，家康才会对秀忠暗暗抱愧。而且，家康毕竟是接受了忠胜的恳求，所以忠胜无法再继续提出别的要求。

真田信之自然明白此事。

将军秀忠对真田家的愤懑尚未消除。关原一役之后，甚至对老臣忠胜都没了笑脸。然而，他对忠胜的嫡子忠政却是信赖如故。忠政曾随秀忠攻打上田，和秀忠一样吃足苦头。他那诚实的性格，跟直率的秀忠有些相似。

因此，忠胜无须烦忧其家族的未来，只是叮嘱真田信之控制好自身情绪，不要再帮九度山的父亲和弟弟求情。

那样做的话，只会徒然招来现任将军德川秀忠的憎恶。

忠胜明明死期将至，却兀自挂虑此事。

“这是你的切身大事，相信你肯定有数……”

忠胜将几近遗嘱的信函交给使者，让他们送到沼田。

目前的时局甚是难料。大御所家康对丰臣家的想法，忠胜一个字都没提。

“真田家的存续，就靠你忠诚效力德川家了。”

这封长信就此结束。

向井佐平次走进隔壁房间，说小松殿想来看看信之的情况。

"知道了……来吧。"

"是。"

佐平次离开了。小松殿不带婢女，孤身走进。

"给，这个……"信之递去忠胜的信，"读一下吧。"

"我可以读？"

"可以。"

"那……"

小松殿开始读父亲的来信时，佐平次又进来点燃两盏烛台上的大蜡烛，关上了对着后院的拉门。佐平次看似万事不萦怀，这些地方却颇注意。

直到佐平次离开，小松殿都反复读着信。读了两遍后，她将信收进信匣，放到信之面前，施了一礼。

真田信之只是点了点头，一句话都没说。小松殿同样默然。

二人默默对望良久，小松殿忽然说道："请您更衣……"

"好。"

信之起身走出，小松殿跟着离去。长久的沉默中，二人似乎完成了无语的交谈。小松殿知道那封信其实就是父亲的遗嘱，却没掉一滴眼泪。

太阳落山了，酒宴备齐。小松殿夫妇和重臣们一同出现，始终对二位使者保持笑脸。安田新右卫门和杉野喜藤次都深信忠胜的病情渐好。

酒宴之后，真田信之去了地炉间，闭门不出。

　　他屡次停笔沉思，再写下去。如此写写停停，完事之时，地炉间里都迎来了淡淡的晨曦。几是同时，小松殿写完了给父亲的信。

　　当天早晨，两名使者带着信之夫妇的回信离开沼田城，踏上返回桑名的路。

　　使者们带了四名随从，信之和小松殿命他们背着慰问忠胜的各色物品。信之更分赠安田和杉野每人一柄短刀。

　　是日午后，地炉间内，信之喝着小松殿倒的茶，二人聊了片刻。

　　不知何故，两人皆只字不提忠胜的病。

　　"很快就到冬天了。"

　　"你好像完全适应了这里的冬天。"

　　两人的交谈寻常而又平静。

第柒话

高台院的老臣井坂孙左卫门中途出席，清正的家臣镰田兵四郎亦被喊来，四人似乎议定了一个缜密大计。

秀吉死后，丰臣秀吉的夫人北政所剃度出家，现住京都东山山麓高台寺内。加藤清正走海路回熊本之前拜访了她。

"哎呀，主计头大人来啦！"

高台院欣然迎了出来。

高台寺是德川家康斥重金建成，用以祭奠高台院亡夫秀吉的亡灵。该寺规模宏大，设有几个堂宇。京都百姓见状，纷纷议论道："那个吝啬的关东（家康）竟然肯破费呢！"

因高台院的热切期望，开山堂的部分天花板使用了丰臣秀吉昔日使用的游船天棚和高台院钟爱的车子遗材。

"要不要将伏见城内的药医门搬来当高台寺的正门？这样的话，高台院肯定会很高兴吧？"

德川家康非常关注该寺，将建筑物的搬挪工作交给了加藤清正。

这道门一直留存下来。门的左侧高地上便是高台寺，前方广场东侧则是俗称"灵山观音"的朱漆大殿，大殿背倚东山山脉。这个"灵山观音"是第二次世界大战后由热衷公益的人士捐建的，供奉死者亡灵。

高台院昔日住的宅子，便挨着这灵山观音附近。

身穿法衣的高台院穿过长廊来到客殿，剃度的头上包着白色的熟绢头巾。

她身材娇小丰满，皮肤白皙，精神很好，看上去真不像年逾六十的老妇。

高台院塌鼻子、小眼睛，年轻时都不算美人，丈夫却是天下人。然而，她端庄高雅又和蔼可亲。大坂城内的丰臣秀赖幼年时甚是依恋不是生母的高台院，他的生母淀殿似乎对此颇感不快。

"您身体健康就好。"

加藤清正伏地行礼，喜滋滋盯着高台院那健康的脸庞。

"有劳主计头大人年年奔波，想来一定很辛苦吧？"

高台院慰问清正，言语间十分恭敬。

关原之战后，加藤清正忙着关东方面摊派的课役和繁杂公务，几次从熊本上洛甚至奔赴江户，这次又因名古屋的课役而不得休息片刻。高台院故有此语。

二人交谈期间，高台院的老臣井坂孙左卫门备好酒菜，端上来招待清正。

高台院可以稍微喝一点酒。虽然出家了，但只要清正来访，她就会拿出酒来。

这二人间有种奇特的默契。

丰臣秀吉尚是织田信长的家臣时，每逢出征，当时芳名"宁宁"的高台院都会和女仆们下厨做饭团，然后招呼加藤清正和福岛正则等人："来，来！阿虎，阿市，多吃点啊，上了战场就吃不到热乎东西喽，所以要吃得饱饱地再去！"

那时的虎之助（清正）和市松（正则）身上尚留有孩子风貌。她就像对待亲儿子一样鼓励着他们。

因此……加藤清正渐渐自称"虎之助"，高台院则称他"阿虎"。

客殿对着里院，洒满秋日灿烂的阳光。

"我很快就要回熊本了。"

"对，对。"高台院边点头边凝视清正，"明年啊，你会再来的吧？"

"我肯定再来。"

"听你这样说，我就放心了。阿虎，你一定要来啊。"

他们说的是从熊本上洛一事。

"对了……春天时，小野阿通来了。"

"啊？"

"我呀，从她那里知道了阿虎的心事呢。"

"不胜惶恐。"

"阿虎。"

"是！"

"就靠你了！"

"好！虽然我不自量力……"

高台院自称会按照清正所言，极尽所能。

目前，她受到德川家康照顾，日子甚是安稳。

只消看看营造高台寺一事便可知晓，家康要把他善待故太阁和高台院之举昭告天下。高台院亦然。她想借接受家康照顾一事，防止关东和大坂间积怨日深。

高台院非常不喜欢大坂城的淀殿。然而，丰臣秀赖毕竟是亡夫秀吉唯一的遗子，高台院祈愿他健康成长，更祈愿丰臣家永远安泰，此意从未有变。

她深知人称"江户大人"的德川家康的力量和权势尚未全盘施展。

是日夜间，加藤清正辞别了高台院。

高台院的老臣井坂孙左卫门中途出席，清正的家臣镰田兵四郎亦被喊来，四人似乎议定了一个缜密大计。

第三天，加藤清正踏上归途。

期间，镰田兵四郎两度前往小野阿通那里，帮清正和阿通进行联络。清正和阿通没有见面。仅靠镰田的联络，二人便似乎有了默契。

第捌话

关原之战前，利长从不推辞和家康交手，现下却对关东方面如此审慎，这当然不是卑怯和不懂感恩之故。

庆长十五年十月十八日，中务大辅本多忠胜溘然辞世，享年六十三岁。

本多忠胜是右大臣九条师辅之后人藤原助秀的后裔。德川家康的另一老臣——辅助家康创业的本多正信——亦是同系别枝。

忠胜首次出征是十五岁（一说十三岁）时，那之后，他五十余次披挂出阵，身上却从未挂彩，这当真让人拍案称奇。他那出类拔萃的猛将风采甚至博得了丰臣秀吉的公开赞许。那些身经百战的武士们每每从战场上看到忠胜，便会忍不住将脸一侧，不敢直视……

忠胜之勇猛犹如鬼神。他身体健康时，最爱使一杆名曰"蜻蛉切"的长枪。那枪似乎有二丈（五米半）之长。

这到底是真是假？反正笔者是无法想象。若是真的，只能说忠胜膂力惊人。

而且，直到六旬之年，忠胜犹可单手挥舞一桨——那桨需要两名家臣才可奋力抬起！

　　总之，忠胜不愧是以"胜家康之物有二，唐盔和本多平八"美誉扬名的德川家一大名臣。

　　忠胜是骁勇善战的名臣，正信则是一位足智多谋的贤臣。

　　如此一位汉子破釜沉舟，宣称家康若不接受他的恳求，便要和女婿联手跟家康对立，如此帮真田昌幸和幸村父子求情，让家康无法不从。

　　本多忠胜有二子四女，长子美浓守忠政，次子出云守忠朝，长女便是真田信之妻小松殿。

　　忠胜死后，由忠政继承伊势桑名的十万石封地。当时，次子忠朝早就被授予了上总国大多喜地区的五万石，另立分家。

　　得知忠胜死去之时，德川家康正吃着饭。

　　"啊！"

　　家康只此一语，便掷筷走进里间。他遗憾无比。

　　忠胜比家康年轻六岁，一直侍奉家康，确确实实是跟家康同甘共苦。

　　天正十二年，家康和丰臣秀吉对抗时，忠胜曾率三百士兵担当先锋。对方是猛攻上来的秀吉大军，人数达三万八千之盛。大敌当前，忠胜却不慌不忙，放任爱骑饮水。

　　一名家臣落马，那马发疯般向敌军奔去，忠胜见状，单枪匹马将其追回。

　　丰臣军大怒，扬言要杀掉本多！秀吉却称赞平八郎忠胜以一当千，对他十分仰慕，没有同意进攻。闻言，家康若无其事道："毕竟是平八郎嘛，这不稀奇。"

　　忠胜骁勇善战，每次出阵都收放自如，家康自然屡见不鲜。

而且，忠胜和正信一样，任凭家康如何给他加俸禄，都不求出人头地。如果有东西轮到了他，他便会让给其他大名，以增强德川家的势力。家康的累世重臣之中，真不乏类似人物。

丰臣秀吉是平民出身，家臣团非常薄弱，根本无法和家康并论。

加藤清正对此十分清楚。高台院亦然。她认定，若无法谨慎协调和关东的关系，丰臣家便岌岌可危，

大坂城的淀殿同样如此。她虽然一意孤行，表面上对家康的势力不屑一顾，实则惶惑无比。

新年后，淀殿和丰臣秀赖向加贺的前田利长致信，大意是希望对方别忘了太阁深恩，一旦丰臣家有事相求，就要赴汤蹈火——"你曾受故太阁殿下深恩，希望你明白，到了紧急关头，你一定要接受丰臣家的请求，向丰臣家效力。"

前田利长是丰臣家五大老之一大纳言利家的长子，现任加贺金泽城主，有封地一百一十九万五千石。他看了来信，回道："我现下效忠幕府，余事一概不知。"就这样拒绝了大坂方面的要求。

正因他不忘故太阁殿下的深恩，关原之战前才会出手报答秀赖公。然而，利长自那之后便受到德川家的破格礼遇，执掌加贺、能登和越中三国。

而且，利长又加了一句："设若贵方有事相求，我有何道义出手相助？此事恕我全然不懂。"

恐怕他甚至想反问一句"您难道看不出大势所趋"吧？

最后，利长称若大坂方面指的是需要金银钱财，他一定欣然解囊。而后，他立刻派重臣本多安房守去了骏府，向德川家康禀报道："大坂方面来了这样一封信，我如此回信。"

关原之战前，利长从不推辞和家康交手，现下却对关东方面如此审慎，这当然不是卑怯和不懂感恩之故。

利长觉得战国时期落下帷幕，重燃战火只会影响丰臣家的存续。

就是说，他的想法其实跟清正和高台院一致，只是有点讨厌以秀赖生母身份君临大坂城的淀殿罢了。

总之，各地大名几乎都不再对大坂的丰臣家抱有希望了。

当然，丰臣家人脉尚具，加藤清正、浅野幸长等个别大名均对之特别关照。

本多忠胜临终时，叮嘱女婿真田信之一定要永远效忠德川家，忘掉九度山的父亲和弟弟，此举堪称理所当然。

纵是蛛丝马迹，都切不可让关东方面生疑。

本多忠胜去世的消息由江户的本多府邸通知真田府邸。二十二日傍晚，驻扎江户的真田家人快马将此事报知沼田。

闻听岳父去世，伊豆守信之颓然对妻子小松殿道：“休矣！”说罢便去地炉间里闭门不出。

是夜，风停了，沼田城被近乎寒冬的冷意包裹。

夜深之后，下霜了。

第六章　纪州九度山

第壹话

不管秀赖春天时是否上洛，昌幸都不会再有跟德川家战斗的机会。

庆长十六年（1611 年）开始了。纪州九度山的屋邸里，安房守真田昌幸迎来了六十五岁的新年。他从去年十一月便因病卧床。

以前，他虽然身体不好，却罕有卧床。去年夏末，幸村屡屡劝他注意身体，无奈昌幸听不进去。

"哪里话！我没事。"

昌幸让长门守池田纲重陪着去了高野山的莲华定院，住了两宿才回九度山，果然神采奕奕。

卧病之后，昌幸一度变得沉默寡言。

池田纲重劝道："等天暖和了，我再陪您去莲华定院吧。"

昌幸只是漠然点了点头。自去年听说忠胜病亡，昌幸便一蹶不振。他无疑指望忠胜帮忙求来被赦免的那天。

纪州和歌山城主浅野幸长奉幕府之命，监视九度山的真田父子，却跟老父长政一样对真田父子抱有好感，又觉得这两人没准哪天就被赦免，故而监视得不太细致。

他们挂念昌幸的病情，偷偷从和歌山派来医生，又拿来了药。明明知道幸村离开九度山去了上方，他们却硬是装看不见。

随着父亲卧病，幸村亦变得沉默寡言，不再和家臣们弈棋取乐。

这一年来，上方的草者们似乎断了消息。向井佐助仍留在九度山陪伴幸村，幸村却无意让他去打探情况。

府邸里有种沉痛的氛围。

九度山位于高野山北谷。丹生川北接纪川。纪川环绕高野山的东北部。真田府邸就坐落在一座俯瞰丹生川的山丘的半山腰。

这里当然不能跟上田城的居馆相比。大厨房的四周是家臣、家丁和婢女的房间，东则是幸村夫妇和孩子们住的地方。

樋口角兵卫的房间靠近玄关。他经年累月沉默不语，搞得昌幸总说他成了哑巴。若说此人奇怪，倒不如说是让人毛骨悚然。侍女们都避免走近他。

池田纲重、原出羽守、小山田治左卫门等地位较高的家臣，去真田屋邸的北面建了房屋居住，虽然隔着低矮的石墙和板壁，双方走动起来却很方便。

这里有一处可容纳三匹马的马厩，还有一间仓库和两个储物间。

然而，总归是不大自由。幸村给沼田的哥哥信之的信中，甚至有这样的内容："您自然明白我们疲惫不堪，不会再有所图谋。"

十余年蛰居的倦怠，确实渐渐夺去了真田昌幸的生机。这正是真田父子的头等大敌。

幸村夫妇身边只剩下一子二女。来到九度山之后，女儿於市和儿子大八都病死了；幸村和家臣堀田作兵卫之女阿陆的女儿於喜久则没被带来。

　　阿陆的父亲堀田作兵卫被真田信之收留，她便带着孩子随父亲去了沼田。后来，於喜久以作兵卫养女的身份嫁给了幕臣石合十藏。

　　有人称幸村共有四子九女。这样算来，他肯定染指了好些女人。但本故事对此不予采信。总之，到了庆长十六年，九度山的幸村夫妇的子女只确认有如下几个：

　　大助：十岁，九度山出生。

　　阿梅：十三岁，上田出生，后当了泷川三九郎夫妇的养女，嫁给伊达家的重臣片仓小十郎。

　　栗子：九岁，九度山出生，后来亦当了泷川三九郎的养女。

　　是年，真田幸村四十有五。

　　德川家康上洛的日子一天天近了。实际上，家康早从去年十一月就着手部署，通知大坂城的丰臣秀赖今年到京都相见。而丰臣家似乎尚未答复此事。

　　幸村从阿江和奥村弥五兵卫那里知悉了这件事，却对父亲守口如瓶。

　　去年的十一月，高台院去大坂见了秀赖。何出此举？自然是去劝秀赖上洛。

　　当昌幸和幸村从奥村弥五兵卫那里听到加藤清正的熊本城的情况时，一时均甚激动。

　　但是，加藤清正跟高台院保持密切联系之余，又努力促成秀赖上洛。估计清正很快就会从熊本去大坂，劝淀殿让秀赖上洛直面德川家康吧？

　　加藤清正不喜欢战乱。他筑了令人生畏的实战名城，只是欲借此谋求和平，保全丰臣家的安泰。

　　"你想想看……"真田昌幸渐渐悟到此事，对幸村苦笑道，"主计头觉得他会比家康活得久呢。"

　　这自是情理中事。只要没有变故，古稀之年的德川家康肯定比五十出头的清正先死。家康死了，德川幕府的强硬态度就会消失，而加藤、福岛等丰臣家培养的大名则不会再像昔日那样顾虑德川家。

　　因此，他们不想扳倒德川幕府。

　　只要支持丰臣家的大名们羽翼丰满，幕府就不敢对大坂的丰臣家胡来。而且，丰臣秀赖是德川家的亲戚，未来的地位只会不断提高，双方之间的危机感早晚会消除。

　　真田昌幸觉得这便是加藤清正的如意算盘。倘若真是这样，真田父子就会埋没于九度山，一辈子挥别自由，只剩下无穷倦怠。

　　根据草者的情报，暗地里蠢蠢欲动者只有落败关原的长宗我部盛亲等几个浪人，各地大名竟无一人肯公开和大坂共进退。光这些就烦得很了，哪知又听到忠胜死去，赦免的希望断绝……

　　安房守昌幸似乎彻底绝望了。

　　不管秀赖春天时是否上洛，昌幸都不会再有跟德川家战斗的机会。

　　昌幸自卧床以来便不再跟幸村诉说想法，就算幸村早晚去他枕边问候，他都罕见开口。

　　结果，父子俩都是沉默不语，任凭时间流逝。

　　莫非他们是相互揣摩着对方的想法？不。就算不开口交谈，他们都很清楚对方之意。

第贰话

真田父子深知这一点，所以才忍着死一般的倦怠，继续在九度山生活。

一月将要结束的一天早晨，幸村刚要去父亲病房，母亲山手殿便突然来到了幸村房内。

走廊上的山手殿没带侍女，招呼道："不打扰吧？"

幸村之妻情知有事，正欲离开，却见山手殿点了点头，温言说道："噢，你留下吧，没事。"

适才，阿梅和栗子跟每天早上一样，去病房探望祖父昌幸了。

山手殿将两名孙女交给昌幸，便来到幸村房内。

大助好像刚刚随向井佐助骑马去纪川岸边了。

山手殿倾诉般对幸村说道："唉，左卫门佐大人……"

她一直把信之和幸村当亲儿子一样，而信之确实是她生的，幸村则是丈夫跟另一个女人的孩子。昌幸当时将那女人藏到后来藏匿阿德的树林，就此生下幸村。

幸村的生母不久便告病故。昌幸没把钟爱的幸村当庶出孩子，而是让他当了正室山手殿的儿子。

幸村不是很清楚当时的情形，但他长大成人后从山手殿对待他的态度推断，自然就知晓了昌幸夫妇之间那暗藏的不睦。所以当昌幸要藏匿阿德之时，山手殿才会企图暗杀阿德。

来到九度山之后，昌幸曾染指一个侍女，但他现下无疑是没精力了。两年前，那侍女回了上田。

山手殿苦苦照料老迈的丈夫，彻底依靠昔日疏远的幸村。无论何事，她都说按照左卫门佐大人的意思来办。

山手殿此番前来，是要告诉幸村——昌幸的性命怕是保不住了。

幸村早就知道了。昌幸确实得了不治之症。

所有人都分明看到他身体瘦弱，面庞枯黄，食欲衰减，一天天消瘦下去。

山手殿无法忍受昌幸就这样死去。

如果将昌幸得了不治之症一事经浅野幸长告知关东，不知道幕府会不会准许他回到沼田？当真那样的话，就算她无法跟着回到沼田都没关系。

她似乎希望昌幸死在真田家现任当主伊豆守信之身边。

这想法自是妇人之见，实现无望。

幸村知道，照父亲最近的病情，就算被允许返回沼田，只怕半路就撑不住了。

"不管怎样，先去求求浅野大人吧？"

"这……"幸村踌躇片刻，道，"让我想想。"

"唉……就靠你了呀。"

"我明白。"

"谢谢、谢谢。"

山手殿泪眼婆娑，对着幸村双手合十。

"母亲！"幸村抓住她的双手，紧紧握住，道，"辛苦您了。"

"哪里话……"

三月时，浅野家曾派人把沼田的信和礼物带到九度山。最近，如果这边有事，家臣们甚至可以直接去和歌山城向浅野家求助。

对九度山真田父子的监视日渐松弛，赦免的征兆却全然不见。倘若真田父子要逃出九度山，那真是易如反掌。

这些待遇固然是出自浅野家的好意，但德川家康若像关原之战时那样畏惧真田父子，想来当不会默许浅野家放松监视——关东方面肯定会直接派人来监视才对。

事实上，关原之战后的近五年间，一直有忍者来九度山监视真田父子，搞得奥村弥五兵卫要去九度山时总是煞费苦心。现下竟可随心所欲，意味着对方完全不再把真田父子当回事了。

德川家康大概认定真田父子就算逃出了九度山，亦再难有何作为。他非常信赖沼田的真田信之对德川幕府的忠诚。而且，就算真田父子带着几个家臣跑出了九度山，都只能像长宗我部盛亲那样东躲西藏，避开关东耳目，继续过贫穷的浪人生活。

真田父子深知这一点，所以才忍着死一般的倦怠，继续在九度山生活。

（难道我们终将被世人抛弃……）

不光昌幸，甚至幸村都有同样的怀疑。不管丰臣秀赖会不会上洛，恐怕都不会再有战乱。迎来新年之后，左卫门佐幸村渐渐绝望。

若德川家康近期病故，就算丰臣家日后会占到有利立场，对他们又有何益？

第叁话

真田昌幸、幸村父子都迫切希望再来一次关原之战。

倘若他们肯接受西军失败的缘由，自然不会如此执著。

毕竟，西军根本就是打了一场极度愚蠢的败仗。

得知当日的战况之后，昌幸和幸村都是又惊又怒，良久无语，怀疑这是不是现实。

"横竖看这一仗都会赢啊，哪知就打败了！"

就算石田三成不是个合格的武将，但是总归有十几万大军帮他打了好几个时辰吧！那个一里半见方的小盆地里，敌军大将德川家康甚至亲临战阵，为何就没拿到他的人头呢？

昌幸和幸村百思不得其解。

——逼近家康的，难道就只有我们那不足五十人的草者队伍？

如此残酷的事实，让他们欲哭无泪。

"要是我亲率三五千士兵出战，定会斩下家康首级，可是……"

幸村恨恨说道。他自然不肯服输。

需知，真田父子利用上田城钉住了德川秀忠率领的第二军，硬是让这几万人没去支援家康！

关原的战场十分局促。若由真田父子去搞突袭，办法自是不胜枚举。

（早知道他们会一败涂地，我就算丢了上田都要去关原……）

真田昌幸追悔莫及。

"哪有失败之理！这样就行喽。"

他对此深信不疑，所以才会留在上田城里耍弄秀忠的第二军。

昌幸和幸村深表遗憾，却一直没有绝望，都不觉得山穷水尽。莫如说，九度山的真田父子尚未忘却武将的热情，故而甚是苦闷。

等到再有机会拥立丰臣秀赖和关东方面对阵之时——

"我想这样做！"

真田昌幸面泛红潮，抓着幸村探讨种种战术。

关原之战后，诸大名都唯唯诺诺盲从德川家康，真田父子对此极度失望。

然后就是……今年的家康上洛！

倘若丰臣秀赖不听家康的话，不去拜候上洛的家康，家康会拿出怎样的态度来呢？这问题十分险峻。

然而，当真会有人拥立秀赖和家康对抗？

家康肯定不会无视加藤清正等人的感受，做出单方面进攻大坂的蠢举。所以，家康会对丰臣家施加政治压力，使之屈服；而秀赖怕是很快就会向家康低头。

真田幸村目前就是这样想的。

如果不久之后德川家康突然病死，他们就真是没事做了……

不，何谈家康之死。父亲昌幸尚不知能否保住半年余生。

纵是要挨过今年夏天，估计都难。

山手殿去了父亲病房之后，幸村命人把长门守池田纲重喊来。

池田纲重很快就到了。

"走，到外面说吧。"

幸村催着纲重，沿南侧走廊来到了院子里面。说是院落，其实只是将一面竹林砍掉罢了，谈不上有何风情。

幸村一度想建个像样的院子，昌幸却苦着脸拦道："算了吧。"

——就只是个临时住所，院子之类根本没用。

"其实……"幸村踏上竹林中的小路，顺便将山手殿刚才那番话讲给池田纲重，继而问道，"你觉得呢？"

"唉……"

池田纲重不答。他明显添了白发，比看守伏见的真田府邸时瘦了。但是，来到九度山之后，他从未卧病，身体尚好。

纲重同样觉得山手殿的想法无望实现。纵然昌幸身患绝症，现任将军德川秀忠对他的憎恶总归是没有消除。

幸村望着沉默不语的池田纲重，忽道："我想让你去莲华定院住两宿。"

"啊？"

纲重讶然抬头，看着幸村。

只听幸村说道："这期间，我来对母亲说。"

（是个办法……）

纲重点了点头。

幸村的意思是说，权当纲重去了和歌山城通报昌幸病情，求浅野家跟关东说情。这样一来，山手殿总会放心些吧？

"那好，都中午了，我这就去莲华定院。"

"谢谢你啊。"

"哪里话！"

"对了，长门守……"

"是。"

"如果父亲……"

幸村对他说了什么之后，就此默然。

虽有薄日泻下，冬日的风却在竹林中呼号。九度山的冬天不似高野山的山顶那么冷，却也寒彻骨髓。能被允许在九度山修筑屋邸，只能说是万幸。

九度山的樱花绽开之时，高野山常常是漫天飞雪。

幸村一直沉默，纲重忍无可忍，催道："左卫门佐大人……"

"哎？"

"有事？"

"不，没事。"幸村摇摇头，笑道，"别往心里去。"

"可是……"幸村只说了一半便作罢，纲重甚是担忧，"有事您就吩咐。"

"不，只是件无聊事罢了。"幸村走出竹林，说道，"总之，拜托你了！"

幸村温言说罢，便向着屋邸方向走去。

池田纲重目送他落寞的背影，深深一叹。

第肆话

她唯一不满的是，且元直到现下犹自屈从淀殿。

主计头加藤清正离开了熊本，走海路赶往大坂。上洛之时，他要经陆路去丰前小仓，从那里登战船至周防海，再驶进濑户内海。

关原一役后，丰前小仓城的细川忠兴和加藤清正交情深厚。近年来，清正总是从熊本至上方和江户之间往返，忠兴不禁担忧他的健康。然而，清正全不介意，笑道："哪里！乘船渡海和休息无异。"更对侍从们道，"想想朝鲜战场的艰辛，这简直就跟游山玩水一样嘛。"

这显然不是他的实话。历时数年出兵朝鲜时的辛酸，哪里是笔墨言语就说得清的？见到从朝鲜归国的加藤清正之时，德川家康甚至觉得是看到另一个人。

加藤清正就是挺过了身心两重的痛苦挣扎，才有了这样的成长。

关原之战后，清正大有转变。童年伙伴福岛正则等人都被清正的威势震慑，不再像以前那样随便。而且，这威势不是刻意做出。

那威势从能力增强了一两倍的加藤清正身上自然流露，哪怕是面对面跟家康交谈时，被震住的有时都是德川家康。

清正的船驶近大坂之时，高台院决定再次去大坂见见秀赖和淀殿。

单靠去年那一次会面，她似乎觉得不太踏实。

她这次和去年一样，需要经由大坂城内的片桐且元来决定日程。

且元是位年近六十的老臣，负责辅佐秀赖。他和加藤清正、福岛正则都是丰臣家自幼培养的家臣。他很早便以"助佐"之名服侍丰臣秀吉。跟清正、正则相比，当时的高台院反倒更疼爱且元，常常"阿助、阿助"喊个不停。

清正和正则这两个人，就算被木下藤吉郎（秀吉）斥责，都不会立刻道歉，反而会撅着嘴把脸一扭……他们只要得空就会比赛相扑，否则就是调皮捣蛋。大家一般都不理他们。只有一次，高台院忍无可忍，一把揪住清正，吼道："你这家伙，整天光知道干坏事，我可不答应了！"说完便从厨房里拿来一大桶水，照着他兜头浇下。

相比之下，且元（助佐）虽然年幼，举止却甚注意。他性情温和，而且总被秀吉称赞是个伶俐人。高台院亦有同感。秀吉年轻时喜欢熬夜，高台院总是忍着瞌睡陪他，且元却全无厌烦之意，殷谨伺候秀吉。

高台院见他如此，暗想这孩子很快就会出人头地。结果呢？秀吉离世时，清正受封肥后熊本的二十五万石；清洲城主福岛正则有二十四万石；且元却只有播磨、伊势两地零零散散的一万石。

眼下，这差别更加大了——清正五十四万石，正则五十万石，片桐且元这位摄津国茨木城主才刚刚三万石。

昔日，片桐且元不甘落后，出阵时总是奋力厮杀。贱岳一役，他和清正、正则都是"七本枪"之一，一下子就被赏赐了三千石。

见且元有出息了，高台院欣然笑道："我果然没看走眼……"

当时的且元跟清正不分轩轾，但皆略略落后正则，所以正则被擢升成五千石。再后来，且元就追不上清正、正则二人的势头了。若说分内的工作，且元自是全不含糊，从无差错，但就武将和大名的素质来看，他确实不如二人。

丰臣秀吉似乎认定且元难以治理太大的封地，且不具率众之才，故而只让他担任了由秀吉直接管辖的事务官。哪知他又被新晋的石田三成、大谷吉继比了下去，以致常年不曾担任要职。

但是，且元此人诚实可靠，秀吉对这一点评价很高，特赐他"丰臣"之姓——给了荣誉，却不给高官厚禄。

秀吉临死之前，曾殷殷对且元说道："希望你永远陪伴秀赖。"

他授命且元辅佐秀赖。片桐且元恪守太阁遗命，来到大坂城兴建府邸，和胞弟贞隆共同侍奉秀赖。

高台院对且元的信赖从未动摇。这和对加藤清正的信赖完全不同。她一直疼爱且元，所以这信赖里委实包含着慈母一样的爱。

虽被清正和正则等人比了下去，且元却从未流露不满，一直质朴、诚实地工作。

她唯一不满的是，且元直到现下犹自屈从淀殿。去年十一月，高台院对秀赖和淀殿就上洛之事谈了意见。且元明明清楚高台院的意见和热忱，关键时刻却对淀殿的片面主张保持沉默。

淀殿对故太阁的正室高台院恪守礼数，不断感谢对方的建议，却坚称此事要跟家臣们商量商量再说，不肯明确答复。

只有十九岁的丰臣秀赖带着满脸的眷恋和喜悦，说道："会见大御所一事确实马虎不得。"

这成了高台院仅存的一丝希望。

第伍话

他们一直没给京都的高台院任何答复。

高台院曾叮嘱片桐且元，秀赖一旦决定上洛，一定要第一时间告诉她。然而直到她迎来新年，且元都保持着沉默。

新年之后，高台院立刻把老臣井坂孙左卫门派去了大坂的片桐府上。

哪知且元竟苦着脸道："右府大人刚好病了……"

秀赖身患风寒卧床，上洛一事自然无法明确答复。

高台院只得再命井坂转达欲探望病中的秀赖之意，而且定好了日子。正月快结束时，她如期去了大坂城，却被告知秀赖的病情尚未见好，无法和她会面。

"这样啊，那我就推迟几天来探望吧。"

高台院不肯退让。见状，丰臣家的奉行大野治长只得伏地求她谅解。大野治长深受淀殿信赖。但是，他想求高台院谅解的到底是何事啊？

高台院目瞪口呆。她想见见片桐且元,却被告知且元回茨木城了。

无奈,高台院只得留宿城内一晚,这才回到京都。途中,她派井坂孙左卫门去了伏见的加藤清正府邸。清正老臣饭田觉兵卫听井坂讲了高台院的意思,赶紧策马和井坂同去了京都的高台寺。

时值深夜。

"噢,觉兵卫,你来了!"

觉兵卫自幼服侍清正,跟高台院甚是相熟。

"之前听说您去大坂了呀。"

"是啊,但是……"

觉兵卫听着高台院讲述,不断点头。

高台院讲罢,又问道:"主计头大人几时上洛?"

"很快就到大坂了。"

"哎呀,这……"

加藤清正上洛如此之早,让高台院瞪大眼睛。去年秋天,清正从名古屋城先去伏见,再回熊本,之后不到半年就又从熊本来了。

(倒不如别回熊本,留下来迎接新年……主计头肯定累坏了。)

高台院微微皱眉。然而,清正肯定有他的道理。

不管怎样吧,清正早早前来,高台院只会觉得深受鼓舞。

高台院毕竟是一介女流,无法对亡夫千般娇宠的淀殿抱有好感。秀吉死后,她之所以第一时间剃度出家,其实就是不想卷进大坂城内的政治斗争。何况丰臣家的继承人秀赖又不是她的孩子。

用高台院的话来说,日后的关原之战简直是荒谬绝伦。

丈夫秀吉完成天下统一大业时的喜悦之情,高台院一直不忘。不料他一转眼便要去攻打朝鲜!

高台院跑去质问丈夫为何打这场仗。这是她唯一一次忍无可忍。

战略问题上，秀吉从来不会听别人的，哪怕对方是高台院。

"我太阁要打的仗，你就别挂念了。"秀吉不理睬高台院，只是笑道，"我很快就会去异国筑城，咱们高高兴兴住进去，不是挺好的嘛。"

若此时东西双方再度翻脸，京都、大坂的城市和百姓又要遭受可怕的战火，天皇更会非常哀痛……高台院真不想看到这些。

高台院和饭田觉兵卫密谈了将近两个时辰。期间，客殿上只有高台院、觉兵卫和老臣井坂孙左卫门。井坂看守走廊，保证没人会听到二人密谈。

然而，竟然真有个人！

客殿地板下面的黑暗中蹲着一个男人，偷听了密谈的大半内容。

饭田觉兵卫命两名家臣点上火把，回了伏见的加藤府邸。高台院进了寝室。

待府内一切事物都沉沉睡去之后，一个男人从地板下面的黑暗中钻出，沿里院一角走进后院，很快便来到后门附近。

那里有个两层的小仓库。男人如回家般走了进去。

那男人大概六十一二，是个面相淳朴的老头。

这老头儿高高瘦瘦，钻进被窝后竟一直睁着眼睛。

黑暗中，他的大眼睛就像是树木的果实。

去年十二月中旬，高台寺大门附近的草地上躺着一个垂危的老头儿。大家不忍弃之不管，便把他抬进寺内照顾。高台院听说之后，更特意喊医生前来。

医生看后，说这老头儿怕是要饿死了。

　　这样的话，哪有再把他送出去的道理？靠着延医请药，老头儿慢慢康复。

　　高台院询问老头的来历，对方却老泪纵横，答道："您别问了，我无依无靠，真不如当时就饿死了啊！"样子甚是凄惶。

　　听了这话，高台院道："罢了，罢了，可怜的老头儿，就留下来吧。"

　　老头儿自然非常高兴。他似乎完全不知道她是"天下人"太阁秀吉的正室。

　　老头儿住进仓库二楼，随着下人们干活。他年纪大了，无法干体力活，却不妨编个席子、做个斗笠，倒是挺有用的。

　　听他偶尔向关系好的仆人谈到，他好像是来自北近江的山村，年轻时便出门闯荡，遭际坎坷……老婆孩子都病死了，仅存的小房子和钱都被坏人巧取豪夺。他颠沛流离，没人再肯雇他，唯有不支倒地。

　　"喂，你不用那样拼命干活呀。"

　　这老头儿完全不顾别人体恤，辛苦劳作，仿佛有鞭子抽打着他衰老的身体。

　　"这回再被人抛弃，就全完了。"

　　这话说得当真可怜之至。

　　老头儿以"小兵卫"自称。他打扫院子时，只要远远看到高台院的身影，便会放下手里的扫帚，双手合十，伏地礼拜。寺内上下很快就都熟悉了他，搞得他就像来了三五年一样。

　　这个小兵卫嘛……其实就是真田家的草者小助。

第陆话

小助将高台院和饭田觉兵卫密谈的内容悉数告知中原丈助。丈助重重一叹。

近来，草者完全没了动静。一切全要看德川家康上洛后的天下形势。九度山的真田幸村亦决定蛰伏不动。

自去年的突变以来，阿江和奥村弥五兵卫便让所有草者停止活动，以免被关东方面的忍者盯上。

这一年间，只有一次，阿江打扮成城里的老妪，去四条大街的后街查看。

那次事件之后，以"印章师宗左卫门"身份生活的五赖之太郎次便去了下久我的忍宿，印章师的家里完全空了。

隔壁"足袋师半兵卫"的家同样空了。

（果然……）

阿江点了点头。

甲贺忍者平谷伊平被阿江杀害，半兵卫和阿才父女自会推测此地是甲贺忍宿一事被对方察觉，恐怕是得到甲贺头领伴长信的指示，搬走了吧。

“那个足袋师去哪里了？”阿江向附近的人们打听。

“这……不清楚啊。听人说，好像回老家美浓了。”

那个和阿才有肌肤之亲，准备择日完婚的平谷伊平，被阿江干掉了。

（我无论如何都要给他报仇！）

阿才又悲又恨，拼命搜寻印章师宗左卫门的去向，却一直没抓住线索。

阿江自然不知此事，只是按常理叮嘱五赖之太郎次别再抛头露面。

她又通知向井佐助先别离开九度山，同时把小助派到了高台寺。

她希望从高台院那里探出家康上洛前后的情形。

小助绝食数日，搞得瘦弱不堪，一头栽倒在京都的高台寺前。他当时甚至饿得无法行走，全靠奥村弥五兵卫和中原丈助用排车装着，黤夜送到高台寺大门附近。

小助顺利得救，住进了高台寺。阿江提醒他不要大意，高台寺里没准潜伏有关东忍者，但小助很快就捎话说看情形不像。

阿江和小助隔五六天联系一次，由中原丈助去高台寺的小仓库见他。

紧急关头，小助自然会跑回下久我，但目前尚未回来一次。

此际，又轮到丈助露面的时间了……

仓库二楼上，小助犹未睡去。高台院和饭田觉兵卫的密谈确实是件大事，但就算他深夜回下久我紧急报告，想来亦是无用。

（早点让阿江知道，总归是不会有错。好，明晚就回下久我告诉她吧！）

小助打定主意，这才觉得有些倦了。这时，小仓库的门响了。

那动静甚是微弱，却逃不出小助的耳朵。

小仓库从不锁门，而且确实不需要锁门。

（啊，是丈助……）

小助的紧张消除了，离开被窝。只见中原丈助爬着梯子上来。

"嘿，你来得正是时候。"

"小助没睡啊？"

"我估摸着你该来了……"

"有事？"

"半夜时，加藤清正的老臣饭田觉兵卫来了。"

"来这里？"

"是的。"

"咦……"丈助问道，"然后呢？"

"我钻进地板下面，总算听着了。"

"好啊，小助，干得不错嘛！"

"我觉得那倒不是十万火急……"

"先说说看。"

"是右府大人上洛的事。高台院和肥后的清正大人无论如何都想让右府大人上洛……"

小助将高台院和饭田觉兵卫密谈的内容悉数告知中原丈助。丈助重重一叹。

"哎？"

"不，没事……"丈助摇了摇头，喃喃说道，"如果大坂真的向关东低头，那就没办法了。"

第柒话

天犹未亮，中原丈助便回了下久我的忍宿。

丈助去高台寺联系小助的那天夜里，阿江和奥村弥五兵卫都未睡下，一直等他归来。

"饭田大人去了啊……"

加藤清正的老臣饭田觉兵卫天下闻名，阿江对他甚是敬重。

中原丈助讲完小助暗中偷听高台院和饭田觉兵卫的谈话，阿江嘀咕道："恐怕真要去伏见城下搞一个忍宿才行了。"

奥村弥五兵卫闭上双目，抱臂不语。阿江亦告默然。

"右府大人肯定会上洛吧？"须臾，丈助忍不住道，"我觉得咱们不是没办法阻止他上洛啊……"

阿江瞪着丈助，道："你累了吧？去睡吧。"

"啊？"

"去睡觉！"

阿江轻轻说道，却是不容犹疑。

丈助猛然一醒，道："这……抱歉，我说话没分寸了。"

阿江微微一笑："那倒没有。"

"那我就……"

丈助行了礼，下楼去了。

"弥五兵卫大人……喂，弥五兵卫大人！"

阿江唤道。弥五兵卫猛然睁开眼睛。

"你听见丈助刚才顺口说的话了吧？如果高台院和肥后大人准备就绪……"

"嘿嘿，不愧是肥后大人，但淀殿肯定会阻止右府大人上洛吧？"

"不错。"

"所以，关东方面会把网收紧。"

"这样的话……"

奥村弥五兵卫膝行向前。拂晓时分的光，淡淡漾进了二楼的这间小屋。

"如果咱们袖手旁观，恐怕只会坐以待毙。"

弥五兵卫的话音里带着前所未有的坚决，这坚决超乎寻常。

"是的……"

阿江微微颔首，看着弥五兵卫。

破晓前的昏暗犹如湖水之底，衬得弥五兵卫的双眼熠熠生辉。

"然后呢？"

"让他们见识一下草者的真髓。"

"具体做法是？"

"咱们杀掉大御所吧，如何？"

阿江瞠目结舌。她没料到弥五兵卫竟会如此破釜沉舟。

"不去做做，哪知道行不行啊？现下就该放手一搏！"

"你有办法？"

"这就开始想。"

"只靠咱们草者？"

"哪有人再帮咱们？"

这话不假。

现下，草者只有不到三十人了。弥五兵卫要指挥其中半数去暗杀家康！

三月中旬，家康就会上洛。弥五兵卫打算半路突袭，冲破家康的周密部署。

弥五兵卫说着说着便兴奋了。

眼下不会再有战争，家康上洛时肯定会选择东海道，以彰显幕府之威。

弥五兵卫盘算着，说道："咱们不一定没机会啊！"

关原之战时，这汉子曾率区区十四名草者袭击家康从岐阜开向赤坂的队伍。由此观来，这番话真非头脑一热之语。

若家康事先没让向坂与兵卫当影武者，奥村弥五兵卫掷出的枪肯定就扎进轿上家康的胸膛里了。

阿江亦然。她曾只身袭击长良川舟桥上的家康。当时虽然失手了，但事后回想，她其实只差一点点就真的杀掉家康了。

只要不顾虑死亡和失败之事，草者的本事将无法估量！

这种关头，一旦家康暴亡，日本肯定会像丰臣秀吉死后那样天下大乱。

"具体情况尚难断言，但天下的形势一定会变。"

"确实。"阿江叹道，"这得跟九度山那边商量商量。"

弥五兵卫使劲摇头："不用吧。"

"哎？"

"不用了。"

"咱们直接……动手？"

"是的。"

"这……"

"若是去跟九度山商量，他们说不定会阻止。"

阿江讶然看着弥五兵卫，想不到这汉子竟会如此大胆。

"但是，这个……"

"好了，不去商量。真要想做，就照着咱们自身的意思大干一番！"

弥五兵卫确信九度山的真田父子想要跟关东一战。他说真田父子肯定希望亲自指挥战斗，放开手全力一搏。

真田父子希望从友方大军中一展自家战术，紧要关头，哪怕单独行动都要斩下家康的头。如果他们要利用草者暗杀，去九度山之前早就下指令了。

自不待言，真田父子会让草者出阵效命。数年之前，幸村就曾告诉潜进九度山的奥村弥五兵卫："一定要让家康活着！"

真田父子希望以临阵时的进退自如，向天下一展真田氏的战略。

这才是真田父子的真正意图。

昌幸和幸村没有亲临关原，对那次失败的遗憾竟是如此之深。

倘若和他们商量暗杀家康一事，真田父子恐怕不会同意。

"但是呀，弥五兵卫大人，我想左卫门佐大人没准会破釜沉舟吧，这总比眼睁睁被关东的大军压垮……"

“谁知道呢。”弥五兵卫点了点头，“但是，万一没被允许，咱们就没招了。”

弥五兵卫决定率半数草者暗杀家康。如果失败，自然会全军覆没。待得那时，就由阿江带领剩下的一半人效命九度山。

弥五兵卫称这件事只是他个人的意思，所以不想给阿江添麻烦。

“你真厉害！”阿江嘴角泛起痉挛般的笑，“罢了，睡一觉吧。”

年轻人一样的热血，涌上现年六十有一的奥村弥五兵卫脸庞。

阿江制止了想再开口说话的弥五兵卫，道：“又不用这就下决定……且让我盘算盘算。”

“当真？”

“我又不是没这想法，弥五兵卫大人自然有数。”

闻言，弥五兵卫忍不住喟然一叹。

“夜里时，咱们再好好合计合计吧，弥五兵卫大人。”

“好。”

“倘若我们真要大干一番，那就调动所有草者。”

“哎？”

“留下一半又有何用？”

弥五兵卫面露喜色。

“喂，对吧，弥五兵卫大人。”

“太、太感谢你了……”

“这好像是我第一次被你感谢嘛。”

阿江悄然一笑，站起身来。窗外，麻雀纷纷开始叫唤。

楼下传来响动。大概是权左睡醒，正要给灶上生火。

第捌话

阿江和奥村弥五兵卫吃完权左准备的早饭，决定睡上片刻。

哪知躺到睡铺上后，二人竟是无比清醒，接踵而来的想法搞得他们精神亢奋，以致无法睡去。这时，跟桂川一河之隔的伏见城下，加藤清正府邸的大门打开，老臣饭田觉兵卫带着五名随从离去。

觉兵卫悠然策马前行，去往浅野幸长府邸。伏见城正门南侧便是浅野府邸，跟加藤府邸距离甚近。三天前，幸长觉得大御所家康就要来到京都，便离开了纪州的和歌山城，抢先来到伏见恭候。

幸长和加藤清正关系甚好，两家的老臣和侍从们经常互访。

幸长之父长政和清正一样由丰臣秀吉一手带大，是秀吉生前的五奉行之一。关原之战时，长政支持家康，所有人都觉得这是无奈之举。家康亦然。

长政之子幸长嫌恶石田三成，故决定投向家康，这跟加藤清正如出一辙。幸长昔日从父亲那里分得了十六万石封地，担任甲州府中城主，因而得以独立行动，不用跟父亲一致。

当年，幸长和清正都坚信石田三成阴谋篡夺丰臣家的大权。这两人只要想到出兵朝鲜时的事情，想到三成的诸般言行，就无法对这家伙寄予信赖。

幸长和清正抵达朝鲜之后，一直联手杀敌，两人坚守蔚山，负伤累累，强忍着艰难困苦和物资匮乏，却兀自英勇奋战。

关原一役之后，家康让幸长担任了纪州和歌山城的城主，封地三十七万四千石，又把真田父子送到幸长的监视下。然而，只要看看幸长的办事态度，就不难察觉他对真田父子实是大有好感。

浅野幸长和加藤清正对德川幕府忠心耿耿，却又片刻不忘和大坂丰臣家之间的情分。他们根本不顾虑关东方面的感受，只要途经大坂就一定去拜望秀赖。然而，淀殿和秀赖的近臣们都不欢迎清正和幸长来见秀赖。纵使二人求见，他们都常说秀赖病啦，情绪不好啦云云，想方设法阻止他们见面。

"咦？觉兵卫来了……"浅野幸长立刻让人将觉兵卫带到会客间，"哎呀，觉兵卫，好久不见了嘛！"

"看到您身体健康，我真是无比高兴。弹正大人可好？"

"唉，强撑着吧……"

幸长说到一半，便噤口不语。

"弹正大人"自是幸长之父长政。长政六十有余，隐居儿子幸长的和歌山城，最近染了病，情况不容乐观。幸长新年后便来到伏见府邸，正是病中老父之命。长政称大御所眼看就要上洛，切莫有半点疏忽，希望他辛苦辛苦，来伏见盯着点儿。

幸长去会客间见到觉兵卫之后，对跟来的家臣中谷平右卫门使了个眼色。只见中谷施了一礼，走到面对里院的走廊坐下。

拉门犹自敞着。他摆出架势，以便幸长和觉兵卫放松谈话。

“觉兵卫。”

“是。”

“再靠前些？”

“那我就……”饭田觉兵卫膝行向前，“早上时真冷啊！”

“是啊。”

虽然摆着圆火桶，凛冽的冷风却把二人吐出的气息变白。从昨晚便阴天了，待到今早，天空竟犹如灰色的大幕。

饭田觉兵卫欲言又止：“其实……”

幸长直接问道：“是右府大人上洛之事吧？”

“是的。”

“肥后大人有何吩咐？”

“我家大人刚到濑户内海。”

“都离开熊本了啊……”

“是的。”

“果然如此。”幸长点了两三下头，“然后呢？”

加藤清正早早来到伏见，肯定是要提前准备家康上洛之事。幸长很了解他的想法，这跟病中老父长政一样。

“昨晚，高台院夫人召唤我了。”

饭田觉兵卫将高台院的话照实讲了出来。

“唉……”浅野幸长似乎有些烦了，“真麻烦！”

“啊？”

“我是说大坂的主母！”

他指的是淀殿。

第玖话

浅野幸长此人有些显老，跟三十六岁的实际年龄不大相符。

他的头发稀稀落落白了，身材略胖，举止四平八稳，有时甚至像五十多岁。

"多谢你告诉我。"幸长对饭田觉兵卫道，"我会跟肥后大人齐心协力，一定要促成右府大人上洛。"

"那就太好了。主计头一人的话，总归是没有把握。"

"大坂的主母为何会如此讨厌我们呢……"

"可能是跟关东方面和高台院夫人走得太近了吧……"

"愚蠢！"幸长满面通红，"都这种时候了，难道就不明白我们……尤其是肥后大人付出的辛苦？"

"是啊。"

浅野幸长不说话了，沉默良久。雪花纷纷，落进里院。走廊里的家臣背对着这边坐着，纹丝不动。

这时，那个家臣中谷平右卫门听到了和服裙裤摩擦榻榻米的动静。

幸长招招手，觉兵卫好像又靠前了些。

须臾，中谷虽然听得到幸长说话，内容却听不清了。两人显然开始了密谈。中谷的身体因紧张而变得僵硬，再次看向四周。

"这……"

"这真是……"

"嗯……"

随着幸长低语，中谷平右卫门不断听到饭田觉兵卫仿佛难以自持的言语，不觉暗想这事情似乎不太简单。

中谷当然清楚幸长对他的信任是何等之深，要不然哪里会让他负责放哨。

这次密谈非常重要，甚至重要到了需要中谷回避的程度，难免令中谷不快。

幸长的做法直接加重了中谷的紧张。而且，幸长的低语似乎让饭田觉兵卫瞠目结舌。中谷平右卫门虽是背对二人，却清楚感知了这一点。

片刻后，觉兵卫似乎对幸长耳语几句，便回到了先前的位置。

"平右卫门。"

中谷听见幸长召唤，登时转过身来，双手伏地。

"送送觉兵卫大人吧。"

闻言，饭田觉兵卫对幸长说道："那我就告辞了。"

"肥后大人和我们来往，谁都不会生疑。"

"说得是。"

"所以，欢迎您随时来访，我们也会随时去拜访您那边的。"

"不胜感谢。"

觉兵卫那豪爽的脸庞上略带苍白，这没逃出中谷的眼睛。雪越下越大。浅野幸长站起身来。从隔壁房间走进两名家臣，一见幸长，登时跪了下来。

——会见饭田大人时，难道出了不愉快的事？

幸长神情肃然，致使大家皆如此推测。

随后，幸长屏退众人，开始拟信。收信者是和歌山城内的父亲长政。

幸长下笔甚缓，写了三两行便凝神看向空中，沉思片刻才再度挥笔。

这封信花了一小时才写完。卷好这封长信，竟是相当得厚。

幸长亲自封好，装进信匣，又取来三个拇指大小、用红绳系在一起的铃铛摇了一摇。

等候室的拉门很快便打开了，中谷平右卫门走进。

"您喊我？"

"靠近点！"

"是。"

"派个使者，去和歌山的父亲大人那里……"

"明白。"

"啊，等等，这使者就由你来当吧。"

"好。"

"是很重要的使者，带五个人去吧。"

"是！"

"把这个……"

中谷恭恭敬敬接下幸长递来的信匣。

“虽然很重要，却不用着急，悠着点儿走就行了。”

中谷再次看着幸长的眼睛，深深点头。

“拿到父亲大人给我的回信再回来，这个同样不急。”

“明白。”

“那就交给你了啊！”

“是。”

直觉告诉中谷平右卫门——此事大不寻常！

他挑了五名擅武的士兵，离开了伏见的浅野府邸，却没让这些士兵带枪，离开府邸时亦未骑马，看上去悠然自得，就那样走出了伏见城。

当时大概是中午时分。雪下得挺大，却不知何时停了。西边的天空亮了。

第拾话

那日傍晚，下久我忍宿阁楼上的阿江通知权左放下了隐梯。

奥村弥五兵卫也从里间小屋里起床。阿江下楼和他共用晚饭。

权左准备了热腾腾的小米饭。这是权左的拿手活儿，而且他特意切了些柿子干和萝卜干放进去。

"睡得不错吧，弥五兵卫大人？"

弥五兵卫的眼皮略有些肿，闻言不觉苦笑。见状，阿江跟着微微苦笑。

"你还是……是吧？"

"你也是？"

"是啊。"

权左从旁望着这两人交流，暗暗纳闷。

是夜，忍宿中只有三人。中原丈助刚刚去联系夜泣峠的小屋，晚上就在那里住下，后天中午之前回来。

阿江和弥五兵卫默默吃完晚饭。

弥五兵卫忽然说道："权左，很好吃呢。"

权左怔怔出神。他脸上的皱纹很深。

阿江瞟了一眼权左的侧脸，道："弥五兵卫，我们回上面说吧。"

不消他们吩咐，权左便去了土屋，松开梁上的绳子，放下隐梯。

阿江踩住隐梯，对权左说道："雪好像停了……"

"是的。"

"好像暖和了。"

"是小米粥的缘故吧？"

"有道理。"

弥五兵卫跟着阿江上了阁楼，消失不见。

权左操纵着绳子，隐梯吱呀响动，被天花板吞没，看去直如房梁的一部分。

（好像有些事要开始了呢。看阿江的样子，不像是寻常事……）

权左寻思着。

阁楼上的房间里，阿江和弥五兵卫面对面坐着。他们的眼神一碰，沉默不语。

结果，弥五兵卫率先开口说道："我决定了。"

"好。"

"那就这样，就去砍下大御所的脑袋吧！"

"我明白！"

"瞒着九度山？"

"没错。"

"好，太感谢了。"

"我会跟弥五兵卫大人一同……"

“那我就有信心啦。”

“今早我想了很多，弥五兵卫大人，大御所上洛办事，恐怕逗留伏见一段时日。我总感觉等他回骏府的途中下手会更加合适，你觉得呢？”

“噢……”弥五兵卫用力点了两三下头，“我也……”

“也这么想？”

“是的。”

“那就暂且这样定了。”

“定下了，定下了。”

“弥五兵卫大人，眼下要保证这件事只有你我知道。”

“确实。”

“咱俩先做好充分准备，再和草者们……”

“这个啊，等到紧要关头再说。”

“说得是，紧要关头时再听九度山的左卫门佐大人的指示吧……我觉得这样较好，你觉得呢？”

“赞同。”

“咱们竟然会这样商量……”阿江说到一半，抿着嘴笑了，“老爷和左卫门佐大人只怕做梦都想不到吧？”

“是啊……”弥五兵卫低下了头，“咱们这是头一回如此任意妄为啊。”

“除了这样，哪有别的路走？”

“是。”

“我们就算失败，都要避免给九度山添麻烦，这个很难。”

“确实很难。”

阿江从身边的木箱子里取出两张平面图。这是她亲自提笔画的，是缜密的东海道地图。二人对着地图，彻夜密谈。

"不，这不对，弥五兵卫大人。"

"无论你如何解释，此事我绝不赞同。"

二人商谈着，时不时便甚激动，难抑兴奋之色。

弥五兵卫和阿江曾无数次沿东海道往来。该去东海道上的哪里袭击德川家康回骏府的队伍呢？要不然，偷袭沿途的住所如何……

"这样做如何？"阿江讲述了袭击计划，她准备了好几套方案，"要是那个不行，你再看看这个。"她接二连三出着主意。

"我的想法是……"

弥五兵卫指着地图，用低沉而激昂的语调说个不停。

无疑，这二人看似白天睡了，其实一直推敲着暗杀家康的计划。

"弥五兵卫大人，我看就先这样定了吧？"天空开始泛白的时候，阿江苦笑道，"不用这么急吧？"

"我放心了。"

"咦？"

"这样的话，我就可以放手大干一番了。"

"这样的话？"

"我们都这样交换意见了，肯定会进展顺利的吧？"

"哈哈……"

"关原之战时，就是这样的啊。"

"我们和壶谷又五郎大人想了各种计策，花了好久才布置得那般周密。"

"是啊。"

"如果又五郎大人活着的话……"

"说这话又有何用。"

"是我不好。"

"哪里，其实我跟你有同感呢。"

二人提出各种意见之后，弥五兵卫似乎更有自信了。

他和阿江都几多次经历过这种情况。一旦提不出太多意见、头脑变迟钝时，计划的成功率便会随之降低。

"既然如此……"阿江突然双眼一亮，低语道，"让左卫门佐大人来吧？"

目前，九度山的警戒相对松懈。破釜沉舟之际，幸村肯定有望逃出九度山。

"这不行。"

"可是，都到这一步了，就无所谓了吧。比起这样半死不活度日，左卫门佐大人肯定会欣然接受的吧？"

"这样就违背了我们的约定呀。"

"不，弥五兵卫大人……"

他们再次争执，却不是像常人那样大声争论。他们语音低沉，绝不会任由声音变大。只有涨红了脸的兴奋之色掩饰不住。

权左亦未睡下。他没有钻进被窝，而是在地炉边坐到天明。当他悄然来到土屋往灶里添火之时，阁楼上响起了暗号。他立刻松开绳子，放下隐梯。

奥村弥五兵卫下来了。他的脸色恢复了平静。

"弥五兵卫大人，今晚还……"

阿江从隐梯口露出了脸，招呼道。

"那是当然。"弥五兵卫点点头，"肚子饿喽。"

"我也一样呀。"

见状，权左立刻说道："我这就去准备……"

权左年近九旬，昨夜一宿无眠，嗓音听来却是年轻如故。

想来他一定是跟着热血沸腾了吧？

弥五兵卫来到土屋一隅的石头井旁边汲水洗脸。

权左走近他的身旁，问道："有情况？"

"没事。"弥五兵卫若无其事，洗脸的手都没停下。

权左微微一笑，回到灶台旁。

阿江很快就下来吃早饭了。

是日，弥五兵卫他们一整天都像死了一样沉睡。

只有权左一人醒着，全无半点疲惫之态。

夜深了，奥村弥五兵卫再次爬到阁楼上的房间里面。

第拾壹话

是夜，伏见的加藤清正府邸内，老臣饭田觉兵卫给大坂的片桐
且元拟了封信。

清正上洛前，总会向大坂致信询问，以求有机会"拜望"丰臣秀赖。

淀殿不想让秀赖会见清正，收到问询之后，总会寻些理由回绝，
就算偶尔恩准，都会跟着出席，更有一大批家臣旁听，让清正无法
谈得太深。

加藤清正和浅野幸长宣誓效忠家康，淀殿自然不敢对这两人大意。

她不顾德川家康的劝说，坚持不放秀赖上洛，一方面固然是跟
关东逞强，另一方面则是憎恨家康。若把秀赖送到家康那里，真不
知家康会如何待他！

这才是淀殿最顾虑的事情。一旦他们动手暗杀了秀赖，事情便
无法挽回。

淀殿是织田信长之妹阿市和浅井长政的长女。父亲长政死守小
谷城，抵御舅舅信长的进攻，眼见小谷城将要陷落，便自杀了。之

后，母亲再嫁柴田胜家，很快又遭到丰臣秀吉的进攻，继父胜家和母亲阿市只得焚身而逝。

淀殿和两个妹妹被秀吉收留，结果就成了秀吉的侧室。

所以说，淀殿自幼就饱尝战国末期的动荡不定。

淀殿虽系女子，得到秀吉非同一般的宠爱之后却被赐予一城，甚至以"淀殿"的尊称显赫一时。然而，幼年时被战火夺去至亲的伤痛毕竟无法挥去。

秀吉死后，淀殿目睹了德川家康的各种动作，一时恐惧莫名。

而道听途说的消息更促使她一味胡思乱想。

太阁殿下生前，家康一直态度谦和，面带微笑。淀殿甚至觉得他根本就是个愚钝之人。家康个子不高，身体却无比健硕，一双铜铃大眼简直要从脸上蹦出。淀殿曾揶揄他长得怪异，结果被秀吉斥责。

跟身材矮小瘦削的秀吉相比，家康更像是一名纵横战阵的良将。

淀殿当真没有想到，关原之战结束后，德川家康的威望竟会如此之大。

每逢天下变迁，淀殿都会失去挚爱之人。那个土包子家康不光当上天下人，而且竟让嗣子秀忠继承了将军之位……最可恨的是，这家伙尚未死去，公然躲到将军背后吓唬丰臣家。家康的这种态度尤其让淀殿不快。

（这回估计又不会有好的答复啊……）

饭田觉兵卫拟信之余，寻思着。淀殿为何就不明白清正等人对丰臣家那炽烈的忠诚呢？觉兵卫甚是懊恼，但换到淀殿的角度想想又深觉无奈，结果唯有绝望。

若秀赖这次又拒绝上洛，大御所肯定不会听之任之。

加藤清正回熊本之前，曾称无论如何都要说服右府大人和主母。

清正不是个含糊之人，他说到就会做到。觉兵卫尚不知晓那办法具体如何。这几天内，清正的船就要抵达大坂港了。等他到了伏见府邸，想来便会择日谋求跟大坂城的丰臣秀赖见面。

话说回来，浅野幸长昨日说的事情着实让觉兵卫大吃一惊。

幸长竟然说他父亲长政往大坂城内安插了忍者，而且是一男一女。正是经由那两名忍者一年数次的密信，隐居和歌山城的长政才知晓了大坂城内的情形。

当时，幸长没对觉兵卫细说，只是说道："这样的话，就要动用那两名忍者喽。"

觉兵卫大是感动。幸长肯透露此等机密，正表明他对觉兵卫极度信赖。

"但是啊，此事无论如何都要禀报和歌山的父亲大人才行。"

——我死后，若非万般无奈，千万别动用那些忍者！

幸长将父亲长政的言语告诉了觉兵卫，而后便把中谷平右卫门派回了和歌山，以求得到长政的允准和指示。

（接下来会怎样呢……）

一贯淡定的饭田觉兵卫这次真有些坐不住了。

幸长告诉觉兵卫，只要像以前那样表示要看望秀赖公就行了——如果顺利会面，自然好到了家，加藤清正一定会抓住机会，施展浑身解数说服淀殿和秀赖；如果遭拒，那只要进行下一阶段的安排就行了。

清正打定了主意，如果这次见不到秀赖，就不离开大坂。秀赖回避一日，他就再住一日。

对了，浅野家安插进大坂城的忍者到底是何等身份……

幸长当然不会直言此事。他只说他们是武田家灭亡后被父亲收留的忍者。

如此说来，他们就是昔日的武田家忍者。

加藤清正和浅野父子都是一直支持丰臣家的大名。他们没准会让一些家臣从事间谍工作，却肯定不会特意蓄养忍者。觉兵卫当然知道信玄时期武田家忍者的本事，却当真想不到浅野长政会收留其中二人。

十八年前的文禄二年，浅野长政调任甲斐府中城主，封地二十二万五千石，却把其中十六万石让给了儿子幸长。长政去甲斐国上任时肯定要添置人手，所以才收留了那些忍者吧？

现下想来，饭田觉兵卫真是懊悔无地。

（哪怕只我一人出力，都该整备加藤家的谍报网啊……）

秀吉生前，这确实是没用的事。大家只要听从秀吉的安排就行了。

加藤家当然有两军交战时的那种间谍，却缺乏高水平的忍者。

要培养出合用的忍者，无疑需要相当长的年月。

战争刚一结束，不容大家有片刻喘息，秀吉就突然死了，关原之战不久便告打响。战后的动荡之中，加藤清正千方百计保全丰臣家，同时又要完成德川家的课役，着手筑熊本城，一直奔波于封地和京都、大坂、江户之间。

清正和觉兵卫都觉得这十年的岁月"恍若弹指一挥间"……

第拾贰话

翌日，伏见加藤府邸的使者带着饭田觉兵卫的信，见到了大坂的片桐且元。同天午后，一身旅行打扮的奥村弥五兵卫背着行李，离开了下久我的忍宿。

昨日夜间，阿江和弥五兵卫再度谈到很晚，却没再谈到天明。

密谈结束时，弥五兵卫说道：“总之，我想先去东海道看看。”

“你一个人？”

“是的。若非如此，我总怕方案不成熟啊。”

“好吧。”

这二人早就踏遍了东海道，但都觉得最好重新研究一下街道和附近景观。

奥村弥五兵卫虽然老了，脚力却胜出常人。他要走一趟东海道，简直易如反掌。一旦占了地利，就算要暗杀的是德川家康，都不用再拟定特别复杂的行动计划。因之，阿江很赞成弥五兵卫的主张。

想想阿江只身去长良川袭击家康一事，便不难理解她的赞成。

这种情况下，如果太细致了，恐怕会适得其反，得不偿失。唯一麻烦的是，他们该如何接近家康。

总之，计划越简单越好！

"所以，我觉得不用再带人去了。"

弥五兵卫说道。他非常希望阿江留下，否则他就无法破釜沉舟大干一番。

"不，横竖是要放手一搏以成大事，那就直接调动全体草者！"

意见再次出现分歧。弥五兵卫只得提出，待他仔细察看了东海道的情形，再做定夺。阿江表态支持他的大胆行动，让他非常兴奋。

"你再仔细想想吧，反正又不用立刻把所有事决定下来。"

"我明白。"

德川家康来京都出席朝廷的庆典之后，估计不会早早打道回府。

昔日，他只要上洛就会去伏见城逗留半年左右，以解决一些悬而未决之事。要是拖得久了，甚至会滞留一年有余。

眼下，德川氏威震天下，就算是加藤清正这样的实力派大名都唯有臣服。

让德川幕府略略有些顾虑的，就只有大坂的丰臣家了。但是，丰臣家铁定无法跟德川幕府抗衡。丰臣家的那点动作，只是对关东方面的微弱抵抗罢了。说到底，他们的态度只有担忧和害怕。

如此一来，又有谁人会妄图暗杀德川家康呢？

很难说就没有人了。实际上，残存的草者阿江和弥五兵卫就决定付诸行动。

然而，这跟关原之战时的情况大大不同，家康四周的警备肯定更周密了。

但阿江根本不把那当回事。

硬要凑足人数的话，就会有一定动静。一个人有一个人的动静，十个人则会有十个人的动静。

倘是战争时期，只要混进那成千上万的大军，忍者们就不会露出行迹。关原之战前夜，一大批草者正是这样从上方去了近江和美浓。

（弥五兵卫说得其实挺对……）

奥村弥五兵卫离开后，阿江钻进阁楼上小房间的被窝里，沉思着。

（近来，九度山方面没有任何消息。老爷和左卫门佐大人怎样了呢……）

这段时间，阿江跟他们断了联系。没有值得联系的事。

所以，真是相当寂寞。

九度山的真田父子和草者一致开始蛰伏。

（唉，有好久没见到左卫门佐大人了呢……）

幸村听了从熊本返回后来到九度山的奥村弥五兵卫的汇报，双目熠熠生辉。

他明白了加藤清正的熊本城是何等出色的实战之城。

然而，当推知清正的想法之后，幸村又绝望了。

阿江尚未有如此见地。所以，跟弥五兵卫瞒着九度山共举大事之前，她无论如何都想去九度山见见老爷和左卫门佐大人……

这次暗杀，阿江和奥村弥五兵卫都不想带上向井佐助。

（这样吧，弥五兵卫回来之前，我就去九度山看看好了。）

吃完晚饭，阿江再次钻进被窝。

（不能再这样一味酣睡了，从明天开始，我要锻炼身体……）

阿江这样想着，沉沉睡去。

第拾叁话

新年以来，大和守俊房凡事都交给了伴长信，
似乎没了对忍者活动的执著和热情。

不知不觉，熟睡的阿江将被子扯到了胸部以下。

雪停了，世界似乎骤然暖和。春日的足音渐近。

阿江侧身躺着，像大虾一样拱背蜷腿。

忍者不允许四仰八叉平躺着睡觉。

阿江睡衣的衣领凌乱，微露右肩。她的肌肤很有光泽，根本不像五十开外的女人。许是梦见了什么吧，阿江双唇翕动，发出不成语句的梦呓。

恰是这时，近江国甲贺郡柏木乡的山中府邸一隅，大和守山中俊房正跟人交谈着。对方是甲贺二十一家头领之一的伴长信。

下久我的草者忍宿被温暖夜色笼罩，三面环山的甲贺却下着大雪。又是那个近十坪的铺着木板的房间，大地炉里的火烧得正旺，他却穿着用狐皮制成的无袖外褂，倚着凭几，话音有气无力。

跟关原……不，跟三四年前的山中俊房相比，这个人简直憔悴不堪，恍若两人。

自从关原一役失去最信赖的堂弟长俊，大和守俊房的体力和精神便渐告衰弱。眼下，伴长信搬到山中府邸，负责指挥甲贺忍者，一年内要几次前往设在江户和骏府的忍者据点。

伴长信这日午后刚从骏府回来。德川家康行将上洛，当长信向山中俊房报告守卫工作后，俊房竟然只说了句"别大意"……

新年以来，大和守俊房凡事都交给了伴长信，似乎没了对忍者活动的执著和热情。

天下将如何变化，跟我又有何关系——

莫非他竟然有了这种想法？

因此，伴长信独断专行。有些老资历的山中忍者对此颇有微词，但是俊房根本不理他们的不满和投诉。

听闻大和守俊房夜深后犹未就寝，伴长信便来到他的卧室，劝道："您早点歇息吧……"

俊房轻轻摇了摇头，道："无妨。"

伴长信留下陪他说话，俊房却只是呆呆凝望地炉里燃烧的火焰，偶尔回一句"说的是"、"这样啊"之类，无精打采。

"去年从京都撤回来的半兵卫和阿才父女……"

"知道了。"

"我暂时让他们回了我那里，现下不如派他们行动吧。您看呢？"

"就是那个足袋师？"

"是的。"

俊房喃喃道："平谷伊平死了，阿才真可怜……"

这话简直让人难以想象他便是当年的山中大和守。

俊房昔日的态度和话音里都不曾有这般伤感。

伴长信低下了头，问道："就交给我吧？"

"半兵卫父女？"

"是的。"

"那你就看着办吧。"

"好……"伴长信施了一礼，"恕我先去休息。告辞！"

伴长信走后，大和守俊房完全没有离开地炉旁的意思。近来，就算他肯躺下，也总是直到天亮仍睡不着。他去年年底患了感冒，卧床十日，身体急剧衰弱。

谁都不知道大和守山中俊房的年龄。俊房本人自然清楚，却对伴长信说他忘了。总之，十年、二十年……大和守俊房的相貌一直没变，头发漆黑如故。眼下，他的头发竟然白了，搞得照顾他生活的两个老妪都开始暗暗议论——

"头领大人最近掉头发掉得厉害。"

"以前哪有这种事啊。"

"是不是寿数到了？"

其中一人打开卧室一隅的门，说道："头领大人，天冷了，您得安歇了……"

只听俊房喝道："退下。"

"是。"

"我让你退下！"

"是……"

老妪消失了。山中俊房依然盯着地炉里的火。这时，对着后院的板门处传来仿佛渗进来一般的嘶哑的声音。

"喂……喂，头领大人！我是与助，猫田与助。"

第拾肆话

猫田与助很久没回甲贺了。他来到山中府邸内的一间小屋。

（如果头领大人没睡的话……）

"喂，我是与助。"

他走至后院的白墙之前，蹲到那棵大银杏树下，招呼道。

任凭他怎样招呼，都没有回音。

（那就明早再来拜见好了……）

与助死了心，站起身来。

这时，白墙的一角张开了一个三尺见方的四方形的开口。

"哎呀！"

与助察觉之后，再次双手伏地。

"进来吧。"

下着雪的后院里，山中大和守那低沉的嗓音自幽暗狭小的秘密出口传来。

"我深更半夜回来……"

“没事，进来吧。”

“是。”

与助走向白墙，消失不见。出口又变回了先前的白墙。

与助缓缓打开走廊对面的板门。那板门大概有一间之宽。

看见地炉旁坐着的大和守俊房，与助一时瞪大了眼睛。

地炉火光照出来的俊房竟是面目全非，容貌跟去年截然不同。

（这……这……）

与助屏住呼吸。

俊房扬起枯瘦的手臂，招呼道：“来这儿……到炉火旁来吧。”

这又出乎与助的意料。与助曾几次来这间屋子拜见头领大人，却从未蒙他允许到炉火旁来。

“过来吧，与助。”

“是……”

“别客气。”

俊房微弱而和善的话音，让与助大是困惑。

“还饿着肚子吧？”

“不，那个……”

与助再次惶然不知所措。

（头领大人问我肚子饿不饿……）

这真是从未有过的事。

“到这儿来。”

“是。”

与助战战兢兢走去，得以更近距离看到大和守俊房的脸。

（完了！头领大人染上不治之症了……）

与助凭直觉如此认定。

与助是昔年出类拔萃的甲贺忍者之一，他敏锐的直觉一直不曾衰减。

猫田与助脸上布满的深深皱纹，犹如刀刻斧劈。大和守俊房的脸上却是干干净净，只额头上有三道粗纹罢了。

俊房本来圆脸阔目，身形敦实，哪知短短一年间，这身体竟是去了一半……

与助低下了头。

（头领大人的这副模样，实难以让人相信他四年前曾带着我摸进大坂的福岛府邸，结果了伯耆守正之。那只是区区四年前的事啊……）

与助微微抬头，说道："您得歇息了……"

"没关系。"

"可是……"

"我一直都这样，天天睡不着啊。"

"啊……"

"这样子下去，太没意思喽！"

"这……头领大人……"

"与助呀，看到你今晚突然回来，我真是挺高兴的。"

大和守俊房拿起旁边的铃铛摇了一摇。三个大铃铛用同一根绳子拴着。

"您喊我？"门很快开了，刚才那老妪走进后，忍不住讶然看向与助，"哎呀，您几时回来的？"

与助不答，只微微点了点头。

“给与助上酒。”俊房命道，“再煮点粥来。”

“是。”

与助茫然不知所措。头领大人竟让人给他准备酒饭，这当真难以置信。

老妪退下后，俊房问道：“与助，查到草者阿江的下落了？”

“这……尚未查……”

“与助，你一直都挺固执呢。”

“希望您饶恕我先前的任意之举。”

“都到了这种时候啦，你却又说到这个……”俊房哑然一笑，嘀咕道，“我真是羡慕你呢！”

与助登时一愣，弄不懂大和守俊房的低语。

“对了，京都半兵卫父女隔壁那个印章师，有没有打听到？”

“还没有。”

“这样啊，真的是消失了啊！”

“很遗憾。平谷伊平被杀时，如果我刚好到了半兵卫那里的话，肯定不会让那个印章师轻易逃走的。”

“哈哈哈……”

“我想那印章师是真田草者。”

“大概是吧。”

“听说有个女的时不时进出他家。”

“所以你就觉得那女的是阿江？”

“正是。”

“你这话未免太玄乎了。”

“不，我相信那就是阿江。”

猫田与助不觉有些激动。

见状，山中俊房笑道："不说那个了。如果我这样夜夜烤着地炉，没事就胡思乱想的话，估计亦会寻思些蠢事出來，不再让与助一枝独秀。"

这时，老妪备好酒送了上来。俊房竟会这般招待与助，那老妪大感惊奇。

"退下吧。"俊房屏退老妪之后，道，"喂，与助。"

"啊？"

"甲贺的人呀，似乎把草者一事都忘了呢。"

"正是。"与助膝行向前，"近来，甲贺的忍者似乎没了血性。半兵卫和平谷伊平……"

俊房挥手制止了忘我诉说着的与助。

"再去想以前的甲贺又有何用？世事变迁，人心不古。世间再无战争，忍者的热血自然便会冷却。就算是那些大将，不一样都忘了战争的惨烈可怕，不再明辨是非了嘛。"

与助垂下了头。

目前，山中忍者全都听从伴长信的指挥，这不免让人觉得大和守俊房有意抽身而退，把一切事务都交给了伴长信。

就算忍者们来此明示不满，亦是徒劳无用。这一切，大和守俊房全都知道。

俊房仿佛洞悉了与助所想，说道："与助，我厌倦了。"

"您说的厌倦是……"

"是活着。"

"什、什么？"

"我快要死了。"

"哎……"

"兴许就是这个晚上吧。"

与助哑然。俊房说这番话时，神志是否清醒？

"大坂和关东未来将有何动作？天下又会有何变故？这一切啊，都跟我没关系喽……"

四年前，俊房跟与助暗杀了福岛正之，不久便自知染上不治之症。

俊房一手培养的山中忍者之中，老练者相继谢世。就算俊房有何新的指示，那些剩下的忍者都无法落实。

这就怪不得这位头领大人要亲自去暗杀伯耆守福岛正之了。

正之虽系福岛正则养子，却暗中密谋推翻德川家的天下。

德川家吸纳甲贺和伊贺的忍者之后，谍报网确实完美无缺。但是，俊房总觉得这个谍报网固然足以让德川家天下永续，却似乎丧失了面临突变时的弹性。

近年来，大和守俊房的意见渐渐不再被幕府采纳。

"总之嘛，与助，若想取大御所大人的脑袋，光凭你我二人就有望办到。"

说完，大和守俊房端住酒杯。

第拾伍话

猫田与助给大和守俊房的酒杯斟上了酒。与助的手青筋暴突，微微颤抖。

"有望办到……"

俊房再次喃喃自语，使劲打量着与助的脸。

（这……头领大人说的这……）

与助慌了神。俊房的眼中充满笑意。

"喂，与助，我说得不对？"

"头、头领大人……"

"哎？"

"这、这个……"

"别担忧嘛。我是说，假如大御所变成我们的敌人……"

"啊……"

"我是说，假如到了那时，就像咱们四年前结果福岛伯耆守那样，仅凭你我二人，不一定办不到的。"

“我陪着头领大人……”

“就咱们两个。”

“是。”与助似乎明白了俊房的真意，“这很有趣啊！”

“对吧？”

“是的。”

“眼下，大御所身边有的是可乘之机。”

这时，大和守山中俊房的双眼增添了异样的光彩。与助见状，大吃一惊。

“所以说……”

“哎？”

“如果我是草者，此时此刻，不会错失最后的机会。”

与助那沟壑纵横、色如墙土的脸上，涌动着兴奋的热血。

“春天时，大御所就要上洛了。与助，你如何看待这事呀？”

与助就算想回答几句，都说不出话了。

“潜伏的草者，又会如何看这件事呢？”

“啊……”

“对了，不知道九度山的真田父子会有何打算……我嘛，曾几次劝关东方面别放松监视九度山，但都没人听喽。”

大和守俊房淡然说道，看不出有何懊恼之意。

“头领大人是说，草者们正埋伏着等待大御所大人上洛？”

与助的呼吸变急促了。

“如果是呢？就像你深信不疑的那样，草者隐匿踪迹，暗暗跟九度山联系稳妥，有所图谋……如果当真是这样呢？”

“嗯……”

"如果我是草者，肯定不会错失这个机会。不知与助意下如何？"

俊房的话音淡如止水，与助却颤抖得有若筛糠。

"我想对与助说的，就是这件事了。"大和守俊房折断柴火投进地炉，喃喃自语，"只是添个柴火，何以竟会这般有趣……"

与助凝望着他的侧脸。

"与助。"

"啊？是。"

"如果……如果我确实猜中的话，阿江就打不成瞌睡了吧？"

"嘿嘿……"

"如果阿江活着……"

"头领大人，太、太感谢您了！"

猫田与助向后一退，跪了下来。

"哎呀，这对你有用？"

"蒙您指点，真是醍醐灌顶，让与助这衰老的身体再度充满力量！"

"哈哈哈，当真？那就太好了啊……"俊房若无其事道，"来，喝酒，喝吧！"

"不胜惶恐……"

"身体暖和了，就再吃点粥，美美睡一觉吧。"

"好。"

"以后所有事都要靠你独自做了。大御所和关东方面都觉得真田草者不足挂齿，然而……然而，我大和守俊房亦是无意再帮你了。"

"我明白。"

"不，你不明白。谁都不会明白的啊！"说完这句谜一样的话，大和守俊房淡淡说道，"走吧，去小屋睡吧。"

"是。"与助深深领首行礼，"头领大人，您呢……"

"别管我，你去吧！"

俊房的话音变得有些严厉了。

"那，我明早离开前……"

"好，好，知道了。"

大和守俊房挥了挥手，似乎不胜其烦。他的侧脸映着炉火，像幽灵一样显现。

与助回到大宅一隅的自家小屋，吃了老妪备好的粥，钻进被窝。然而，他兴奋到极点的头脑和身体一直无法平静。

（是啊……是这样的啊！）

大和守俊房的指点，让与助大出意料。

结合各方信息仔细推敲，德川家康这次上洛说不定真是九度山真田父子和草者们最后的机会。

与助深信杀死平谷伊平的人和那个老印章师都是真田草者。大和守山中俊房亦然。俊房曾把这个想法告诉伴长信。伴长信大概报知了关东方面，但甲贺山中忍者后来似乎没再就此进行探察。

俊房对此保持沉默。他觉得那些事都无所谓了。他只是不想离开地炉旁边。

"大人……"刚才的那个老妪来了，"您再不休息的话……"

"走开。"

"可是……"

"我要待到早晨呢。你就别挂虑了。"

"这样啊……"

"你先去休息吧。"俊房突然温言说道，"雪一直没停？"

"是的。"

"冷吧？当心点儿，快去休息吧。"

"是、是。"

头领大人说话时似乎有了精神。老妪心头一宽，很快便退下了。

天亮之前，雪停了。

一大早便来到大和守卧室的人，正是昨夜那个老妪。

"您在吗？"

她打了个招呼，拉开板门，登时一惊。屋子里冰冷彻骨，凉得出人意料。这屋里如此之冷，染病的俊房肯定是离去了吧？

地炉里的火几乎彻底灭了。

"头、头领大人？"

没有回音。大和守山中俊房面朝下，靠着结实的凭几。

"喂、喂……头领大人！"

俊房不答。老妪耐不住了，走到跟前。

"哎呀！"她不觉低呼，"喂……喂……"

老妪单膝跪下，把手搭到俊房肩上，全然没有动静。

（死……死了……）

正是如此。

老妪一扳俊房的肩头，他的上半身便软软倒进了老妪那细瘦的臂弯。

大和守俊房闭着双目，双唇微微张开，露出了淡黄色的牙齿。

他是几时离去的呢……

眼下，死的静谧充满俊房的脸庞，他的脸变得说不出的柔和。

“头领大人！喂、喂……”

明知道这徒劳无功，老妪却忍不住呼唤。

死去的大和守俊房的脸庞，竟然是如此俊美。

这老妪名唤多枝，从俊房年轻时便一直服侍他。

多枝嫁给了一名山中忍者，十年前丈夫病亡，两人没有孩子。

丈夫大部分时间都远走异地，所以她婚后继续负责照料俊房。

多枝抱着俊房，一动不动，如果去走廊招呼的话，估计人们都会跑来，尤其是伴长信和猫田与助。若是那样，便不能这般和头领大人待着了……

对多枝而言，年轻时相貌堂堂的大和守俊房便是男人的象征。

“头领大人……”多枝忍不住再次唤道。

（难道……难道甲贺忍者……真的就要彻底消失了……）

多枝不觉将她干燥且布满皱纹的脸，贴到了死去的俊房脸上。

同一天早晨，阿江从下久我忍宿阁楼上的房间里下来了。

“权左，吃了早饭，我要去九度山。”

“有急事？”

“不太急。只是最近一直没收到九度山的消息，有些挂念老爷的病情。”

“是、是。”

“要是中原丈助来了，你就说我两三天内就回来。”

“明白。”

阿江吃完早饭，回到阁楼准备动身。这时，中原丈助来了。

权左将这两日的事情告诉了丈助。

“嗯……”丈助稍稍有些吃惊，抬头看向阁楼，问道，“你说弥五兵卫大人也出去了？”

“是啊。”

“去哪里了？”

“不知道。”

“是不是出事了？”

“没有呀……”

然而，丈助总觉得不同寻常。阿江和奥村弥五兵卫听了他从高台寺的小助那里带回的报告之后，莫非有何想法？

“那，阿江说是要去九度山？”

“是的。”

中原丈助闭上了眼睛，抱臂凝思。阁楼上传来暗号，权左放下隐梯。

“哎呀，丈助都来啦……”

“阿江，我刚回来。”

“很早嘛。”

“夜泣峠的小屋让人闲得慌啊。”

“我本来打算从九度山回来再去办的……”阿江眯起眼睛，“那好，这就交给丈助吧！”

“何事？”丈助瞪大眼睛。

“你一定要留神些才行哦。”

“是。”

“我想去伏见城下设立一个忍宿。”

丈助和权左面面相觑。后者问道：“伏见？”

"正是。我知道很危险，但我特别想要个忍宿……但若事情不顺利，那就不勉强了。就是说，我想让丈助你去查查伏见的情况。"

中原丈助点点头："我明白了。"

"只要事情办得漂亮，钱无所谓。"

"好。"

"伏见没准会有关东的探子，你懂得吧？"

"我不会大意的。"

"那就交给你了。权左也要当心……"

"是、是。"

阿江以一副平民女子的模样出了忍宿，走向九度山。

送走阿江以后，中原丈助道："权左，我等下就要去伏见了，先给我弄点吃的好不好？"

"这个容易。但是……你在夜泣峠小屋的时候，是不是没吃饭啊？"

"唉，阿忆弄的早饭，一点滋味都没有嘛。"

"哈哈哈……"

"哪里好笑！"

"不，不是，我只想她跟阿江一样嘛。"

"哎……呀……"

"女忍者做的饭啊，注定没有滋味。"

二人忍俊不禁。这时……

猫田与助离开了甲贺的山中府邸，沿着野洲川的大路走向近江。

与助一副托钵老僧的打扮，念念有词，往前走着。他告别了大和守山中俊房的遗体。俊房骤然离世，给了他很大打击。

头天夜里，俊房半开玩笑称没准这个晚上就会死去，哪知竟然成真。

（他当时真不是开玩笑啊……）

山中府邸的人们对很久没回来的与助几乎视而不见。

只有老妪多枝知道这名老迈的忍者昨天晚上跟头领大人有一番长谈。

伴长信他们只是瞥了与助一眼，那眼神就像是看一只肮脏的死猫。

与助忍着悲伤和愤怒，走出了山中府邸。

（你们这些蠢材，分明屁都不懂，却……）

猫田与助踏上薄薄的积雪，留下跟外貌截然相反的足迹。那足迹坚实有力。

灰色的云朵间洒下淡淡的阳光，野洲川的河面波光粼粼。

第拾陆话

德川家康就要上洛了，莫非是跟这事有关？否则就是……

九度山真田院落内的一隅有个四室小屋，其中一个六榻榻米大的便是幸村房间，正对着南侧的院子。休息室同样是六榻榻米大。而隔壁的两间则是八榻榻米大，供妻子和孩子们睡觉用。

幸村的寝室和妻子孩子的寝室被壁龛和橱柜隔开，跟父亲昌幸夫妇的房间隔着走廊和橱柜。

那一天，幸村午饭后喝了些酒，早早就睡下了。

半夜时，他醒了。不是自然醒。枕头下面的地板下方，出现了微弱的动静。

——是暗号。

肯定是九度山以北三里的纪见峠小屋有使者来了。幸村翻身爬起，用手指摸索壁龛的柱子下方，取下暗藏机关的格棂。

柱子的一角张开一个小洞。

幸村把脸凑近，问道：“是谁？”

“曾根十藏。”

草者曾根十藏二十七岁，和父亲万介一同看守纪见峠的小屋。

"有事？"

"阿江从下久我来了。"

"哎？"

"她希望您明天去一下……"

"这样啊……"幸村寻思片刻，说道，"好，我去。"

"那我告辞了。"

地板下面的动静消失了。幸村回到被窝里，闭上双目。

草者要来这里，似乎用不着如此神秘兮兮啊……

然而，事实就是如此。

九度山的家臣们，不一定悉数可靠。长门守池田纲重、原出羽守、小山田治左卫门等重臣自然不用顾虑，但是，其余家臣里不乏替沼田的真田信之担忧真田家前途之人。这些人固然不会把九度山真田父子的动向密告沼田的信之，然而幸村和父亲毕竟是幽禁之身，难免对信之有几分忌惮。

奥村弥五兵卫等草者经常到九度山来，有时甚至会逗留几日。然而，幸村到底是预设了从地板下面联络的方法，以防万一。

阿江来到纪见峠的小屋之后，竟要从地板下面联络……这只有两个理由。一是有何突变，二是她畏惧幸村之妻。别忘了，阿江跟幸村是有肌肤之亲的……总之，阿江是有话要跟幸村说。

幸村闭着眼睛，反复思忖。

德川家康就要上洛了，莫非是跟这事有关？否则就是……

（正好她来了……）

幸村想将父亲昌幸的病情不容乐观一事早点告诉阿江。

他觉得父亲怕是熬不到开春了。那些执意跟随昌幸来到九度山的家臣们，以后到底该如何安置？幸村最近总是盘算这件事情。

关原之战结束后，真田父子黯然打开了上田城，向德川家投降，以此换来了家臣和全部家人的自由。昌幸死后，不如就让九度山的家臣们自由离去算了。

幸村不是真田家的当主，家臣们若不主动提出追随，他就无法留下他们。肯定会有人提出来的。待得那时，又当如何是好呢？

幸村寻思的就是这个。

不管他再怎样祈祷父亲晚一天死去，那一天总归不会太远。

父亲死后，离开九度山的家臣大半会去投奔沼田的哥哥信之吧？德川家和信之似乎都是这样觉得。这件事其实从上田开城投降时就敲定了。譬如说，山手殿的妹妹、樋口角兵卫的母亲久野，两年前患病时就被沼田的信之收留。

如此这般，德川幕府对真田父子周围人的态度日渐宽松。

幸村被各种思绪困扰，一宿无眠，就这样迎来早晨。当寝室里漾起水底般微弱的光亮时，幸村拿准了主意。这件事，他同样要告诉阿江。

睡意攫住了幸村。一切，都结束了……

阿江选择这个时候来访，幸村隐隐猜到了她的想法。如果他的猜测正确，就不难理解阿江让人从地板下方联络一事。

阿江上次来九度山时，就直接留宿院内，而且看望了昌幸。

幸村睡着之后，嘴角边漾起了落寞的微笑。

早晨的寒意似乎一天天淡弱。家臣们住的地方，雄鸡开始打鸣。

第拾柒话

幸村快中午才醒。他来到父亲的病房，说想去趟莲华定院。

"有事？"

是日，卧榻上的昌幸的脸色出奇的好。

见状，幸村喜道："父亲……"

只听母亲山手殿喜滋滋道："今早，他吃了两碗白米粥呢。"

昌幸近来彻底没了食欲，几乎就没太吃过东西。

"真的呀？"

"是啊，真的。"

"是挺奇怪，"昌幸听了两人说话，眯着眼睛说道，"我比平时醒得早，天没亮就醒了。那时候突然觉得肚子饿了。"

"太好了，父亲。"

"我真不晓得缘由。"

"是不是浅野家送来的药见效了？"

"对，对。"昌幸又对山手殿道，"扶我一下，我要坐会儿。"

"你这样硬撑着……"

"哪里话！不就是坐会儿嘛！"

"我来吧……"

幸村靠上前去，伸出两手扶昌幸坐好。

昌幸的眼睛像小孩子一样亮了，笑道："到底是这样舒服呀。"

幸村登时觉得体内出现一股难以名状的热流。

（莫非……莫非父亲的病渐渐好了？）

昌幸从不主动跟人诉苦，旁观者只是一天天看着他消瘦衰弱。

纪州浅野家几次派来医生，却没弄明白他到底哪里不好。

浅野家送来的药，昌幸都按照医生的方子服了。

幸村突然想到了那个医生的话。当时，医生说这药需要坚持服用，尤其要保持情绪舒畅，就像是登高望远那样舒坦才行。

山手殿说，昌幸从昨天傍晚开始大量排便。侍女们扶他回床上时，昌幸甚至说道："我觉得特别舒服，身体都变轻了呢。"

"那好，那好。"

幸村望着母亲的眼神，跟走进病房时截然不同。

"对了，左卫门佐，你去莲华定院有事？"

"没事，就是想去看看……"

"那就好，和尚肯定都盼着你去呢。"

"那我去了？"

"行啊，去吧，替我问候和尚。"

"明白。"

"别忘了告诉他们，我健康喽。"

"大师们肯定会替你高兴的。"

"是啊，是啊。"

幸村回房，把这件事告诉了妻儿们，又对长子大助说道："大助，你和妹妹们去看看爷爷吧。"

大助今年十岁，生下来就是个大块头，结果幸村就给他想了这样一个名字。昌幸和幸村的身材都比较矮小，沼田的信之则是个高个子。昌幸总说信之的身材像父亲幸隆。

这样想想，大助的身材确实挺像曾祖父真田幸隆。

哪知昌幸却道："呀，一见这孙儿的脸，我就会想到兄长。"

他说的"兄长"是真田信纲。长筱一役，武田胜赖被织田、德川联军打得落花流水，真田信纲英勇阵亡。

妻儿们去了昌幸的病房之后，幸村喊来了向井佐助。

"帮我备马。"

"那，我陪您……"

"不用，我一个人就行了。"

"好。"

"我虽然是去莲华定院，晚上时恐怕会留宿纪见峠的小屋。懂了吧？后面的事，就交给你了啊。"

"我明白了。"

幸村不带随从，骑马四处转悠并不稀奇。

佐助离开后，樋口角兵卫又慢吞吞进来。

"左卫门佐大人要去莲华定院？"

"听佐助说的？"

"是。我陪您去吧。"

"不用，我一个人没事啦。"

“不，我好久没去了，刚好想去看看。”

角兵卫四十出头，身材魁梧如故，食欲更是旺盛。以前，此人浑身是劲，甚至都不知往哪里使。长年的蛰居生活，竟然把那个狂暴得像个疯子的角兵卫磨得学会了忍耐……

但是，总觉得这家伙让人不寒而栗。他固然魁梧，以前那肌肉紧绷的精悍模样却变成赘肉横生，身体肥胖松弛。那被太阳晒得黝黑的肌肤沉淀成了青黑色，阴郁的表情里从不见一丝笑容。

（真不该把阿角带到九度山来……）

幸村简直后悔死了。

来九度山的十余年里，角兵卫没给真田父子添乱，亦不曾有何暴行，认识他的人都惊叹他犹如变了个人。然而，幸村确信角兵卫体内沉淀的东西迟早便会爆发，故此大感忧虑，觉得当初不把他带来就好了。

昔日，上田的角兵卫随便怎样都没关系，但现下大家正被德川幕府流放，最需要的就是深刻反省。只要想到角兵卫体内的那股狂劲，幸村就毛骨悚然。

其他人似乎不太留意樋口角兵卫了。

角兵卫独来独往，行事低调，有时一整天都不知去了哪里。

“我真的很想陪大人去。”

角兵卫语音低缓，却是完全不肯退让。幸村惊觉此事反常。那个被长期忽视的隐忧……难道突然间便要喷薄而出？

“角兵卫呀……”

幸村正待温言劝说，却被打断。

“我陪您去。”

"不，用不着。"

"我无论如何都要陪您去。"

"角兵卫，父亲的病情有变，你可知道？"

"咦？"

"他今早喝了两碗粥。是粥啊！"

"两碗……"

"是的。"

"当真？"

"当真。"

角兵卫仅剩的左眼熠熠生辉。

"所以，你快去看看他吧。"

樋口角兵卫使劲点头，立刻跑向走廊。幸村抓住机会，出了院子。竹林对面的墙畔，佐助早就备好了马，等着幸村来到。

"佐助。"幸村踩上马镫，叮嘱道，"要留神角兵卫啊！"

"啊？"

"倘若他突然狂暴了，你一定要捉住他。这就去做好准备。"

"是。"

佐助全然不觉惊讶。他虽没亲眼得见角兵卫的刚勇，却早就有所耳闻。但是，他好像有把握随时将对方拿下，此际竟是安之若素。

幸村会如此指示佐助，正说明他觉得佐助有这个本事。

幸村对佐助点点头，跨上了马。

第拾捌话

丝丝微风透过板壁的缝隙吹进，使柴火上的火焰跳动不休。

幸村添柴火时，阿江丰满的双臂从他的背后绕到胸前。幸村就那样躺着，往地炉里添着柴火。阿江深深一叹，双唇吻上了幸村的后背。幸村保持着适才的姿势，似乎对地炉里的火焰看出了神。

阿江沉重的乳房和腰腹紧贴着幸村后背。幸村轻轻笑了。

阿江忍不住呢喃道："别笑呀。"

"你和从前的阿江不一样了。"

"哪有，才不是呢。"

"不，真的不一样了。"幸村转身抱紧阿江的腰，"很久了呢。"

"哎？"

"咱们两个……"

阿江沉默片刻，点头道："确实。"

"我真没想到，这时竟会来到这里，抱着阿江……"

"不知不觉……"

“就这个样子了。”

“是。”

看守这纪见峠小屋的曾根万介和十藏父子见幸村来了，自称要去负责警戒，便没了踪影。

警戒固然需要，但是，他们怕是料到幸村和阿江要密谈了吧？

靠近纪见峠的山林深处洼地上的草者小屋，是一处两间房屋相连的狭小去处，却配有五坪大小的地下仓库。关原之战的翌年夏天，草者曾根父子建成了这个小屋，以樵夫的身份住进。

幸村和阿江躺到熊皮上面。山林间晴朗的午后出奇暖和，地炉里的火犹未熄灭。二人半裸着身体，阿江的乳房微微渗出细汗。

幸村转过身来，直直凝视阿江。

阿江把脸贴上幸村的胸膛，低语道：“我变丑了……”

“要是丑，我就不抱你了。”

“哼……”

“有酒没有？”

“有。”

闻言，幸村坐直身子，整理好衣服，说道：“很好。”

阿江跑进里间的小屋，却不忘问道：“山手殿夫人尚好？”

“尚好。两年前，姨妈回了沼田之后，她有段日子挺消沉的。近来好像有了精神，而且没再感冒。”

“这就太好了。”

“听说姨妈非常健康呢。前些日子，哥哥捎话说她夏天时要回到九度山来。”

“这样啊……”

“阿江，过来呀！”

“这就去。”

“父亲呀，好像见好了。”

“咦？”

“你吃惊了？”

阿江不答。

“说话呀。”

“这……”

“你不替我高兴？”

“瞧您说的！我只是觉得这事情太意外了，突然就……”

“难道阿江之前觉得父亲不会好转？”

“是的。”

“唉，你跟我一样啊。”

幸村讲了父亲早晨时的情形。阿江听出了神，双目神采奕奕。

“太好了……我太高兴了！”

“对了，阿江。”

“啊？”

“你这次来，有事吧？”

“您问这个啊……这个……这……”

她是来辞行的，此际却没有告诉幸村，只是痴痴想着——

（我没有遗憾了！）

突然，她察觉了幸村那问询的眼神，一时不觉茫然。

幸村所想的，到底是……

“我问你呢，这次来是不是有事情呀？”

“不，没事。”

“没事？难道说，你只是要见我一面，特意来的？”

闻言，阿江立刻反问道：“不行啊？”

“开春之后，大御所上洛一事，你的看法如何？”

幸村突然提到了意想不到的话题。

“大御所上洛？”

“阿江，说说你的看法吧？”

“你问我的看法……但是……”

“你是草者的管理者，所以我才想问问你的看法。”

阿江说不上来。面对咄咄逼人的幸村，她有些慌了。幸村不再说话，开始举杯喝酒。阿江垂下眼帘。

（难道……被大人看穿了？）

“阿江……喂，阿江！昨天晚上，曾根十藏来见我，说你到了这个小屋，结果我直到天亮都没睡着。”

阿江默然不语。

“我希望你好好听着！父亲和我都希望砍下大御所的脑袋，这不用再说。但是，我们希望双方交战时杀他。一旦开战，我们就要跟支持关东的哥哥伊豆守大人开战。懂了没有？这才是关键！”

幸村的每句话都掷地有声。

“如果我们那样杀了大御所，哥哥面对谁都不会无地自容；但我们若动用草者，利用大御所上洛的机会悄悄将他结果，会怎样呢？沼田的哥哥会被幕府怀疑！不，就算不被怀疑，总归脸上无光。阿江，你说呢？那样一来，不光哥哥，搬到沼田的真田族人和家臣，甚至我的姨妈，是不是全会被幕府责罚？”

阿江登时哑了。

"你和弥五兵卫做好准备，只待大御所上洛时就下手，你们觉得时机成熟，非常激动，我对此十分理解。但若当真可以这样，我们之前又何须奋力一搏？父亲和我之所以那样抉择，正如我适才所言——真田家不是光由我们几个组成。"

他句句占理，阿江无言以对。

幸村接着说道："你恐怕难以说出口，所以，我替你说吧。"

昨夜，幸村想来想去，推测阿江和弥五兵卫唯恐这是最后的机会，便拟定了暗杀家康之计，前来相告，希望征得允准。

这固然跟事实略有不同，但幸村不愧是深谙草者真髓的左卫门佐真田幸村，确实看穿了阿江他们深藏的想法。

"我不知道那一天会不会来……但是，父亲和我想要的是挥兵打败关东大军，一洗关原之耻，证明天底下尚有真正武士。我们要的，就是此事。"

阿江呜咽着，跪了下来。她哭了……

幸村第一次见到阿江哭。

"好了，别哭了。"

"是……"

"我呢，总觉得父亲就要死了，对一切都绝望了。如果父亲康复，再活上几年，我想暂且就这样蛰居九度山，静观天下大势。"

"那……未来到底会怎样呢？"

"目前不好说。"

"您是说……您不知道？"

"大御所死去之前，不好说啊。"

第拾玖话

是夜，幸村留宿纪见峠的小屋，对阿江讲了暗杀家康的后患。

若是战况激烈时的暗杀倒无所谓，然而眼下就跟关原之战那时一样，若不采用大胆奇谋，基本上没希望杀掉家康。

选择德川家坐稳天下或保持太平的日子来搞暗杀，届时——

"岂止沼田的哥哥一人，更会殃及整个真田家族。"

这自然是他和父亲昌幸不愿看到的事。

幸村仔仔细细解释了这件事。

阿江没有告诉幸村，因要挑选偷袭地点，奥村弥五兵卫早就沿东海道去了江户。

（反正……就这样吧……）

她似乎死心了。

翌日早晨，太阳升起来后，幸村踏上了回九度山的路。

九度山的安房守昌幸觉得早晨挺暖和的，想到院子里看看，幸村的妻儿和山手殿都不停劝阻，无奈昌幸不听。

昨夜，昌幸睡得很香，今晨通便也好，山手殿等人只能觉得浅野家送来的药"总算是见效了"……

患重病卧床的昌幸直到十天前都坚称大小便不用别人帮忙，自行拄着拐杖如厕。不愧是久经磨砺的战国武将的身子骨。

"我没事啦。"吃了早餐的粥之后，昌幸拄着拐杖来到院子里，笑道，"嘿，你们瞧瞧！我没事吧！"

山手殿和幸村的妻子暗暗捏了把汗，想要靠近昌幸。

"不需要。"昌幸神情一肃，"我死不了……死不了呢。"

他的喃喃自语中饱含执著。

当时，幸村的儿子大助去了长门守池田纲重那里。大助自小便亲近纲重，纲重亦像疼爱亲孩子一样疼爱大助。纲重热衷骑术，而仔细教授大助则似乎是他的另一爱好。

言归正传，却说安房守昌幸缓缓走向丹生川畔。

这是一条竹林中的小路，只要到了夏天，幸村就会去河岸钓鱼。

"啊，您……"幸村的妻子见状，来到了院子里。

"不用。"昌幸神情郑重，摆了摆手。他当时正回头后顾，似乎扭到了腰，身体失去平衡，"哎呀……"

他忙把身体往拐杖上一靠，哪知却没靠住。

这一带是个斜坡，昌幸的拐杖打滑了。

幸村之妻眼看着昌幸向前扑倒，大呼道："快来人啊！"

听到呼喊，樋口角兵卫和仆人们立刻从院子对面跑来。

"快！快！"

山手殿紧跟着跑向院子。

然而，昌幸靠着拐杖，坚强坐好。

他的脸上沾满血。鲜血自昌幸的鼻孔里冒出。他跌倒时摔着脸了，好像有土里的小树枝之类戳进了他的鼻孔。

"老爷……"

角兵卫抱住昌幸，跑回府邸。半刻钟后，幸村匆匆回到九度山。

听说左卫门佐大人去了莲华定院，家臣们便要往外跑。向井佐助说他一个人去就行了，狂奔着去寻幸村。

"快上来！"

幸村让佐助上马坐在自己前面，冲回九度山。

"父亲……"

他踏进昌幸的寝室，只一眼便觉得这样不行。出血依然止不住。昌幸开始贫血，昏迷了。幸村甚至觉得他的脸上露出了死相……

片刻之前，池田纲重火速驱马赶往和歌山城，恳求浅野家派医生前来。

"你这家伙！"幸村昨日刚见父亲有了康复征兆，此际难免有些激动，呵斥呆立走廊的樋口角兵卫，"角兵卫！你这家伙……我早就说我离开期间别放松警惕啊！你为何不阻止父亲！"

角兵卫的独目中怒光一闪，默默瞪着幸村。突然，他转身离开了走廊。

（就算责骂阿角又有何用？唉，都是我离开这里的错……）

幸村想法一变，回到了父亲的病榻之旁。

樋口角兵卫来到大厨房，径直开门出去。他就穿着那身衣服，刀都没带，直到夜里都不见回来。

第二天，又一个第二天，角兵卫犹自未归。这且按下不表。

当夜，真田昌幸病危。